LE FRUIT DE L'ARBRE

DU MÊME AUTEUR

LE
FRUIT DE L'ARBRE

PAR

A. DEVOILLE

PARIS

BLÉRIOT FRÈRES, LIBRAIRES-ÉDITEURS

55, QUAI DES GRANDS-AUGUSTINS, 55

—

1881

La similitude des circonstances nous décide à réimprimer en 1881 ce livre qui eut une influence victorieuse pour la liberté d'enseignement, et fut le précurseur de la loi de 1850. Aussi reproduisons-nous textuellement **Le Fruit de l'arbre**, en le faisant précéder de l'*Avant-propos* de la première édition.

AVANT-PROPOS

Je ne dois à l'Université ni haine ni amour. Elle ne m'a rien donné, elle ne m'a rien ôté. Je n'ai sucé ni son lait, ni ses poisons.

C'est donc sans animosité, sans parti pris, que je mets sous les yeux du lecteur cette petite face de son histoire. Simple spectateur dans la lutte, j'ai sondé, comme bien d'autres, les maux de la patrie : ils m'ont effrayé. Dès lors, j'ai cru bon d'en indiquer la cause, et par là même le remède. La cause, c'est le despotisme ; le remède, c'est la liberté.

Mon héros n'est point imaginaire : il est réel, il est partout ; il s'appelle foule. Les désordres qui nous affligent, ceux qui nous menacent, sont en grande partie son œuvre.

Les textes que j'ai cités ont été reproduits cent et

cent fois ; on ne les a ni rétractés, ni démentis ; on n'en
a renié ni l'esprit, ni la lettre. J'ai donc pu les prendre pour base d'une argumentation ; ils m'ont paru
sculptés pour l'histoire. Seulement, je demande grâce
pour quelques anticipations de date ; il s'agit de doctrines, les dates sont accessoires. Jusqu'à présent on
s'était contenté de rappeler ces textes et de les combat-
tre par le raisonnement ; j'ai fait plus : j'ai voulu montrer quelles conséquences funestes LA LOGIQUE — qu'on
remarque ce mot — peut en déduire ; j'ai voulu faire
voir qu'un enseignement impie mène naturellement
à des actions coupables, que l'erreur est mère du crime
et que l'homme élevé dans l'irréligion n'échappe que
par inconséquence à la perversité de la conduite.

Tel fruit, tel arbre ; tel arbre, tel fruit : c'est le
résumé de mon livre.

Car tout désordre dans les faits suppose erreur dans
les doctrines. La doctrine, c'est la semence ; le fait
c'est le fruit. Il est bon qu'on sache de quelle semence
sont nés et naîtront les fruits amers que notre patrie
semble destinée à recueillir.

Ai-je exagéré ? Je ne le crois pas. En tout cas, je
serais bien aise que l'on me fît voir en quoi pèche LA
LOGIQUE de mon héros. Et si la plupart des nourrissons
de l'enseignement officiel, placés dans les conditions
d'Amédée Aubert, ne concluent point comme lui, ils
le doivent à des circonstances étrangères, à l'éducation
domestique, à leur caractère, à leur intérêt peut-être,

mais surtout à l'atmosphère profondément religieuse
dans laquelle ils respirent sans s'en douter. Ce n'est
point par l'enseignement, mais malgré l'enseignement
qu'ils sont arrêtés sur la pente du vice.

Du reste, je sais que les maîtres, même les plus im-
prudents, ont rarement en vue de pousser leurs élèves
au crime. Mais je sais aussi que le crime peut et doit
LOGIQUEMENT découler d'une leçon imprudente.

J'excuse donc les intentions autant que possible ;
je dénonce les résultats.

En conclura-t-on que je demande la suppression
de l'Université ? On aurait grand tort. Je désire que
l'Université reste, qu'elle vive, qu'elle ait ses droits,
ses privilèges même : je ne lui dénie que le monopole
qu'elle s'attribue, l'absurde et tyrannique prétention
de gêner ou d'étouffer les droits d'autrui.

Je demande pour tout citoyen une portion d'air
libre, pour toute plante une place au soleil.

Est-ce trop ?

A. D.

Saint-Loup-sur-Angronne (Haute-Saône),
    septembre 1849.

LE FRUIT DE L'ARBRE

PREMIÈRE PARTIE

AVANT

Dans un village de la frontière existaient, il y a vingt ans, deux familles étroitement unies. Peu riches, mais honorées et dignes de l'être, elles avaient toutes les deux une voie tracée par une longue suite d'aïeux, dont aucun, de mémoire d'homme, n'avait dévié de la ligne droite. Les deux femmes avaient été amies d'enfance et de pension ; et si, un instant, quelque légère rivalité avait paru les brouiller, le nuage avait bientôt disparu devant leur honnête nature et le besoin d'avoir une compagnie. Les deux maris avaient de tout temps causé, joué et fumé ensemble. Ils ne furen séparés qu'un instant : c'est quand la Révolution, les prenant le même jour au foyer, jeta l'un sur le Rhin et l'autre aux Pyrénées. Pour être juste, nous devons ajouter qu'aux Cent-Jours, il y eut aussi un interstice dans leur amitié : l'un ayant chaudement épousé le parti de Napoléon, et l'autre étant resté fidèle à la cocarde blanche. Tout le reste du temps, ils ne cessèrent de se voir, de s'entre-servir et de s'aimer. Non

1

qu'ils ne disputassent souvent : mais quelle bonne amitié sans la dispute ? Combien de fois ils avaient fait et défait les campagnes de Napoléon, opposé la Restauration à l'Empire et l'Empire à la Restauration, et l'une et l'autre à la Révolution de Juillet, c'est ce que nous ne saurions dire. Bref, ils étaient joints par cette solide amitié de vieux soldats, qui est à l'épreuve du temps, de la bouteille et du canon.

Or, tous les deux étaient grevés d'une assez nombreuse famille. Souvent l'un disait à l'autre : « Capitaine, qu'est-ce que vous ferez de votre nichée de filles ? » L'autre ripostait : « Lieutenant en premier, qu'est-ce que vous ferez de votre fournée de garçons ? — Morbleu ! nous les marierons ensemble ! — Eh bien ! nous les marierons ! mais auparavant, il faut songer à trouver des états à nos fils. — Rien de plus juste ! — Et en bonne logique, nous devons commencer par le commencement : qu'en dites-vous ? — Cela paraît raisonnable. — Voyons, que faisons-nous de nos deux aînés ? »

Grave question, surtout dans le siècle où nous avons l'honneur de vivre. Que ferons-nous de nos garçons ? Problème effrayant, qui tourmente à cette heure plusieurs millions de têtes dans ce beau pays de France.

Le capitaine opinait pour n'en rien faire. C'était le plus court à ses yeux, et le moins coûteux. — J'ai là quatre ou cinq sillons, disait-il ; mon bail expire, mon fils le reprendra.

Le lieutenant hochait la tête et réfléchissait : après avoir réfléchi, il disputait, et après avoir disputé, il tombait généralement d'accord avec son camarade. Il se résignait à en faire autant de son fils, goûtant fort la raison de son compagnon d'armes : que l'état de laboureur est le plus noble, après celui de soldat.

Mais les mères étaient ambitieuses : Ah ! les mères ! quelle paille elles ont dans l'œil, parfois ! Comme elles se trompent sur le compte de leurs fils ! Et sans songer, les pauvres créatures, qu'elles sèment des orages pour leur propre compte, qu'elles pressurent pour leur coupe une liqueur bien amère...

Examinez, lecteur, le fond d'une famille, et vous verrez que le premier jet d'ambition vient toujours de la mère. Règle générale, dès qu'une femme met un fils au monde, elle dit : Voici un polytechnicien !

Ordinairement, le mari la croit.

Donc ces deux mères, inquiètes du sort de leurs couvées, pensaient et repensaient à l'avenir, se creusaient la tête en mille façons, prenaient, l'une après l'autre, toutes les conditions de la vie, et les essayaient, pour ainsi dire, à leurs enfants. Cependant ces aînés grandissaient : Amédée Aubert — c'était le fils du capitaine — touchait à ses quatorze ans ; Henri Desgrenats — c'était l'aîné du lieutenant — dépassait sa treizième année : il était temps d'aviser pour eux.

Assez naturellement les vieux soldats aiment à voir un de leurs fils troupier, surtout s'ils ont une nombreuse lignée. On cherche volontiers à revivre dans l'un des siens. Pourtant, ce n'était point là l'idée de nos deux retraités : ils en avaient, comme l'on dit, par-dessus les yeux de l'état militaire. On a dit que tout soldat français porte un bâton de maréchal dans sa giberne : je crois que ceux-ci n'y avaient jamais porté qu'un soc de charrue. A peine avaient-ils eu leur retraite de demi-solde, qu'ils s'étaient empressés de revenir aux champs paternels, soigner le trèfle et la betterave ; leur joie était là ; chaque jour, la pipe à la bouche, ils parcouraient le territoire du village, et entremêlaient des traits de Wagram ou de Moscou aux principes sur les assolements et les engrais.

Mais les mères, par contre, eussent aimé des fils soldats. C'était leur goût. Il est rare qu'une femme, surtout si elle est chrétienne, porte ses vues de ce côté-là ; cette vie de caserne est effrayante. Cependant celles-ci ne croyaient point manquer à leur conscience en ambitionnant l'épaulette pour leurs deux premiers-nés, si beaux, si frais, si vigoureux. Elles étaient de celles qui dès le berceau prédestinent leurs enfants à l'école polytechnique.

Quand Mme Aubert parlait timidement de cela à son capitaine, celui-ci grognait et portait la main à sa cicatrice. Quand la femme du lieutenant s'en ouvrait à son mari, M. Desgrenats parlait de sa sciatique. C'étaient toujours les mêmes attaques et les mêmes réponses. Les vieux soldats ne voyaient plus rien de la vie militaire que les horions, les coups de feu, les bivouacs et les rhumatismes ; la gloire et les lauriers leur étaient fleurs de rhétorique. Le plus savant, M. Desgrenats, répétait souvent ces vers d'un poète du dernier siècle :

> Voyez-vous dans mes mains cette gerbe féconde ?
> Le soc de Triptolème est le levier du monde.
> C'est en vain que le monde admire les guerriers,
> Le peuple vit de pain et non pas de lauriers.

— Encore, reprenait le capitaine, si cela allait comme de notre temps ! Mais frotter ses guêtres, user du blanc de Troyes, quelle vie !

— Mais, mon ami, la guerre viendra.

— Quelle guerre ?

— Je ne sais : mais le duc de Modène ne veut pas reconnaître la royauté de Juillet ; mais le prince de Monaco boude ; et ceux de Reuss-Greitz et de Reuss-Schleitz arment.

— A la bonne heure ! parlez-moi de cela. Dans notre temps on aurait mouché ces gens-là en passant, comme pour s'amuser ; on en aurait raclé treize dans une soirée.

— Sans doute : mais nous n'en sommes plus là.

— C'est ce que je me tue de te dire.

— En attendant, c'est toujours bien beau, une paire d'épaulettes !

— Quand il faut monter trente ans la garde pour les avoir !...

J'ai remarqué bien des fois que quand on répète toujours les mêmes arguments, si peu que les réponses soient les mêmes, et qu'on ait de tête des deux côtés, la question n'avance pas. C'est ce qui arrivait ici. Le temps passait et les deux aînés restaient là, et l'on ne savait toujours qu'en faire.

Les deux femmes complotèrent alors, et quand deux femmes complotent, l'affaire doit réussir. Elles avisèrent de laisser chacune sa moitié tranquille, et d'attaquer celle de l'autre. C'était la paix au dedans et la guerre au dehors. Mme Aubert tourmentait le père Desgrenats, et Mme Desgrenats bombardait le capitaine Aubert. C'était changement de batterie avec les mêmes arguments. Mais les boulets, je veux dire les raisons, arrivant ainsi d'un autre côté, la brèche se fit.

— Lieutenant, disait un jour le capitaine, votre femme a un bon sens exquis ; elle sait donner à une raison toute sa valeur.

— Capitaine, répondait le lieutenant, je voudrais que ma femme valût la moitié de la vôtre.

— Je vous avoue qu'elle me dit des choses auxquelles je n'aurais jamais pensé.

— Je trouve aussi que Mme Aubert voit bien juste et de bien loin.

— Et que vous conseille-t-elle, lieutenant ?

— Elle me fait sentir jusqu'au bout des doigts la nécessité de donner de l'éducation à mes enfants.

— Voilà aussi la thèse de votre dame ; elles ont peut-être raison.

— Mais parbleu, sans doute qu'elles ont raison !

— Mille fois raison !

— Alors entendons-nous ; je mets mon fils au collège.

— Si vous y mettez le vôtre, j'y mets le mien.

— Seulement, j'impose une condition : je connais ma femme ; c'est une femme : un de ces quatre matins elle changera d'idées, elle ne voudra plus ce qu'elle a voulu, et voudra tout ce qu'elle ne veut pas. Eh bien ! je tiendrai ferme, et je donne ma parole d'honneur que je n'en démordrai pas. Une fois le garçon au collège il y restera.

— Je suis dispensé de faire ce serment-là : car ma femme ne lâche jamais prise. Après tout, laissons-les faire. Elles ont quelquefois plus de jugement que nous.

Les dames avaient remporté la victoire. Mais comme certains conquérants qui, après avoir battu vigoureusement une place, en sont embarrassés dès qu'ils en sont maîtres, elles ne jouirent qu'un instant de leur triomphe. Les soucis leur vinrent. Ces collèges ! c'est si triste, si dangereux pour la jeunesse ! On dit qu'on n'en sort, règle générale, que fieffé polisson. Et puis ces places dans les écoles, c'est si difficile à obtenir ! Et puis, comme ils le disent, cette vie de caserne, qui gâterait bien un ange ! Et pourquoi, après tout ? pour avoir mille à douze cents francs de rente, dont on ne laissera rien à ses enfants ! Ce n'est véritablement pas la peine.

Car ces deux femmes étaient chrétiennes. Et si

l'ambition est quelque part inquiète, torturante, c'est surtout dans les âmes que la religion domine. On n'envisage pas sans effroi la carrière de la vie, quand on juge les choses de haut : la nature et l'amour-propre excitant d'une part, la conscience retenant de l'autre, il en résulte bien la plus fatigante lutte qui se puisse imaginer. Qu'importe, songea ensuite à part soi chacune de ces excellentes créatures, qu'importe que nous jetions sur ces enfants chéris un peu de lustre, un habit galonné, si nous les exposons au malheur éternel ? Que leur serviront tous les Marengo et tous les Austerlitz du monde, s'ils viennent à perdre leur âme ?

Ces réflexions-là sont tristes, mais elles sont justes. Dans le même moment, le capitaine et le lieutenant venaient de retourner la médaille.

— Au fait, disait M. Aubert, avez-vous lu votre journal, lieutenant ? Il paraît que le roi de Hollande tient tête et ne lâchera pas Anvers.

Nous avions oublié de dire au lecteur que nous sommes en 1831.

— On le dit et le *Morning Chronicle* soutient que la guerre est inévitable.

— C'est ce que je voulais vous dire.

— Le *Sun* même pousse positivement le vieux roi à ne pas lâcher prise. Alors on tirera le canon.

— Et ce sera la France, s'il vous plaît.

— Comme de juste. Nous sommes assez riches pour payer les frais de procès de nos voisins.

— Oui, mais nous aurons la guerre, et je vois que nos femmes ont raison. Alors nos gamins pourront un jour gagner l'épaulette.

— C'est inévitable.

— Car, voyez-vous, le premier coup de canon tiré

mettra l'Europe en feu. C'est l'opinion de mon journal, et c'est aussi la mienne.

— Je suis de votre avis. Et je m'étonne que nous n'y ayions pas songé. Il est vraiment impossible que les choses tiennent comme elles vont : il faut que la révolution de Juillet absorbe l'Europe, ou qu'elle en soit absorbée. Allons, soldats ! va pour soldats !

Or, ce premier coup de canon qui réjouissait le cœur des vieux guerriers, était précisément ce qui faisait trembler les deux mères.

— Ah ! madame Aubert, que nous sommes folles !

— Le vent est à la guerre, mais cela pourra changer...

— Vous figurez-vous votre fils blessé, estropié, tué ?... rien que l'idée m'en fait frissonner.

— Il est vrai que cela n'est pas beau.

— Nous n'aurions pas un instant de tranquillité, si nous sentions nos enfants sur un champ de bataille.

— Oh ! soldats ! je n'en veux plus.

— Nous y réfléchirons. D'ici à l'école polytechnique il y a loin encore. Le temps pourra se remettre au beau. Ensuite, il n'y a pas rien au monde que l'état militaire. Commençons par le commencement : faisons d'abord des classes.

— C'est juste. Nous avons la magistrature, la marine, le génie civil, les eaux et forêts...

— Les préfectures, les droits réunis, les entrepôts de tabac, les domaines, et mille autres carrières. Nous verrons.

La petite ambition reprenait déjà pied. On ne voyait plus que la fin, sans songer aux moyens, c'est-à-dire le terme du chemin sans penser au voyage. Cette idée de l'état militaire était à peine supportable ; mais on voulait, mais on espérait quelque chose enfin. La pire supposition eût été que les deux enfants pus-

sent rester laboureurs, comme l'avaient d'abord pro-
jeté les pères. Laboureurs ! traîner de gros sabots à
la suite d'une charrue ! mener le fumier ! fi donc !

Les deux ménages étaient ainsi extérieurement d'accord. On ne songea plus qu'à préparer les hardes pour
le mois d'octobre. Les deux soldats s'étaient repris
d'une nouvelle ardeur pour la guerre, et suivaient
avec un intérêt doublé les interminables protocoles
dont M. de Talleyrand et la conférence de Londres
régalaient alors l'Europe. Ils traçaient d'avance la
marche des affaires, posaient leurs pronostics, et faisaient, avec le premier coup de canon, le tour de l'uni_
vers. C'était bien. Les femmes laissaient dire. Elles
se clignaient de l'œil en présence de leurs maris pour
se dire : Nous verrons... faisons d'abord nos classes...

Il est pourtant digne de remarque que ces deux
mères ne mettaient point le même intérêt à la question, ou plutôt ne l'envisageaient point absolument
sous le même point de vue. Chez l'une, l'anxiété religieuse était plus vive : Mme Desgrenats avait la conscience timorée, très timorée. Comme l'avait prévu son
mari, elle se repentait déjà presque de s'être tant
avancée, mais elle n'osait reculer. Quand il lui reve-
nait en pensée tout ce qu'on disait de l'éducation
universitaire, son sang se figeait dans ses veines.
Mme Aubert en prenait plus aisément son parti. Pieuse
aussi, mais moins que son amie, si elle éprouvait quelque inquiétude à l'endroit du salut de son fils, sa
conscience trouvait moyen de se rassurer, soit sur le
caractère de cet enfant, soit sur l'impérieuse loi de la
nécessité. Or, c'était précisément le caractère de son
fils qui inquiétait Mme Desgrenats. Et ceci nous amène
tout naturellement à faire le portrait des deux adolescents.

1.

Amédée Aubert était en réalité le meilleur enfant imaginable. Rarement voit-on réunies à cet âge autant de qualités aimables et solides. Son caractère calme et paisible, quoique ferme, ne savait pas ce que c'était que la contradiction. Il aimait le travail, il avait de l'ordre. Réservé sans être froid, ses caresses avaient d'autant plus de prix qu'il ne les prodiguait pas. Chez lui la raison passait avant le sentiment. Il avait de bonne heure goûté la piété, ce qui veut dire qu'il pratiquait la religion avec droiture et simplicité, et sans cette étourderie qui est si commune à son âge. Le seul reproche qu'on eût pu lui faire, c'était d'être parfois peu expansif. Quand un ordre contrariait ses goûts, il obéissait en silence avec une sorte de bouderie ; mais une fois la chose faite, il reprenait son humeur égale. Cette sournoiserie apparente n'était qu'un nuage. Cet enfant aimait véritablement ses parents, son Dieu, son devoir.

Son ami, Henri Desgrenats, était à peu près l'antipode. Une turbulence inouïe tenait continuellement ses facultés en haleine. Il n'était pas méchant dans la force du terme, mais il paraissait l'être ; querelleur, boudeur, opiniâtre, dissipé, toute sa vie était un orage. Jamais de paix avec lui. La jeunesse du village l'avait en horreur, car il n'était pas d'enfant à qui il n'eût joué un tour plus ou moins pendable. Il avait brisé à coups de pierre toutes les vitres de l'église. A chaque instant, les paysans venaient réclamer à M. Desgrenats le prix d'un carreau cassé, d'une porte enfoncée, ou de quelque autre dommage de ce genre. Une seule chose rassurait Mme Desgrenats, c'est que son fils avait un bon cœur, c'est-à-dire faisait tout par étourderie, et rien par malice. C'est là la consolation ordinaire des mères : leurs fils ont toujours un

bon cœur. Pauvres mères ! elles ne comprennent pas
qu'on puisse pécher par le cœur !... Le lieutenant
disait : Avec un caractère comme celui-là, quand on
est soldat, on se fait tuer du premier coup, ou l'on
devient maréchal de France : Murat tout fait. Et c'é-
tait de là, peut-être, qu'était venue à Mme Desgrenats la pensée de faire de son Henri un soldat. Elle
avait d'abord cru qu'un an ou deux de discipline militaire materaient ce caractère indompté ; idée assez
commune mais bien erronée : la caserne jette une
couche de libertinage sur ces natures irrégulières, et
puis c'est tout. En y réfléchissant, la bonne mère s'en
douta, et un fait vint encore la confirmer dans sa pensée. Un certain petit bandit du village voisin avait fait
toute sa vie la croix de ses parents. On crut faire sage-
ment de le laisser partir ; chacun disait à ses parents :
Vous verrez ! vous verrez ! on le dressera par là à la
baguette ; la salle de police en fera façon. L'étourdi
fit son temps de service, à peu près tout entier au
cachot. Il revint ; c'était vingt fois pire qu'auparavant.

Voilà donc pourquoi ces deux femmes n'étaient plus
tout à fait dans la même disposition d'âme : l'une se
rassurait, l'autre tremblait, et il y avait raisons des
deux côtés. Cependant le mot était dit, l'impulsion
avait été donnée ; il n'était plus possible de reculer.
Le lieutenant, d'ailleurs, avait donné sa parole d'honneur qu'une fois son parti pris, il n'en démordrait pas.

Il vint à la pensée de Mme Desgrenats, un peu trop
tard peut-être, d'appeler au conseil le curé de la paroisse. C'était un vieux prêtre, doué d'une instruction
ordinaire, mais d'une piété rare. Son trait distinctif
était ce bon sens pratique qui va droit au but. Il se
félicitait lui-même d'être *de la vieille roche*. Il avait
vu la Révolution française, et il en avait tiré plus d'un

enseignement. Plein de bonhomie et de finesse en même temps, il aimait à rire des travers du siècle où il était condamné à finir ses jours. — On a beaucoup d'esprit maintenant, disait-il, mais on n'a plus de bon sens. — Il croyait que la Révolution avait eu pour effet principal de brouiller ce vieux bon sens français, qu'on vantait partout. Cependant ses préjugés n'étaient point opiniâtres ; il ne disputait guère, ayant reconnu depuis longtemps avec un saint (1), qu'il est beaucoup plus facile et plus court d'accommoder son opinion à celles des autres, que de plier les opinions des autres à la sienne. Toutefois, il avait eu ses croix et ses contradictions au sein de sa paroisse. Et la moindre n'était pas d'être à demi brouillé avec le lieutenant. Oui, à demi brouillé avec ce brave Desgrenats, la perle des grognards de l'Empire. Et cela pour un mot. Le bon curé n'avait-il pas eu le malheur de dire un jour, chez Desgrenats lui-même, que Napoléon avait fait un tort immense à la religion. Cela n'était que trop vrai : l'histoire le dit aussi ; mais le mot fut fatal : le lieutenant ne put le digérer. Dès ce moment-là, il ne fit plus de pâques. Il cessa de rendre au curé des visites, ne l'invita plus à manger, et manifesta assez haut le dégoût qu'il avait à le voir, pour que le vieillard se crut obligé de le sevrer de sa présence. En parlant de Desgrenats, le curé disait : Un enfant de la Révolution, que voulez-vous ? il a perdu le bon sens.

Et les choses allèrent au point que le lieutenant voulut que sa femme s'adressât à un autre confesseur. Il ne croyait pas qu'un prêtre qui doutait de la piété de Napoléon méritât la moindre estime. Il y a encore, sous ce rapport, bien des Desgrenats dans le monde.

(1) Saint François de Sales.

Mais, pour avoir changé de directeur, Mme Desgrenats n'en respectait, n'en estimait pas moins son curé. Elle allait de temps en temps le voir, quand elle était sûre que son grognard n'en saurait rien ; elle lui envoyait parfois un melon, un fromage blanc, une botte d'asperges, toujours à l'insu du lieutenant. Elle le pensait du moins ; mais sans doute elle se trompait. Nous ne croyons pas trop présumer de la sagacité du soldat, en supposant qu'il devinait les ruses de sa femme, et qu'il ne les voyait pas de mauvais œil. Nous croyons même qu'il était, au moment où nous écrivons, à peu près disposé à se réconcilier, non pas avec le blasphème sur le compte de son idole, mais avec celui qui l'avait proféré.

Mme Desgrenats jugea donc ne pouvoir s'adresser à meilleur conseil, dans la circonstance critique où elle se trouvait. Elle profita d'un jour où *son rhumatisme*, comme elle appelait familièrement son mari, était allé se promener à une foire voisine, en compagnie du capitaine, et vint trouver le respectable curé. Le même motif y avait juste amené, un moment avant elle, Mme Aubert, et déjà le vieillard remuait sa tête vénérable, à l'ouverture qu'on venait de lui faire. Il avait pris un air soucieux. Quand Mme Desgrenats eut de nouveau posé la question, sa face se rembrunit encore : on sentait à sa mine *rentrée*, qu'il croyait peser une grave difficulté et presque un arrêt de vie ou de mort.

— Vous êtes donc déjà lasses de garder ces poussins sous vos ailes ?

— Ils grandissent, monsieur le curé, et nous ne pourrons bientôt plus les retenir.

— J'ai ouï dire à vos maris qu'ils se contentaient d'en faire des laboureurs. Ils savent lire, écrire, calculer, que faut-il de plus ?

Les deux femmes se regardèrent.

— Nos maris ont changé d'avis.

— Ce n'est pas trop leur usage, reprit le vieillard, avec son sourire bonhomme et narquois, qu'un coup d'œil envoya à Mme Desgrenats.

— Il est pourtant décidé, répondit Mme Aubert toute seule, que les petits partent au mois d'octobre.

— J'en suis fâché. Les parents désirent, je le vois, qu'ils soient quelque chose ; moi j'aurais souhaité qu'ils ne fussent rien. Pourquoi redouté-je tant la vie publique pour les enfants ?

— Oui, pourquoi, monsieur le curé ?

— Ah ! je le sais. Un grand philosophe, qui était aussi un grand chrétien, a dit : « Ne soyons pas les meurtriers de l'innocence, en la précipitant de si bonne heure au milieu des dangers qui accompagnent nécessairement tous les rassemblements nombreux. L'œil du sage s'arrête douloureusement sur un amas de jeunes gens, où LES VERTUS SONT ISOLÉES ET TOUS LES VICES PRIS EN COMMUN (1) ! »

Le vieux prêtre avait appuyé sur ces derniers mots, comme s'ils eussent renfermé un sombre pronostic. Il se tut un moment, embarrassé de dire autre chose. Mais ses yeux passèrent de l'une à l'autre de ces dames.

— Et pourtant qu'en faire ? dit Mme Aubert, qui seule avait un peu de courage.

— Oui, qu'en faire ? dit à son tour le vieillard. Dans mon temps on ne s'inquiétait pas tant de cela ; aujourd'hui c'est un énorme, un monstrueux souci. Qu'en faire ? Il y a, je suis sûr, cent mille femmes qui disent à cette heure : Qu'en faire ?

(1) J. de Maistre, *Lettre à une mère.*

—Au fond, ce que le bon Dieu voudra.

— Cela est juste : quand vous ne le diriez pas, cela serait encore. C'est le Maître qui assigne les rangs ; mais prend-on la peine de le consulter? J'ai vécu ; je vois qu'on se précipite à la curée : les uns cèdent à l'orgueil, d'autres à l'ambition ; mais qui demande lumière au Très-Haut? On n'en a pas plus souci que s'il ne se mêlait plus de ce qui se passe ici-bas. Dans mon temps, on priait. Ma pauvre mère vous aurait raconté qu'elle pria dix ans tous les jours, pour que Dieu me fît connaître ma vocation.

— Plus je prie, monsieur le curé, dit Mme Desgrenats, qui avait presque envie de pleurer, et plus ma tête s'embrouille.

— C'est que le fond n'est pas pur. Un petit grain d'ambition gâte tout. Je vous connais : vous faites violence à votre bonne nature, en lançant ce jeune homme par le monde, et pourtant vous tâchez de vous rassurer. La nécessité! dites-vous. *Il n'y a qu'une seule chose nécessaire*, a dit Jésus-Christ. Mais on n'est plus de son avis. Aujourd'hui, le monde voit des nécessités de toute sorte : il faut des charges, il faut un rang, il faut des honneurs, il faut de la fortune surtout, il faut de la fortune. *Porro, unum est necessarium...*

Les deux dames baissaient les yeux en silence.

— En somme, reprit le vieillard, où voulez-vous les placer?

— Au collège, répondirent-elles.

— Que Dieu les conduise, alors ! Vous les jetez dans la fournaise : eh bien ! priez qu'un ange descende pour les protéger, comme autrefois les jeunes Hébreux. Quoi qu'en pense Desgrenats, l'empereur fit là une faute énorme. Il entendit mal ses intérêts et

ceux de la France, en restreignant la liberté. Il pouvait mieux. Dans le siècle où Dieu me fit naître, il n'en
était pas ainsi : chacun allait puiser l'éducation et la
science où bon lui semblait. Il est vrai que c'était un
siècle de servitude. Aujourd'hui que les fers sont tombés, on est forcé d'envoyer ses enfants à des gens
auxquels on serait souvent honteux de les voir ressembler. Moi qui avais pris au sérieux ce mot de
liberté, et les promesses de la charte, n'ai-je pas voulu
m'aviser d'apprendre un peu de latin à quelques enfants, c'est-à-dire épargner à leurs parents pauvres
les frais des premières études, c'est-à-dire encore
rendre à d'autres le service que j'avais reçu moi-
même? Vous savez ce qu'il en est résulté, j'ai payé
l'amende, et on a fait grâce de la prison à mes cheveux blancs. Merci, pieux empereur! Je ne sais si
l'éloquence de vos lieutenants et le cliquetis de vos
victoires suffiront à vous défendre devant Dieu. En
attendant, mes pauvres femmes, vous êtes donc for-
cées d'y passer? Et dans quel collège pensez-vous les
mettre?

—Au collège de ***.

— Hum! Il y a à prendre et à laisser. Le principal,
m'a-t-on dit, croit en Dieu, c'est beaucoup. La plupart des professeurs doutent. S'il faut en croire certains rapports d'élèves, on ne se gêne pas pour parler librement de Dieu et des choses saintes, et vous
devinez dans quel sens. J'ai vu deux enfants y entrer
purs comme des anges, et en sortir solides philosophes
et fameux libertins. Exception peut-être. Les vôtres
pourront être plus heureux.

— Vous connaissez Amédée, monsieur le curé; je
puis un peu compter sur son naturel.

— Compter! le mot est bien fort; je ne compte sur

personne, pas même sur moi. C'est un effrayant abîme
que la nature humaine, dit saint Augustin (1). Son
naturel? il est bon, cela est vrai ; il a paru bon du
moins jusqu'à présent. Mais y a-t-il un naturel à l'é-
preuve de causes incessantes de corruption? Le mal
qui ne viendra pas par les maîtres viendra par les
condisciples ; ce qu'aura commencé la rhétorique, la
philosophie l'achèvera. J'ai par là un cahier dans lequel il m'a pris fantaisie de recueillir quelques-unes
des balourdises qu'ont avancées ces universitaires ;
je vous proteste qu'un âne ne les porterait pas. Ah!
chères femmes! chères femmes! qu'est-ce qu'un bon
naturel? qu'est-ce qu'un morceau de bois, fût-il un
peu vert, au milieu d'un si vaste foyer? Son naturel!
Combien de fois j'ai vu un lion dormir sous la peau
d'un agneau !...

L'œil expérimenté du vieillard avait lu plus avant
dans la nature d'Amédée Aubert. La mère n'entendit
pas cette sentence sans frissonner.

— Et vous, madame Desgrenats, comptez-vous
beaucoup sur le vôtre ?

— Pas le moins du monde, monsieur le curé. Je
connais trop bien sa nature fougueuse, emportée, pour
ne pas savoir qu'elle courra au-devant du péril, au
lieu de l'attendre. J'éprouve les craintes les plus vives sur le compte de mon fils, et je me repens presque d'avoir poussé mon mari à le sortir de la maison.

— A la bonne heure. Ce lutin-là peut beaucoup de
mal, ou... beaucoup de bien. De tels caractères n'ont
pas de milieu. Je lui donne huit jours pour être le
plus franc polisson du collège. Mais tous les bons

_____

(1) « Grande profundum est ipse homo. » (*Confess.*, lib. IV. c. XIV.)

vins travaillent... Vous me demandez mon avis? Eh bien! eh bien!

Il hésitait.

— Je vois que vous opineriez à n'en rien faire, monsieur le curé.

— A peu près. Et pourtant, chères enfants, il est pénible de donner un pareil avis à d'honnêtes gens qui sont chargés de famille. Vos fils sont aussi bons que d'autres pour s'asseoir au banquet de l'État. Avec sept ou huit enfants, il faut songer à des emplois. Mais n'y aurait-il pas moyen de tout arranger? N'y a-t-il pas d'autres maisons que les collèges?

— Pardon, monsieur le curé; nous avons les jésuites hors de France, et les séminaires en France.

— Voyez donc, interrompit le vieillard, qu'un souvenir rejetait tout à coup aux jours de sa jeunesse; quand je quittai le prêtre qui s'était chargé de ma première éducation, on était embarrassé de savoir où me mettre. Mais c'était bien vraiment l'embarras du choix. Nous avions des bénédictins, des oratoriens, des dominicains, des eudistes, que sais-je, moi? Et encore venait-on de chasser les jésuites, qui avaient 104 collèges en France. Et tout cela luttait, rivalisait à qui mieux mieux de zèle, de science et de vertu. Il est vrai que c'était le temps de la servitude. Parents et enfants, tout était esclave... — Que disiez-vous donc, mesdames?

— Que nous avons le collège de Fribourg, en Suisse, et en France les petits séminaires.

— Fribourg! Fribourg! Ce serait marquer vos enfants d'un fer chaud. Un jésuite est un monstre, et un élève des jésuites n'est bon qu'à jeter aux chiens. Notre mère l'Université a déclaré cela, et il faut l'en croire sur parole. A quoi pourraient aspirer vos enfants?

— A rien, monsieur le curé.

— C'est cela. Il est très clair qu'un enfant qui a reçu l'instruction de ces misérables jésuites n'est bon ni à jauger les tonneaux en qualité d'employé des droits réunis, ni à griffonner des bouts de papier en qualité de sous-préfet. Le latin de Suisse ne vaut rien, c'est connu ; et le grec y est détestable. Ajoutez que toute religion, toute morale qui vient de là, est contrebande. Les jésuites vous inspireraient de la confiance, vous les jugez dignes d'exercer en votre nom l'autorité sur vos enfants, mais vous ne pouvez leur confier cette mission importante, ou sinon vos enfants seront rejetés comme inaptes à remplir aucune fonction, et tout cela au nom de la liberté ! O liberté ! — Les petits séminaires, avez-vous dit? eh bien ! j'opinerais pour les petits séminaires.

— Mais, monsieur le curé, nous ne voulons pas faire des prêtres de nos fils. Nous..., c'est-à-dire nos maris.

— J'entends ! j'entends ! Mais d'abord vous en ferez ce que Dieu voudra, et si Dieu veut les prendre pour son compte, vous aurez beau vous débattre, il sera le maître. Je ne doute pas que le père Desgrenats en particulier ne soit très peu disposé à laisser son fils étudier l'histoire de l'Empire sous le point de vue religieux ; il tient trop à son idole. — Mais n'y a-t-il que des prêtres qui sortent des petits séminaires?

— Pardon, monsieur le curé, nous savons qu'on n'exige point, pour entrer dans ces maisons, qu'un enfant sache à douze ans quelle sera sa vocation. On reçoit à peu près indistinctement ceux qui s'y présentent munis de certificats de bonne conduite. Mais il y a un inconvénient, c'est que les enfants n'y peuvent achever leurs études : ils sont obligés de fournir un cer-

tiflcat de rhétorique et de philosophie faites ailleurs,
sinon ils sont déclarés inaptes, même à passer l'examen du baccalauréat.

— O pieux Empereur! ô sainte Université! s'écria le
vieux curé en joignant les mains; quel tendre amour
pour la liberté! Un jour la postérité n'y pourra croire.
Le latin, le grec, le français, ne valent plus rien dès
qu'ils n'ont pas été dispensés par les employés de
l'Université! On ne demande plus à un enfant: *Que
savez-vous?* mais: *Où l'avez-vous appris?* La science
est parquée en certains endroits : elle est le monopole
de certains maîtres. Un prêtre, un homme honorable,
reconnu et protégé par la loi, muni des certificats,
moral, pieux, savant, et même — cela arrive — élevé
par l'Université, nourri de sa science, partisan de ses
méthodes, orné de ses lauriers et riche de ses brevets,
ce prêtre, dis-je, n'est plus apte à enseigner, est déclaré sot, âne renforcé, parce qu'il enseigne hors des
murs d'un collège!... Ramenez-le au collège, c'est un
prodige de science; sortez-l'en, c'est un ignorant... O
pieux Empereur! ô sainte Université! les belles choses
que vous avez faites!

Nous ne pouvons dissimuler qu'un sourire de pitié
accompagnait ces exclamations du vieillard.

— Dans mon temps, reprit-il et je vous parle du
temps de l'esclavage, si heureusement passé — dans
mon temps les ordres religieux distribuaient la science
gratuite, et avec une louable émulation. Il y avait des
établissements laïques, il y avait des établissements
ecclésiastiques, des universités et des couvents; chacun était libre de choisir. Mais il ne serait venu en pensée à personne de demander à quelqu'un en combien
de temps, et où il avait acquis sa science. On aurait
honni, couvert de huées et de sifflets, un examinateur

qui, avant d'interroger un aspirant aux grades, se serait enquis de l'école où il aurait fait ses études. On eût regardé ce trait comme une suggestion de basse jalousie, si l'interrogateur eût appartenu à un corps enseignant ; ou comme un acte d'odieuse inquisition, s'il eût été simple citoyen. Et aujourd'hui ! aujourd'hui, Bossuet, Fénelon, Racine, Pascal, seraient refusés, même à l'examen, s'ils n'apportaient un billet constatant qu'ils ont passé deux ans sous la férule universitaire ! Deux ans, juste : ni plus ni moins ! comme s'il n'était pas possible de mettre moins de temps à apprendre les matières exigées ! comme si l'on ne voyait pas chaque jour un enfant apprendre en six mois ce qu'un autre n'apprendra pas en dix ans ! O pieux Empereur ! ô sainte Université !...

— Mais tout cela n'avance pas la question, monsieur le curé.

— C'est vrai : mais que voulez-vous ? vous me demandez mon avis ; je vous le donne et vous le motive. Les doctrines de l'Université m'inspirent une répugnance invincible : le régime d'un séminaire me rassure, au moins pour l'essentiel, les mœurs. Encore une fois, que me demandez-vous de plus ?

— J'adopterais volontiers le petit séminaire, dit l'une des dames, s'il n'était pas nécessaire de faire recommencer aux enfants les deux dernières années de leurs études

— A la bonne heure ! mais c'est de la liberté, et cela doit vous consoler. Attendez pourtant ; il y a encore un moyen de s'en tirer. Placez vos enfants au petit séminaire, et puis, quand leurs études seront finies, adressez-vous à votre voisin Ferronnet, le maréchal ferrant ; il vous fera un certificat.

Les dames crurent que le bon curé voulait se moquer d'elles.

— Ne faites pas tant les ébahies ; c'est comme je vous le dis. Le capitaine et le lieutenant feront un modèle de certificat, constatant que leurs fils ont fait leur cours de rhétorique et de philosophie sous le maréchal Ferronnet ; le maréchal signera, et tout en sera dit. Voilà comme cela se pratique. Ne connaissez-vous pas le jeune Segret ?

— Un franc polisson, sans vouloir médire, dit Mme Aubert.

— Je ne dis pas non. Mais qu'à cela ne tienne : l'Université n'y regarde pas de si près. Etre libertin, joueur, tapageur, impie, mauvais fils, mauvais frère, qu'importe ? pourvu qu'on n'ait pas appris le latin chez les jésuites ou chez des prêtres... Quoi qu'il en soit, Segret avait besoin du grade de bachelier, et n'avait fait que des études particulières. Son père ne sachant notoirement ni lire ni écrire, passa la plume à l'oncle Cavaillot, le tanneur, qui signa comme quoi son neveu avait fait ses études sous lui. Et Segret a été reçu.

— Moyennant quelques paniers de vin de Bourgogne !... dit la chronique.

— Silence donc, médisante ! Ainsi l'Université, qui ne veut point du témoignage d'un prêtre, de dix prêtres ; qui nie la science d'hommes graves, consciencieux et instruits, admet sans sourciller le témoignage d'un maréchal ferrant et la science d'un tanneur. Ou encore, l'Université force un pauvre père de famille qui n'a pas de quoi lui payer deux années de pension pour son fils, le force, dis-je, à faire un faux, ou à voir perdre tout le travail de ce pauvre enfant ; c'est-à-dire qu'elle place le père de famille dans l'alternative de voir son fils exclu de tout emploi, ou de commettre lui-même un délit justiciable des tribunaux.

— Quelle sottise !

— Cela ne serait que drôle, si cela n'était pas absurde et injuste. Mais, encore une fois, on ne sait pas tout ce qu'on a gagné à ce bienheureux régime de liberté. Il est vrai que le nombre des étudiants est moins grand sous le nouveau régime que sous l'ancien, bien que la population soit augmentée d'un quart ; il est vrai encore que le niveau des études a considérablement baissé, c'est-à-dire que les brillantes écoles d'aujourd'hui sont moins à même de montrer des élèves instruits que ces misérables écoles du temps de la servitude ; tout cela est vrai ; mais qu'importe, encore une fois ? Nous avons du moins brisé nos fers ; nous sommes libres ; et ce beau mot de liberté compense bien des choses.

— Qu'est-ce que le mot sans la réalité ?

— Imprudente ! parlez plus bas : car, si l'on vous entendait !... J'ai voulu, moi, prendre ce mot-là dans son sens naturel, m'imaginant qu'on ne s'était pas battu cinquante ans pour avoir trois syllabes creuses, et que puisqu'on avait culbuté l'ancien ordre de choses comme oppressif, on devait nécessairement être plus libre de faire le bien aujourd'hui. J'ai payé mon erreur d'une amende, et sans mes cheveux blancs, j'aurais goûté de la prison. Il est vrai qu'il y avait chez moi récidive : les vieillards sont entêtés...

— Mais on dit, monsieur le curé, que les études sont faibles, très faibles, dans les petits séminaires ?

— C'est connu. D'abord parce que ce sont des séminaires, et ensuite parce que ce sont des prêtres qui y enseignent. L'Université a seule de l'esprit. Ainsi tous nos évêques sont des sots, et tous nos prêtres des ânes : c'est une vérité admise en Europe. Il y a longtemps que tricorne est synonyme d'éteignoir.

Pourtant une chose m'étonne, c'est que ces écoles d'obscurantisme fournissent généralement plus de bacheliers que les collèges même de l'Université (1), et cela m'étonne d'autant plus que c'est l'Université qui est juge. Ce que je ne comprends pas surtout, c'est que l'Université ait si peur de la concurrence de ces misérables repaires d'ignorance ; il me semble que quand on a tant de science et d'esprit, on ne doit pas redouter la rivalité des ignorants et des sots.

— Ce qui rend, je crois, les écoles ecclésiastiques redoutables à l'Université, c'est la confiance qu'inspirent les prêtres, sous le rapport moral.

— Bah ! est-ce que l'Université ne se sent pas de force à faire des hommes moraux ? C'est un mauvais signe pour elle. Il me semble que rien ne peut manquer à cette belle création de l'Empire, à cette autre Minerve qui sortit tout armée du cerveau du moderne Jupiter. Ah ! la science ne suppose donc pas la vertu ? On peut donc être bachelier, et même licencié, et même docteur ès-lettres ou ès-sciences, sans être pour cela homme moral et bon chrétien ? Voilà qui est peu rassurant pour des parents qui tiennent avant tout, ou même après tout, à sauver la foi de leurs enfants. Hélas ! oui, il n'est que trop vrai que l'Université n'offre aucune garantie sous le rapport de la foi et des mœurs. Et comment en serait-il autrement ? Immense Babel, elle ouvre son sein à tous les dogmes, à toutes les théories. Loin de rejeter d'elle ceux qui nient la foi vénérable de nos aïeux, elle les accueille, elle les honore, elle leur confie ses premières dignités ; elle encourage et favorise le progrès de leurs

----

(1) Aveu de M. Villemain, ministre de l'instruction publique, à la chambre des pairs.

livres impies, et c'est sous son couvert que les blasphèmes les plus révoltants parviennent aux enfants
dont l'éducation lui est confiée. J'ouvrirai un jour mon
cahier, et je vous lirai quelques-unes seulement des
propositions avancées par les dignitaires de cette puis-
sante corporation, et vous verrez jusqu'où osent aller
ceux à qui sont remises les destinées de la jeunesse,
et par conséquent de la France. Et puis les fruits sont
là. Arrêtez, au sortir du collège, ceux qui y ont reçu
leur instruction, et voyez combien il en est qui aient
conservé leur foi. A peine un sur cent. Quelle chance
effrayante! Aussi ai-je vu des mères chrétiennes fondre
en larmes à la veille de livrer leurs fils au géant universitaire; elles s'indignaient de l'affreuse alternative
où on les plaçait, de voir leurs enfants inaptes aux
fonctions publiques, ou abandonnés à des maîtres indignes de leur confiance. Et au fond, c'est bien triste.
Que de pauvres mères gémissent encore à cette heure
dans cette cruelle perplexité! La religion, la nature,
leur avaient donné l'empire sur leurs enfants; la loi
le leur enlève. La religion leur fait un devoir strict de
veiller sur l'esprit et le cœur de leurs enfants; les
exigences du monopole les forcent à sacrifier ce devoir
à un besoin impérieux, d'ouvrir à ces enfants la carrière des emplois publics. Oh! tous les sophismes du
monde ne couvriront pas cette révoltante injustice.
Jamais on ne répondra rien de raisonnable au père de
famille qui dira : Laissez-moi confier mon fils à ceux
que je juge dignes de ma confiance ; ni à la pauvre
mère qui criera, les yeux baignés de larmes : Vous
m'avez perdu mes enfants! rendez-moi mes enfants!

— Voilà pourtant le cas où nous nous trouvons, dit
Mme Desgrenats, que ces raisons touchaient vive-

ment ; nous sommes maintenant, Mme Aubert et moi,
dans la triste alternative dont vous parlez, monsieur
le curé. Et vraiment, je m'épouvante, je m'en veux de
l'imprudence que j'ai faite de pousser mon mari à une
telle résolution. Oui, il valait mieux laisser mon fils
croupir dans l'ignorance, et, au besoin, languir dans
la pauvreté, que de l'exposer, lui si ardent, si fougueux, à des dangers où les plus fermes succombent.
Malheureuse que je suis, je n'y ai pas assez réfléchi!

— Et qui nous empêche, reprit Mme Aubert, de placer nos enfants dans un petit séminaire? Il sera toujours temps de les en retirer, quand viendront les deux
dernières années d'études dont l'Université se réserve
le monopole. Ce sera autant de gagné sur l'ennemi.

— Mais ces deux dernières années, dit Mme Desgrenats, ne suffisent-elles pas pour gâter le cœur et
l'esprit d'un jeune homme ?

— Bien trop! bien trop! dit le vieux prêtre; l'année
de philosophie surtout renverse en eux toutes les no-
tions du juste et du vrai. Ce misérable cours de philosophie n'est autre chose qu'un fatras de doctrines
hardies et erronées, dont on imbibe ces jeunes intelligences : c'est un voyage à travers les opinions les
plus bizarres, une sorte de divagation, je dirais presque de débauche intellectuelle, dont ces esprits im-
pressionnables reviennent toujours fatigués et meur-
tris. Sous le prétexte de les laisser choisir, et de mettre leur raison en plein exercice de son libre arbitre,
— comme si une intelligence novice, comme si un jugement à peine formé, étaient à même de discerner
sûrement le vrai du faux! — sous prétexte, dis-je, de
les laisser libres, on fait passer devant eux tout ce que
l'esprit humain, dans ses jours de folie, imagina de
plus extravagant, de plus opposé aux principes du bon

sens, et surtout aux enseignements de la foi. Et comme
c'est le moment où les passions s'éveillent, comme
c'est l'heure critique où l'on choisit la voie qu'on gardera, au jugement du sage, toute sa vie, quoi d'étonnant que ces jeunes intelligences adoptent celle qui
flatte le plus leurs sens et leurs passions naissantes ?
Et puis, dans ce chaos d'opinions de toute sorte, ils
ne savent réellement plus à quoi se prendre ; ballottés
entre des systèmes contradictoires, entre des noms
également honorés par leurs maîtres, privés surtout
du flambeau de la religion qui marque le point où la
raison s'arrête et où la foi commence, ils finissent par
croire qu'on joue devant eux une grande comédie : ils
le croient et y choisissent leur rôle. Le genre humain
leur paraît une immense collection d'êtres jetés au
hasard, vivant en aveugles, suivant chacun ses penchants ou ses goûts; celui-ci croyant, parce que son
instinct l'y pousse ; celui-là incrédule, parce que sa
nature le veut; ces autres obéissant aux appétits bru-
taux ou aux besoins matériels, mais tous fort peu soucieux d'un but ultérieur, et ne portant pas leurs vues
au delà de ce monde visible. Voilà ce qu'on leur insi-
nue ou du moins ce qu'ils croient. Ils sortent de là ef-
farés, incertains, ou plutôt trop bien décidés à se livrer
sans retenue aux mauvais penchants de leur nature.

  J'en appelle à l'expérience pour confirmer la vérité
de ce que je dis. Et si ces jeunes gens gardent encore
dans le monde une certaine retenue, s'ils dissimulent
même souvent des vices trop réels sous l'apparence de
vertus feintes, attribuez-le à un reste d'éducation
première, à un caractère naturellement honnête, et
surtout à l'influence que la religion exerce encore
nécessairement, même au sein de notre société corrompue.

— Vous ne nous conseillez donc pas de placer nos enfants dans un collège?

— Non : jamais! l'Université, telle qu'elle est constituée, ne m'offre aucune garantie.

— Pourtant, monsieur le curé, il y a un aumônier dans chaque collège...

— Je ne l'ignore pas. Mais la présence d'un aumônier, ses vertus même ni ses leçons, ne sont point, à mes yeux, une sauvegarde suffisante contre les mille causes de perdition qu'un enfant y rencontre. Qu'est-ce, je vous prie, que la présence d'un prêtre, prêchant et catéchisant par devoir, c'est-à-dire suivant l'expression vulgaire, faisant son métier : vivant froidement avec son principal et les professeurs, quelquefois même en contradiction ouverte avec eux ; dédaigné, ridiculisé, tout au moins traité avec cette réserve glacée qui est si voisine du mépris; considéré enfin, au moins pratiquement, comme un homme imposé, comme le représentant d'une idée usée, comme un instrument offert à ceux qui sont encore assez arriérés pour rester religieux; qu'est-ce, dis-je, que cet homme en face de dix ou douze professeurs, esprits forts, libres penseurs, tranchants, hardis, ayant une action continue et directe sur l'esprit de leurs élèves? Comment un sermon débité d'office une fois par quinzaine, un catéchisme exigé par le règlement, contrebalanceraient-ils l'influence de ces doctrines insinuées directement ou indirectement, par la parole, par l'exemple, par les livres classiques, par des plaisanteries voilées, par des sourires ? Que peut la parole d'un homme, fut-il instruit d'ailleurs et zélé, contre l'autorité de douze ou quinze autres, qui, s'ils ne rient pas des pratiques religieuses, les négligent au moins, et laissent percer de toute manière le mépris qu'ils en

font? J'ai connu un collège — et plût à Dieu qu'il fût
le seul en France ! — où pas un seul maître ne rem-
plissait le devoir pascal. Et vous voudriez qu'un enfant attachât à cette obligation essentielle du chrétien
l'importance qu'elle mérite, quand il la voit dédaignée
par ceux qui lui sont donnés pour maîtres et pour modèles? Et vous voudriez qu'il restât franchement chrétien, quand il voit des hommes instruits, graves d'ailleurs, honorés, considérés, traiter avec un mépris
visible ou une insouciance notoire la foi pour laquelle
on lui a inspiré dans son enfance un respect si profond? Non, non : cela n'est pas dans la nature humaine,
et encore moins dans celle de l'enfant. Échapper à de
tels périls, serait un miracle que l'on doit admirer,
mais sur lequel personne ne peut compter.

« Et remarquez bien que nous ne trouvons point à
redire que les membres de l'Université soient tels :
non ; que ces messieurs restent déistes, rationalistes,
panthéistes, athées même, cela les regarde ; que des
livres opposés à la foi soient recommandés, imposés
comme classiques, ou donnés en prix ou vantés aux
élèves du collège, on y consent ; que les parents
même qui désirent voir leurs enfants élevés dans ces
institutions qu'ils connaissent et qu'ils approuvent,
soient libres de les y placer, c'est leur droit ; ils n'au-
ront à en répondre que devant Dieu. Mais que tout
père de famille soit forcé de faire passer son enfant
par cette filière, mais qu'une mère chrétienne ne
puisse sauver son fils de ces périls, voilà le mal. Et
pourtant c'est le cas où l'on place les parents chrétiens. On ne permet pas qu'à côté de ces institutions,
suspectes à tort ou à raison, s'élèvent d'autres maisons qui offrent plus de garanties à ceux qui mettent
la foi chrétienne avant tout. Préjugés, faiblesses d'es-

prit, vieilleries, routine, qu'importe? c'est mon idée à
moi, père ou mère de famille, de faire élever mes enfants dans ce monde-là. J'en veux faire des jésuites,
des moines, des capucins, qu'est-ce que cela vous
fait? Est-ce à vous, l'État, à violenter ma liberté, à
m'enlever un droit que la nature m'a donné, et dont je
ne dois compte qu'à Dieu? Vous n'avez d'autre devoir
ici que celui de maintenir le droit des parents, au lieu
de le restreindre; vous devez à tous sécurité et pro-
ection. N'ayant vous-même, comme État, ni foi, ni
culte, vous devez respecter toutes les opinions, et n'en
imposer aucune. Vous pouvez, si bon vous semble,
surveiller tous les établissements d'éducation publique ;
il vous est loisible de veiller à ce que rien de contraire à la sûreté publique ne s'y enseigne ou ne s'y
fasse : c'est votre droit, c'est votre devoir ; mais jusque-là vous n'avez pas à vous mêler des méthodes,
et surtout de la qualité des hommes qui dispensent
l'instruction. Qu'ils aient la robe de jésuite ou le froc
de dominicain, qu'ils aient fait tel ou tel vœu religieux,
peu vous importe. Ils débattront cela avec Dieu et
avec les parents ; pour vous, cela ne vous regarde
point ; contentez-vous d'habiller à votre goût ceux que
vous destinez à vos propres établissements, dotez-les,
engraissez-les, récompensez-les, c'est votre affaire :
mais laissez-nous libres de faire de nos enfants tout
ce que bon nous semblera, fût-ce des jésuites.

— Voilà ce que crie le bon sens. Voilà ce que des
milliers de pères de famille pensent comme vous.
Mais, il faut le dire, on n'a pas assez de courage pour
réclamer ses droits.....

— C'est vrai ! les Français sont de grands enfants,
je voulais dire de grands bavards, qui crient beaucoup
et ne font rien. Ils n'ont de force que pour discuter :

dans la pratique, c'est bien ce qu'il y a de plus lâche
et de plus mou. Ils ne savent pas encore que la liberté ne se demande pas, qu'elle se prend. Ils ont des
mandataires qui font juste le contraire de ce qu'on désire et de ce qu'ils ont promis : eh bien! cela n'en va
pas moins ; ces mêmes hommes sont réélus, renvoyés
aux Chambres, aussi fiers d'eux que s'ils eussent
rempli tous les vœux de leurs mandants. Rien n'est
curieux comme le spectacle que la France offre sous
ce rapport. Mais ce sujet nous mènerait trop loin. Et
d'ailleurs, ce n'est pas de cela qu'il s'agit : ni moi ni
vous, pauvres femmes, ne pouvons réformer le système. Quant à mon avis, vous le savez. Réfléchissez
encore, consultez, et décidez ensuite pour le mieux.

Les deux dames consultèrent en effet, l'une son
amour-propre et son mari, l'autre sa raison et sa
conscience. Il fut convenu entre M. et Mme Aubert
qu'Amédée entrerait au collège. Le mari se souciait
fort peu des dangers qu'on y court; la mère comptait beaucoup sur le caractère de son fils. Quant à
Mme Desgrenats, après avoir bien prié Dieu, elle résolut de persuader au lieutenant d'envoyer son fils au
séminaire. L'entreprise était difficile ; elle eut besoin
d'adresse, de patience, de finesse ; elle mit tout en
œuvre. Elle objecta le caractère de l'enfant, qui, tout
récemment encore, venait de faire crier après lui plus
fort que jamais ; elle fit comprendre la nécessité de
mettre un frein à cette nature indomptée, elle repré-
senta qu'il en coûtait peu d'essayer ; qu'il serait temps
encore, après un an ou deux, de retirer l'adolescent
pour le confier à des mains plus dignes ; enfin elle
fit si bien que le lieutenant Desgrenats lui permit,
quoiqu'en grognant, de faire comme elle l'entendrait.

Quand le bruit se fut répandu dans le village de ce

qui venait de se décider, chacun tira des pronostics à
sa façon. Mais il n'y eut qu'une voix pour prophétiser
qu'Amédée Aubert serait l'ornement du collège et la
consolation de ses parents, tandis que Desgrenats ne
resterait pas huit jours au séminaire, avant de se faire
ignominieusement chasser. Nous verrons comme le
peuple avait prédit juste. Un événement inopiné survint sur ces entrefaites : Mme Aubert apprit la mort
de son père, enlevé subitement dans un âge encore
peu avancé. Cet incident l'obligeait à aller habiter le
village où elle était née. Les deux familles durent
ainsi se séparer pour un temps indéterminé ; car une
fortune assez belle, des entreprises importantes com-
mencées, ne pouvaient manquer de retenir longtemps
le capitaine et peut-être de le fixer au village de sa
femme. Les deux soldats se dirent un cordial adieu.
Les deux dames promirent de s'écrire souvent, et de
se tenir exactement au courant de ce que deviendraient
leurs enfants.

Quant aux jeunes gens, ils avaient à peine connu la
décision prise à leur égard, qu'ils en conçurent un
extrême chagrin. Malgré l'étonnante différence de
leurs caractères, ils s'étaient toujours aimés. Personne
dans le village, excepté Amédée Aubert, n'avait pu
souffrir Desgrenats, et peut-être cette charité avait-
elle gagné le cœur de l'incorrigible étourdi. Il aimait
vraiment Amédée. Celui-ci d'ailleurs était si bon, si
bienveillant, si doux, qu'il était impossible de le connaître sans s'attacher à lui. Après cela, c'est beaucoup
moins sur la similitude des caractères que sur celle
des goûts que se fonde l'amitié. En vain Henri avait-il
malmené son petit camarade et lui avait-il joué cent
tours abominables, Amédée avait tout pardonné, tout
oublié !

Quand les deux amis apprirent que leurs parents avaient intention de les faire étudier, la pensée qu'ils ne se sépareraient pas leur rendit cette décision supportable. Mais quand ils surent, l'un qu'on le destinait au séminaire, l'autre qu'on l'envoyait au collège, ils en poussèrent de hauts cris. Henri Desgrenats au séminaire ! quelle contradition choquante ! Le jeune homme déclara qu'il n'y demeurerait pas deux jours, pas deux heures ; il protesta qu'il n'irait que jusqu'à la porte, que jusqu'à mi-chemin ; il jura qu'il n'irait pas du tout. Il affirma sur tous les tons qu'il ne voulait pas être un calotin, un porte-bon-Dieu ; il menaça d'aller tout en entrant souffleter le supérieur pour se faire chasser : il fit serment de mettre le feu au séminaire. Il était homme à tenir parole : sa mère le craignait et elle en pleura de chaudes larmes ; mais le lieutenant, qui avait du caractère, jura à son tour que son fils irait là et pas ailleurs, qu'il lui était loisible de se faire mener aux galères, s'il le jugeait à propos, mais qu'il entendait, lui père et vieux soldat, ne pas se laisser faire la loi par un marmot de quatorze ans. Amédée Aubert pleurait aussi de son côté, mais quelles larmes ! Il demandait en grâce que si on voulait l'envoyer quelque part on ne le séparât point de son ami Desgrenats. Il demandait surtout à ce qu'on ne l'envoyât point dans un collège. — Ne sais-tu pas, maman, disait-il, qu'on y sert bien mal le bon Dieu, et qu'il faut presque y rougir de sa foi ? Je t'ai souvent ouï dire que tu aimerais autant voir un de tes enfants tomber au feu, que de le voir entrer dans un collège. Pourquoi as-tu donc ainsi changé d'avis ? Oh ! laisse-moi ici : j'aime mieux être laboureur. Ou si tu veux absolument que je fasse mes études, laisse-moi suivre Henri... J'aimerais assez à être prêtre. — Ces

supplications étaient accompagnées de larmes abon-
dantes. Mais cela même rassurait Mme Aubert ; elle
se persuadait qu'un enfant aussi pieux saurait se tenir ferme, et, bien loin de succomber au danger, en
sauverait peut-être un grand nombre d'autres. Et puis
le capitaine s'était tout à coup rattaché à ses souvenirs
de gloire ; le siège d'Anvers devait à ses yeux rouvrir
une ère napoléonienne, et le nom de l'école polytechnique venait tout doucement bourdonner à ses oreilles.

Ainsi le parti était pris des deux côtés. Octobre finis-
sait. Les malles étaient prêtes. Les deux adolescents
partirent, munis l'un d'une lettre très touchante pour
l'aumônier du collège ; l'autre, d'une longue missive
pour le supérieur du séminaire. Dans celle-ci, Mme Desgrenats exposait très nettement le caractère, les défauts, les antécédents de son fils. Nous devons dire
que cette lettre ne parvint pas à son adresse. Amédée,
obéissant jusqu'au bout, partit triste et baigné de
larmes. Desgrenats se mit à chanter tout le long du
chemin en désespoir de cause, absolument comme les
conscrits, qui font contre mauvaise fortune bon cœur.
Il mit un jour ou deux de plus à faire sa route, s'ar-
rêta à toutes les auberges, trinqua avec tous ceux
qu'il y rencontra, et pria les hôteliers de le *marquer*,
parce qu'il devait repasser sous peu, dans trois jours
au plus.

DEUXIÈME PARTIE

PENDANT

———

« L..., 5 novembre 1831.

« Nous voici enfin installés, chère amie, et vaille que vaille, nous passerons au moins l'hiver ici. Vous dire le plaisir que j'ai eu à revoir mon pays natal, c'est chose inutile. Cependant je ne serais pas franche jusqu'au bout, si je ne vous disais que vous me faites un grand vide, un vide que rien ne pourra remplir. On ne sent vraiment l'étendue des affections que quand il faut les briser, comme on ne mesure la grandeur d'une plaie que quand on lève l'appareil... De plus, je n'ai point retrouvé ici ce que j'y avais laissé. J'en sortais à vingt ans, j'y rentre à trente-six !... Plus de parents, peu de connaissances, et encore moins d'amis !... Quelle différence !

« Mais parlons de choses plus importantes... J'ai conduit moi-même mon fils au collège, quoique ce ne fût d'abord pas mon intention. Le pauvre enfant a encore bien pleuré le long du chemin. Je vous avoue que ses larmes étaient bien près de faire couler les miennes. Je songeais involontairement aux sentences de notre vieux curé, à ses sombres pronostics ; je me rappelais ces paroles du grand philosophe : *Ne soyons pas les meurtriers de l'innocence en la précipitant de si bonne heure au milieu des dangers qui accompagnent*

nécessairement tous les rassemblements nombreux ; puis
un frisson de glace me courait dans les veines, et les
larmes de cet enfant semblaient m'accuser devant
Dieu. Si ces terreurs eussent duré, je vous l'avoue, je
n'aurais pas eu le courage de continuer ma route.
Mais, fort heureusement, la médaille s'est retournée,
comme on dit. J'ai pensé que ce digne vieillard exagère ; ses opinions, ses préjugés d'un autre siècle, doivent nécessairement nuire à son jugement, d'ailleurs
si droit. Et puis ne crie-t-on pas un peu trop contre
cette Université? Elle renferme certainement dans son
sein beaucoup d'hommes honorables. On dit d'ailleurs
beaucoup de bien du collège de*ᵗ*. Enfin, je dois l'a-
vouer, ma chère Eugénie, je compte singulièrement
sur le naturel de mon fils. Suis-je en cela aveuglée par
mon amour-propre de mère? Mais non : vous-même,
qui êtes si franche avec moi, vous m'avez dit cent fois
que cet enfant a des qualités rares, et que vous vous
estimeriez heureuse que votre fils lui ressemblât. Eh
bien ! j'accepte ce témoignage : que Dieu ne m'en soit
pas trop dur! Oui, j'ai confiance en mon Amédée, oui,
je compte sur lui, et Dieu ne permettra pas sans doute
que mes espérances soient trompées. Oh! si l'innocence et la droiture ont quelque droit à la protection
du ciel, elle ne peut manquer à cet enfant chéri!...

« J'ai été fort contente de l'établissement; tout le
bien qu'on m'en avait dit s'est trouvé au-dessous de
la réalité. Corridors, salles de classe, salles d'études,
infirmerie, réfectoire, dortoirs, tout est d'une propreté,
d'une netteté parfaite. L'œil de la mère la plus exi-
geante n'y pourrait trouver à redire. Il y avait par ci,
par là presque de la coquetterie. Croiriez-vous que
ces petits enfants ont des couvertes de soie, des du-
vets, des oreillers d'un moelleux à faire envie ?

« Mais ce qui m'a charmée, c'est la chapelle. Rien
de si beau, de si joli, de si propret. Figurez-vous un
boudoir de la meilleure grâce. Tout est ciré, frotté,
luisant à s'y mirer. Des vitraux de couleur ; un petit
jeu d'orgue ; un confessionnal en acajou ou en noyer ;
un autel gentil à croquer ; des bancs à dossiers et
cirés, s'il vous plaît ; un demi-jour mystérieux... Notre
ancienne petite chapelle, que nous trouvions si jolie,
n'est qu'une ébauche à côté de ceci. Je vous dirai
même que j'ai trouvé le tout trop joli, je dirais volontiers trop féminin. Je voudrais, pour des enfants qui
doivent se faire hommes, quelque chose de plus grave,
de plus sévère. Mais ne soyons pas trop difficiles. Et
comme l'a fort bien dit le proviseur, peut-on rien faire
de trop pour Dieu ?

« Mon Amédée s'est jeté tout d'abord à genoux :
j'en ai été touchée aux larmes. Lui-même semblait
tout ému, et sa petite figure, si grave et si douce,
avait pris de son recueillement je ne sais quoi d'angé-
lique qui m'a pénétré le cœur. Non il ne se peut que
cet enfant se perde ici. Je me rappelais tout bas et je
répétais intérieurement le verset du psaume : *Que le
Seigneur protège son entrée et sa sortie...* Le ciel, j'en
suis sûre, aura accueilli cette première démarche de
mon enfant ; il aura pris note de cette offrande qu'il
semblait faire de lui-même !..... En somme, ma chère
Eugénie, je suis contente et rassurée.

« Le principal ou proviseur, comme on l'appelle, est
fort bien ; c'est un homme d'une cinquantaine d'années,
aux formes élégantes et polies. Il a pris la peine d'entrer avec moi dans mille petits détails, de m'accompagner partout, de me faire remarquer cent choses
qui m'échappaient, et de répondre, avec une grâce
charmante, à toutes les questions que je lui adressais,

3

sur le régime intérieur, sur la nourriture, sur la lingerie, l'infirmerie et autres articles de ce genre, sur lesquels nous, mères, nous sommes vraiment par trop exigeantes. Ses réponses m'ont, en général, satisfaite. Enfin tout est bien, tout est passable, au moins, et l'on ne pourrait raisonnablement demander davantage... Reste la question morale! C'est bien là mon souci...

« Je n'ai vu aucun des professeurs, si ce n'est un grand jeune homme à besicles, qui m'a fait un singulier effet. Son air dégagé et pédant tout à la fois, son ton sec... mais que signifient ces jugements préconçus, ces conjectures précipitées? On nous reproche assez, à nous autres femmes, de ne juger que sur la mine. Je ne veux pas encourir ce blâme aujourd'hui. Attendons : Amédée a promis de m'écrire après la première semaine, j'épie chaque jour le courrier, et mon cœur bat bien fort. Il me tarde de savoir quelle impression ce *terrible* collège aura faite sur le pauvre enfant.

« J'ai été là deux jours. Enfin, nous nous sommes séparés. Amédée a beaucoup pleuré; je n'ai pu moi-même me défendre de verser quelques larmes. C'était la première fois que je quittais cet enfant de mon cœur, mon premier-né. Il y en a encore six après lui. Il me semblait que je commençais la série de mes sacrifices, et que la plaie qui s'ouvrait ce jour-là dans mon cœur ne devait plus se fermer qu'à ma mort. Et cette pensée m'a serré l'âme, et malgré mes bonnes résolutions, le courage que j'avais montré jusque-là m'a un peu abandonnée... Vous me comprenez, chère Eugénie, et je suis bien sûre que ce n'est pas vous qui me jetterez la première pierre. Ces enfants, c'est nous-mêmes, c'est plus que nous-mêmes...

« Ce qui m'a un peu consolée, c'est qu'Amédée a
retrouvé là un ami. Le fils du colonel B... est au
collège depuis trois ans. Il m'a fait l'effet d'être encore
ce qu'il fut jadis, bon, sage et aimant. Il a renoué franche et cordiale amitié avec Amédée, et m'a promis de
lui servir d'appui contre les premières amertumes
qui assaillent un enfant dans la vie commune. J'en
ai remercié Dieu de tout mon cœur.

« Adieu, chère amie. Pardonnez-moi ces longs détails ; je ne finirais jamais si je voulais m'en croire.
J'espère que vous me rendrez la pareille ; étant plus
rapprochée de votre fils, vous avez déjà dû en recevoir une lettre ; je ne vous fais pas grâce d'une ligne.

« Votre amie,

« AMÉLIE. »

Mme DESGRENATS à Mme AUBERT.

« Novembre] 1831.

« Une lettre de mon fils, dites-vous ! Ah ! chère
amie, ne me la souhaitez pas ; ce coup de poignard
viendra toujours trop tôt. Je n'ai pas encore eu un
instant de repos depuis son départ. Le moindre bruit
qui se fait entendre, le moindre cri que l'on pousse
dans la rue, me fait affluer le sang au cœur. A chaque
instant, je m'attends à le voir revenir. Je ne puis vous
dire combien a été pénible la dernière scène entre son
père et lui. La veille même du départ, cet enfant
rebelle a protesté avec une nouvelle énergie, qu'il ne
voulait point aller au séminaire. Son père a juré qu'il
irait, dût-il s'y pendre. Il s'en est suivi une de ces
discussions, un de ces orages de famille, qui ravagent
si cruellement l'âme d'une mère. O ma chère amie ! que
vous êtes heureuse en comparaison de moi ! Vous avez
des soucis, il est vrai ; quelle mère n'en a pas ! mais

moi j'ai des douleurs amères, profondes... Mon fils
est perdu ! ce mot terrible retentit sans cesse à mes
oreilles. Oh ! est-ce à moi que le ciel l'imputera ! Ce
doute m'est affreux plus que je ne puis dire. J'ai été
tendre, il est vrai, indulgente peut-être à l'excès ; mais
je me persuadais que ce terrible caractère ne pouvait
être pris que par la douceur ; que la sévérité le jette-
terait dans l'extrême. Desgrenats, lui, au contraire, a
été trop dur : il a un bon cœur, mais un caractère de soldat ; il a voulu faire plier son fils comme sous la discipline militaire, et c'est à ce régime peut-être qu'il
faut imputer les étonnants écarts de cette âme d'adolescent. Et pourtant, je voulais me persuader que cet
enfant n'est pas méchant ; je lui croyais du cœur ; l'a-
mitié, par exemple, qu'il éprouve pour certaines personnes, en particulier pour Amédée, me rassurait et
me faisait croire qu'un jour son naturel se montrerait
meilleur. Mais la scène de l'autre jour m'a complètement désabusée ; l'affreuse conduite que cet enfant a
tenue à l'égard de son père, a fait tomber le voile de
mes yeux : Henri est un fils ingrat, un caractère
rebelle et indomptable, il n'y a pas moyen de se
faire illusion. Voila ma dernière conclusion, et je vous
l'écris à travers mes larmes.

« Je projetais aussi de l'accompagner ; mais le père
me l'a défendu, et, en vérité, je ne sais si j'en aurais
eu le courage. Il en coûte à une mère d'aller montrer
ainsi au public les plaies de son cœur. Le misérable
m'aurait fait une scène, je n'en doute pas. Un enfant
de C..., qui retournait au séminaire, a bien voulu se
charger de lui servir d'introducteur. Plus une lettre
de moi, qui n'arrivera certainement pas à son adresse.
Mais j'ai écrit par la poste au supérieur. On dit du
bien de ce prêtre, on lui reconnaît une grande vertu,

et un talent particulier pour manier la jeunesse. Je
lui ai mis la plaie a nu, en le priant d'avoir pitié de
moi... Je l'ai surtout conjuré de veiller à ce que cet
étourdi n'échappe pas de la maison comme un forçat
du bagne ; une telle équipée m'humilierait et porterait
mon mari au dernier degré de fureur.

« J'ai su, par les parents du petit séminariste de
C... que Henri a fait souffrir le martyre à son jeune
guide. Il ne voulait plus aller, il reculait, puis reprenait son chemin, puis riait et chantait, puis se jetait
à terre, puis se tordait les bras de désespoir. Il a
sérieusement réfléchi s'il ne se jetterait pas à la
rivière. Je suis bien persuadée qu'au fond il n'y songeait guère. On m'a dit qu'il a répété bien des fois : *Si ce
n'était à cause de ma mère, je me tuerais..* Des mots
comme ceux-là sont effrayants, convenez-en, chère
Amélie, et pourtant je m'en suis trouvée consolée. Il
aime au moins... un peu sa mère ! Oh ! que je prie
Dieu d'augmenter en lui cette affection pour moi ! Je
promets de n'en plus abuser. Peut-être avais-je aussi
besoin de cet éloignement pour voir plus sainement ;
vous savez qu'on juge mal les objets de trop près...
En attendant, je prie et je pleure.

« Priez pour moi, ma bonne amie. Le ciel vous a
dotée d'un enfant aussi aimable que bon ; témoignez-
lui en votre reconnaissance, en priant pour ceux qui
sont si mal partagés.

« Je n'ai pas besoin de vous dire que c'est pour moi,
que c'est en moi que notre séparation a créé le vide.
Vous, vous avez le bonheur, l'espérance, pour le remplir ; et moi !...

« O mon Dieu ! n'aurez-vous pas pitié de mes larmes ! Ah ! si j'avais su que la maternité fût si lourde !
si le bon ange qui veille à mes côtés eût soulevé un

coin du voile !... Mais à quoi bon ces regrets, aussi
stériles qu'amers ? Prenons la croix tout entière, telle
que Dieu nous l'impose !...

« Adieu, chère et digne amie... Encore une fois,
priez pour moi...

« EUGÉNIE. »

Ces lettres font voir de plus en plus au lecteur combien étaient différentes les positions des deux mères :
l'une avait tout à espérer, et l'autre tout à craindre.
C'était avec une confiance presque sans bornes que
Mme Aubert attendait une lettre de son fils ; c'était avec
une insurmontable terreur que Mme Desgrenats songeait à l'heure où elle apprendrait des nouvelles du
sien. Enfin et presque le même jour, ces lettres arri-
vèrent. Nous les donnons dans leur teneur pure et
simple.

AMÉDÉE A SA MÈRE.

Collège de..., novembre

« Oh ! maman, si vous saviez combien j'ai pleuré en
vous quittant, et depuis, je ne suis pas encore con-
solé. Je m'ennuie de vous, de papa, de mes sœurs. Je
ne puis pas penser au pays sans verser des larmes.
Si je n'avais pas peur de vous faire de la peine, je
crois que je m'en irais tout de suite. Il ne fait pas
bon ici. On y dit et on y fait des gamineries déplai_
santes qui me rendent honteux. Oh ! maman, ma
bonne maman, ne me laissez pas ici. Il n'y a pas huit
jours que j'y suis, et j'en suis déjà las. Je crois que
je n'y apprendrai rien. En classe, à l'étude, ils ne
font que me pincer, me turlupiner et se moquer de
moi : ils me disent : *Bigot, jésuite, mange bon-Dieu* et,
moi je pleure, et quand ils me voient pleurer, ils me
tourmentent encore plus fort. Il faisait bien meilleur

chez nous. Dites à mon papa que je veux être laboureur comme lui, que je serai bien sage, mais qu'il me
retire d'ici, car je n'y puis plus vivre.

« Je vous embrasse en pleurant, ma chère maman,
ainsi que mon papa et mes petites sœurs. J'espère
que vous m'écrirez bientôt pour me dire de m'en
aller.

« Votre fils,

« Amédée. »

Nous devons dire que Mme Aubert fut émue en
lisant cette première lettre de son fils. Et voilà que
ses inquiétudes surgirent de nouveau. Cette candeur
avec laquelle le pauvre innocent avouait l'impression
que lui avait faite son entrée au collège, rappelait des
soucis, j'allais dire des remords, qu'elle avait cherché
à étouffer. Il est donc vrai que l'innocence court là des
dangers ! Et si son fils venait à faire naufrage !... Puis
elle réfléchit que sans doute une extrême inexpérience
explique la rougeur qui lui est montée au front. Il ne
savait rien, le pieux enfant, il avait l'ingénuité et la
sainte ignorance du premier âge ; et quoi d'étonnant
alors que quelque mot, bien insignifiant peut-être,
mais nouveau pour lui, ait suscité la honte à ses
joues ? D'ailleurs, il est dans la *division des petits*, et
il n'est pas croyable qu'il y ait déjà là un danger sérieux. Ces enfants ne cherchent qu'à s'amuser... Et
puis, ne faut-il pas, après tout, qu'il s'initie aux mystères de la vie ! Oui, s'il pouvait toujours garder cette
innocente candeur !... mais il grandira. Eh bien ! ne
vaut-il pas mieux qu'il apprenne peu à peu le mal,
alors que la légèreté de l'âme l'empêche de réfléchir,
plutôt que d'attendre pour le connaître au moment où
l'âme, plus ardente et plus mûre, l'embrasserait avec
ardeur ?

Nous avons entendu bien des mères faire ce raisonnement fatal.

Comme si les impressions de l'enfance n'étaient pas toujours les plus durables! Comme si le danger n'était pas en proportion de la faiblesse! Comme si l'âme, déjà fortifiée par la foi et appuyée sur la raison, n'était pas plus à même de résister aux tentations perfides, que lorsqu'elle est livrée sans défense aux attraits du vice!

Elle montra la lettre au capitaine, qui rit, lui, de bon cœur, en voyant la *simplicité* de son fils.

— Tiens, femme, dit-il, c'est comme au régiment : on lui a fait payer la *bienvenue*, je gage; tu ne t'imagines pas combien souffrent ces pauvres conscrits quand ils paraissent pour la première fois en uniforme. C'est à qui les martyrisera. D'abord, c'est un assaut de plaisanteries, de sobriquets, de jeux de mots, auxquels le plus fort ne peut résister. Le conscrit se fâche, on rit plus fort; il montre le poing, on lui répond par une *roulée* des mieux conditionnées. Puis, quand on le voit hors des gonds, désespéré, un malin l'approche, le prend en amitié, et lui dit : Voulez-vous avoir la paix? eh bien ! payez-leur à boire. Le conscrit s'y résigne, et les voilà à gobeloter. La paix se fait bien vite, mais aux dépens du pauvre diable : tant qu'on lui sent un sou, on ne le quitte pas. Ç'a été comme ça pour ton fils...

— Mais il ne s'en plaint pas, il ne parle pas de cela.

— Je le crois. Nous avions dans notre compagnie un pauvre hère de Breton qui, le premier jour, se mit à faire le signe de la croix avant de plonger dans la gamelle...

— Était-ce donc si grand mal ?

— A la bonne heure! Mais avons-nous ri! en a-t-il
souffert! D'abord, il n'a jamais porté d'autre nom que
Signe-de-croix. C'était un feu roulant du matin au
soir. Comme les Bretons sont têtus, il tint ferme. Mais
l'orage allait en grossissant, tellement que le pauvre
diable se fit crever le ventre à Wagram, de désespoir,
j'en suis sûr. — Ton fils a subi quelque ondée de ce
genre-là, n'en doute pas. Dans mon régiment, cela
s'appelait *faire la lessive*. Il s'aguerrira, laisse faire,
il s'aguerrira. Moi, j'aime bien cette bouderie. Cela
prouve qu'il prend les choses à cœur, qu'il a du sang
sous les ongles. J'entends bien qu'il ne s'appelle pas
Aubert pour rien.

La mère tâcha de se raffermir sur la parole de son
capitaine, ce qui ne l'empêcha pourtant pas de réfléchir
et de pleurer encore plus d'une fois, en relisant les
lignes de son fils.

Mais la lettre qu'elle reçut le lendemain acheva de
mettre le baume sur la plaie. Le proviseur lui écrivait :

« Collège de..., novembre.

« Madame,

« Je m'empresse de tenir la promesse que je vous
ai faite de vous mettre au courant de la santé et des dispositions de votre fils. Il a été, il est encore un peu
triste; cela est explicable : on ne quitte pas sans
déchirement de cœur un père bien-aimé, une mère ido-
lâtrée et si digne de l'être. Nous aimons cette sensibilité dans nos élèves; elle annonce de précieuses qualités du cœur, sans lesquelles on ne sera jamais qu'un
citoyen ordinaire et un littérateur médiocre. Amédée
porte encore le cachet de son enfance; il a ce parfum
d'innocence qui ne se recueille que sous les ailes d'une

3.

mère. A le voir, on reconnaît cette rectitude de sens,
cette exquise délicatesse, cette élégance et cette pureté
de formes, qui vous distinguent, Madame. J'ose espérer que l'enfant ne démentira pas son origine; je mettrai tous mes soins à maintenir en lui tout ce qu'il a
puisé de bon dans l'éducation domestique.

« Quant à ses progrès dans l'étude, nous n'aurons,
je crois, qu'à seconder son heureuse nature. Ici encore on reconnaît le cachet maternel. Amédée est doué
d'une rare facilité de travail; il saisit juste; il étudie
avec goût, je dirai presque avec passion, si le mot
passion pouvait s'accommoder avec cette gravité et
ce calme d'action qui le caractérisent. Ce qu'il y a de
sûr, c'est qu'il se fait remarquer, au milieu de sa division, par son application à l'étude, et pourtant la dissipation est presque de règle parmi ces petits turbu-
lents, encore si pleins des idées des vacances ou si
novices au régime du collège.

« On a composé hier pour la première fois. Et, malgré la moue que me fait là dans un coin le professeur
d'Amédée, il faut que je vous trahisse un secret, un
petit secret; il sera le premier!... Acceptez cet augure.

« De sa santé, je ne dis mot. Et qu'il soit convenu
entre nous, une fois pour toutes, que mon silence voudra dire : santé rebondie, florissante...

« Voilà, Madame, le premier bulletin de votre fils;
puissiez-vous avoir à le lire, tout le plaisir que j'ai à
vous le tracer. C'est le vœu le plus cher de celui qui
se dit, etc.

                              « VERNISSON,
           « Proviseur et officier de l'Université. »

C'était bref, précis, flatteur. Aussi Mme Aubert ne

put contenir sa joie. Elle vola, plutôt qu'elle ne courut montrer cette lettre à son mari. Son fils le premier! elle n'eût osé tant espérer. Elle pensait bien que son Amédée *s'en tirerait*; mais le premier! sur trente ou quarante élèves, c'était vraiment à mourir de joie.

— Tu vois, cher homme, que je n'avais point exagéré en te disant du bien de cet excellent proviseur. Lis! quelle bonté, quel ton simple et cordial !

Le capitaine mit ses lunettes et commença.

— Allons! allons! je vois qu'il a su te prendre par le bon côté. C'est un matois, en tout cas. Je présume que les petites louanges à ton adresse entrent bien pour quelque chose dans...

— Mais... lis donc. Il a été le premier. Pour le début, c'est assez joli. Pauvre innocent!

Elle essuyait des larmes de joie.

— Cela ne prouve pas grand'chose encore, reprit le capitaine; attendons un peu pour juger. J'ai vu maintes et maintes fois des soldats, des sous-officiers surtout, donner les plus belles espérances et finir, par n'être que des mâchoires. Il peut en être de même ici.

— Comment? ton fils?

— Eh bien! oui, mon fils. Le début n'est pas la fin. Je vais te donner ma raison, moi. Amédée est sérieux, réfléchi; il a affaire, là, à un tas de galopins, d'étourneaux qui ont encore l'esprit en campagne: laisse-les revenir de vacances, et tu verras.

— Tais-toi, méchant, tu n'as de plaisir qu'à contredire.

Ce jour-là fut un des plus beaux jours que la famille Aubert eût vus depuis longtemps. Les craintes maternelles commençaient à se taire. L'avenir s'ouvrait sous la plus riante perspective ; les lauriers, les succès allaient pleuvoir; on songeait déjà au concours ; les couronnes tombaient sur cette jeune tête; toutes les craintes disparaissaient sous ces joies de l'amour-propre.

Il en était tout autrement chez le lieutenant Desgrenals. On venait aussi d'y recevoir une lettre : mais quelle lettre, ou plutôt quel coup de foudre !

Du reste, Mme Desgrenats s'y attendait; ses larmes étaient prêtes depuis longtemps; disons mieux, elles étaient versées d'avance.

Elle lut avec une résignation calme ces quelques lignes du supérieur du séminaire :

« Séminaire de***

« Madame,

« Dans la lettre que vous m'avez fait l'honneur de m'écrire, j'ai cru reconnaître l'esprit profondément religieux qui vous anime. Vous avez du reste montré une franchise qui me met singulièrement à l'aise avec vous. Je viens vous demander aujourd'hui un petit acte de cette résignation chrétienne que vous professez, ou plutôt je viens vous annoncer un grand sacrifice, qui ne nous coûte guère moins qu'à vous.

« Je suis forcé de vous renvoyer votre fils...

« Epargnez-moi le détail des motifs qui me déterminent à cet acte de sévérité : vous devez comprendre combien il m'est pénible. Si je ne consultais que mon cœur et mes sympathies, il en serait tout autrement; mais je suis chef d'une communauté, et, qui plus est, d'une communauté destinée à former des élèves pour le sanctuaire. Vous sentez combien ma responsabilité est grande. Si Henri n'avait eu que des défauts ordinaires, que cette étourderie trop com-

mune à son âge, on aurait pu espérer. Mais il y a
chez lui un fond de dissipation et surtout d'insubordination, qui devient un grave danger au sein d'un
établissement. Vous sentez assez combien de tels
exemples sont contagieux parmi la jeunesse. Henri
serait la croix de ses maîtres et le scandale de ses
condisciples... c'est moitié trop... J'espère que vous
serez plus heureuse ailleurs. Il se peut qu'un concours
d'autres circonstances donne plus de prise sur ce
caractère fougueux, et permette d'en tirer un meilleur parti. Au fond, je ne crois pas son âme gâtée ni
son cœur méchant ; mais cela ne suffit point à sauver
ma responsabilité : de trop graves conséquences se
rattachent ici à une indulgence excessive ; je ne puis
engager le bon ordre d'une communauté comme celles
que je suis chargé de diriger.

« Veuillez donc, Madame, prendre vos mesures
pour venir au plus tôt reprendre votre fils, et croyez
à toute la sincérité de l'estime et des regrets, etc.

« BONNEFOY, *prêtre, supérieur.* »

Oui, de tels coups, bien que prévus, sont cruels
pour le cœur d'une mère. La pauvre femme s'en sentis
venir à la bouche une affreuse amertume. Elle montra
la lettre à son lieutenant, qui n'en fut guère moins
affecté.

— Il a raison, cet homme-là, dit-il ; voilà comme
nous faisions au régiment. Il y a des caractères in-
domptables. Toutefois, je voudrais que ce supérieur,
qui m'a l'air d'un brave homme, ne se pressât pas
trop. Quelquefois ces sacs-à-diable deviennent d'ex-
cellents sujets. J'en ai vu un de ce calibre-là, un roué,
une tête cassée, un fou, dont personne ne pouvait
tirer parti ; c'était du matin au soir la salle de police

ou le cachot. Je le demandai, moi, parce que je lui voyais un fonds. Je le pris par l'amitié, je me l'attachai; j'en ai fait le meilleur soldat du régiment.

— C'est possible. Mais quelle comparaison fais-tu là ? Tu vois bien qu'on t'objecte le bon ordre de la communauté...

— Comment ? mais est-ce qu'il n'y a pas aussi de la discipline dans un régiment ? est-ce que l'insubordination n'y a pas aussi de désastreuses conséquences ? Je te dis, moi, qu'on devrait un peu attendre.

— Je le désirerais comme toi. Mais il n'y a pas à balancer. Va rechercher ton fils.

— Vas-y, toi. Je ne pourrais.

— Je n'oserais, moi : je t'en prie...

— Quand je te dis que je ne le ramènerais pas en vie. Je lui casserais la tête en chemin ; je me connais.

— Et moi, j'en mourrais de douleur.

— Si pourtant tu l'avais laissé aller au collège...

— Eh bien ?

— Eh bien ! là on lui aurait appris à vivre. La correction y est un peu plus ferme. C'est comme à la caserne.

— Oh ! que Dieu soit béni de m'avoir sauvée de cette mauvaise pensée ! Ton fils n'a jusqu'à présent qu'une mauvaise tête ; il nous serait revenu avec un cœur gâté.

Madame Desgrenats se disposait donc à aller reprendre son fils, non sans avoir auparavant tenté, par toutes les voies, d'obtenir encore un peu de répit. Elle prit sa plume pour écrire, mais elle ne savait que dire. Supplier ! à quoi bon ! elle sent elle-même qu'à la place du supérieur, elle serait inexorable. Ecrire à son fils ! mais quoi ? il en fera ce qu'il a fait jusqu'à présent de tous les avis qu'on lui a donnés. Elle était dans cette angoisse, quand elle vit passer le vieux curé. Quelque répugnance qu'elle eût à aller rouvrir sa plaie, elle se sentit pourtant attirée vers ce bon vieillard, qui lui avait déjà donné d'utiles conseils. Elle le suivit, et quand elle fut entrée avec lui :

— Une triste nouvelle, monsieur le curé : on me renvoie mon fils.

Malgré tous ses efforts, les larmes lui mouillaient la voix.

— On pouvait s'y attendre, chère dame ; cela ne me surprend pas. Voyons cette lettre... lisez-la vous-même.

— Je n'en ai pas le courage, monsieur le curé. Une sentence de mort ne me ferait guère plus de peine.

Le prêtre mit ses lunettes et lut.

— Tout n'est pas désespéré, dit-il, après avoir achevé cette lecture ; essayons d'obtenir grâce. Une tentative ne coûte guère.

— J'y songeais. Mais que dire ? Quelle indulgence invoquer ? Il s'agit du bon ordre d'une communauté ; la question est grave.

— Qui en doute ? Mais comme je connais l'enfant, il n'est point dans le cas de faire grand mal. On l'a jugé sur la superficie. Il a du bon au fond ; le tout est d'un peu attendre.

— Mais comment dire tout cela à un supérieur ?

— Je m'en charge. Ecrivez à votre fils, moi j'écrirai au supérieur. Tout bon vin travaille. Nous verrons. Essayer ne coûte rien.

Madame Desgrenats était déchargée d'un poids immense ; une lueur d'espoir commençait à luire à ses yeux. Le vieux prêtre la renvoya, en effet, prit sa vieille plume, et écrivit cette lettre :

« Monsieur le Supérieur,

« Madame Desgrenats ne se sent pas le courage d'aller chercher son fils, et son mari encore moins. Il faudra bien que je me décide à y aller. Je suis vieux, et n'ai personne pour me remplacer en ce moment. Patientez quelques jours.... Je serai du reste fort content de vous entretenir un peu au long sur le compte de cet étourdi, qui sera un jour un excellent sujet. Retenez cette prophétie. Elle est d'un homme qui a longtemps lu dans le cœur humain, et qui connaît Henri Desgrenats depuis sa naissance. Ayez la bonté de tenir prête la note de tous les dégâts qu'il a commis dans votre établissement : je suis bien sûr qu'il en a fait, c'est son habitude, et il me doit encore quatre ou cinq vitres de ma maison, et toutes celles de mon église. Mais je suis bien sûr aussi qu'il n'a point fait d'autre mal, et je souhaite franchement, pour le bien de votre établissement et l'honneur de l'Eglise, que vous n'ayez jamais de sujet plus dangereux...

« Dans quelques jours je me mettrai en route ; veuillez l'en prévenir, *et patientiam habe in me*, à cause de mes cheveux blancs.

« Recevez, cher confrère, etc...

« PRUDENT, *curé.* »

Il y avait bien quelque finesse dans le plan du vieux prêtre. Plus que tout autre, il eût été affligé de laisser une brebis galeuse au sein du troupeau destiné à recruter le sanctuaire ; mais il était bien sûr de son fait, quand il affirmait que son paroissien ne ferait de mal qu'aux bancs et aux pupitres du séminaire. Gagner du temps était tout pour lui. D'ailleurs, se trouvant à une conférence ecclésiastique, la semaine précédente, il avait appris une bonne nouvelle, une nouvelle sur laquelle il avait fondé de grandes espérances. Nous saurons plus tard quelle elle était.

Mme Desgrenats, de son côté, se mit en devoir d'écrire à son fils. Son mari, ayant appris ce qui venait de se passer, demanda aussi la plume et écrivit. Une seule phrase composa sa lettre, et elle est trop originale pour que nous ne la donnions pas ici. Le lieutenant prétendait la tenir d'un vieil émigré :

« Mon fils,

« Si les coups de bâton pouvaient s'écrire, vous liriez ma lettre sur votre dos.

« Votre père,

« DESGRENATS. »

Quant à la mère, après avoir un moment recueilli sa pensée et écouté bourdonner son amour-propre, elle fut sur le point de le prendre sur un ton d'aigreur, au moins de sévérité. Puis, en y réfléchissant mieux, elle pencha au contraire pour l'indulgence. Elle se souvint du mot échappé à son fils : *Si je n'avais pas eu peur de faire de la peine à ma mère !...* Oh ! ce mot est gravé profondément dans son cœur ; il est sa dernière ressource. Voici sa lettre :

« Mon cher Henri,

« J'ai reçu avis d'aller vous chercher au séminaire. Je ne le puis pour le moment ; un grand mal de cœur me tient et me rendrait ce voyage pénible. Ne perdez pas patience, et priez de ma part M. le supérieur d'en avoir encore un peu. La seule grâce que je vous demande, c'est de ne pas vous rendre trop insupportable dans ces derniers jours ; vous accorderez bien cette faveur à votre mère...

« Je ne me plains pas, je ne me plaindrai jamais du

coup dont vous venez de me frapper. Je sais, pour
ma part, que la résignation est le meilleur moyen d'en
adoucir la rigueur. Mais je regrette que vous ayez si
légèrement décidé de votre avenir. Un jour, bientôt,
vous comprendrez la folie de votre conduite : il sera
bien tard alors, trop tard peut-être...

« Je ne sais ce que la Providence vous réserve,
mais quel que soit le sort qui vous atttend, puissiez-
vous n'avoir jamais à pleurer sur les jours de votre
jeunesse. O mon fils ! la dissipation qui vous aveugle
maintenant est un voile qui tombera, et avant peu ;
et quel effrayant abîme il peut vous laisser voir !

« En tout cas, revenez : mes bras vous sont ouverts,
et mon cœur maternel n'a rien perdu de sa tendresse
pour vous. C'est en vain que vous m'affligerez, c'est
en vain que vous chercherez à m'abreuver d'amertume, vous me trouverez toujours prête à vous aimer,
à vous consoler, à vous servir. Hélas ! faut-il que je
vous le dise : plus vous serez ingrat et dur envers
moi, plus je me sentirai pressée de cet amour de mère,
que rien ne saurait diminuer, que rien ne saurait
éteindre.

« Encore une fois, tâchez d'être sage jusqu'au jour
où je pourrai aller vous reprendre, et vous prouver,
en vous pressant contre mon cœur, que je suis toujours votre mère.

                                   « EUGÉNIE. »

L'effet que fit cette lettre sur l'âme de Henri Desgrenats resta un mystère pour tout autre que pour
lui, c'est-à-dire qu'il la lut en silence, et sans communiquer à personne l'impression qu'il en recevait. Mais
le trait était entré. La mère avait bien deviné que
c'était là le moyen de le prendre. Henri n'était pas

converti, mais il était frappé. Cette douleur maternelle, si calme et si résignée, fit sur lui un effet dont
il ne se rendait pas compte. Un soir on le vit rêver et
pleurer à l'écart ; d'une fenêtre du dortoir, il jetait les
yeux au loin, du côté par où devait venir sa mère ; il
avait presque peur de la découvrir, il était honteux
d'avance de la figure qu'il allait faire en sa présence ;
il se demandait comment il pourrait soutenir ce regard
si attérant par sa douceur même et sa tendresse.

On pense bien que ni la mère ni le vieux curé ne se
pressèrent de se mettre en route. — Laissons faire,
disait l'abbé Prudent ; un carreau de plus, un carreau
de moins : j'ai mes raisons pour cela. C'est moi qui
paierai le dégât. Si une fois nous pouvions attraper
le 25 novembre, nous serions quittes... Le 25 novembre, c'est mon terme.

Le professeur de Henri était un jeune prêtre doué
d'un certain tact, et qui, dans deux ou trois années de
professorat, avait acquis une expérience du cœur humain que d'autres n'obtiendraient pas en beaucoup
plus de temps peut-être. Un instinct secret lui avait
révélé que cette étourderie recouvrait un bon fonds.
Chose singu'ière ! il y a des qualités qui repoussent
et des défauts qui attachent. Cette turbulence indomptable avait attiré le jeune professeur. Disons qu'il y
avait bien quelques raisons à cela. Lui-même, dans
sa première adolescence, était loin d'être le plus sage
des écoliers : on le désignait sous le nom de *tapageur*.
Il était le chef de la bande joyeuse. Cinq ou six fois
on délibéra si on ne l'expulserait pas de l'établissement ; un jour même son renvoi était décidé : il avait
fait une pièce de vers contre un des maîtres d'étude,
qui avait eu le malheur de déplaire à ses amis. Mais
son professeur prit sa cause en main, plaida éloquem-

ment pour lui, et obtint oubli du passé à condition de
réforme pour l'avenir. Le changement fut complet. Le
jeune homme en conserva à son protecteur une éternelle reconnaissance ; mais le service qu'on lui a rendu
est précisément celui qu'il veut rendre. Il s'est fait l'a-
vocat de Henri Desgrenats ; il a obtenu un sursis, et
le jour même où l'écolier avait reçu, avait lu et relu
la lettre de sa mère, il le fit venir dans sa chambre.

Nous ne pouvons dire qu'il obtint tout ce qu'il dési-
rait : une dissipation invétérée ne tombe pas, ne cède
pas si vite. Il vit Henri humilié : c'était toujours beaucoup. Il chercha à lui faire entendre raison : on l'é-
couta d'un air boudeur, il est vrai, mais on l'écouta,
on versa même une larme. Le jeune professeur en
conçut bon espoir. Il insista près de son supérieur,
obtint un nouveau délai et s'empressa d'écrire à
Mme Desgrenats :

« Madame,

« J'ai ouï dire qu'un mal de cœur vous empêche
de venir reprendre votre fils ; je comprends : hélas !
je l'ai aussi donné à ma mère, *ce mal de cœur*. Je
vous prie de le laisser passer. Henri boude déjà : c'est
bon signe ; du jour où je me suis mis à bouder, mon
salut a été décidé. La bouderie, chez un étourdi, est
le commencement de la sagesse.

« J'ai obtenu un répit... de huit jours : profitez-en.
J'espère bien que ces jours-là seront des jours à la Jo-
sué ; nous les tirerons en longueur. L'homme qui vous
écrit fut un grand dissipé, et il menace de devenir
sérieux ! Une heure viendra où l'esprit de Henri Desgrenats tournera à la gravité, peut-être à la mélancolie. C'est moi qui le prédis.

« Je vous engage à dormir en paix. Quelque chose

m'assure que Henri ne sortira d'ici que digne de l'amour de sa mère. Je suis revenu de plus loin.

« Il est bien vrai que le lutin a déjà des méfaits sur son compte : deux verres de montre, un globe de pendule (de M. le supérieur, s'il vous plaît), trois boules de quilles, sept ou huit pots à eau, des vitres sans nombre, etc... J'en tiens la note à votre disposition ; vous me paierez à la fin de l'année ; mais le plus fort en est fait.

« On a déjà composé deux fois. La première fois, Henri n'a pas donné de copie : zéro. La seconde fois, il a composé : il était le dernier ; vous voyez qu'il monte, mais lentement. Nous ne savons où il s'arrêtera.

« Pour vous dire ce que j'en pense, cet adolescent peut beaucoup de bien ou beaucoup de mal. C'est une liqueur qui fermente ; j'espère qu'il tournera à bien.

« Pardonnez-moi, Madame, ce ton de légèreté qui me sied si mal peut-être, vis-à-vis de vous et en si grave matière. Mais je crois vous connaître assez pour penser que vous ne m'en voudrez pas, et que, sous une apparence badine, vous saurez lire ce mot sérieux et consolant pour votre cœur maternel : ESPOIR !

« Agréez, etc. RETOURNÉ,
« Professeur de huitième. »

Cette lettre fit un bien immense à Mme Desgrenats. Elle rit et pleura en même temps. Elle la montra à son mari, qui dit : Voilà un jeune homme à qui je paierai bouteille tôt ou tard. Elle en fit part à son curé, qui sourit agréablement, en disant : Nous avons bien fait d'attendre... Mme Desgrenats suivit le conseil qu'on lui donnait : elle se tint en paix, jetant sans plus de façon

ses soucis dans le sein du Seigneur, et priant beaucoup pour que la grâce vînt enfin amollir le cœur de
son étourdi.

Rentrons chez Mme Aubert. Tout y va à merveille.
On vient d'apprendre qu'Amédée a été le second dans
la seconde composition, et le premier dans la troisième. Décidément le petit garnement fera bien. Sa
mère choisit déjà entre toutes les carrières civiles
celle qui lui conviendra le mieux ; le père songe au
militaire ; le militaire est redevenu son idée fixe. Il est
tenté d'écrire à son ami Desgrenats, pour savoir ce
qu'il en pense. Une chose pourtant inquiète la mère,
c'est de savoir si son fils est encore *en mal du pays*,
s'il s'aguerrit au régime du collège. Elle n'avait point
répondu à la lettre qu'elle en avait reçue, voulant, di-
sait-elle, lui laisser le temps d'oublier un peu le foyer
paternel. Elle allait prendre la plume, quand le facteur
apporte la missive suivante :

     « Chère maman,

     « Voilà quinze jours que je vous attends, et vous
ne venez toujours pas. Est-ce que vous voulez me
laisser perdre ? Il n'est pas possible d'y tenir, au milieu des vilaines choses qui se disent toute la journée ;
j'en suis malade. Il y a de fiers polissons parmi ces
petits enfants, qui ne sont pourtant pas plus grands
que moi, et ce sont ceux-là qui font la loi aux autres.
Ils lisent toutes sortes de mauvais livres, où il y a des
gravures bien vilaines... J'ai voulu aller me confesser
l'autre jour, à cause des mauvais discours que j'avais
entendus ; on m'a dit qu'on n'y allait pas si souvent.
Ce n'est guère comme chez nous, où l'on y va quand
on veut. Maman, maman, venez me chercher... Comme
j'ai été le premier deux fois, et une fois le second, ils

m'en veulent ; ils disent qu'ils m'empêcheront bien de
l'être une autre fois, qu'ils me battront, si je m'avise
encore d'attraper la première place. Vous voyez qu'il
ne fait pas bon ici... Ils jurent comme des païens ; il
y a en même qui disent qu'ils n'y a point de Dieu. J'ai
toujours peur que le tonnerre ne tombe... Oh ! qu'il
fait bien meilleur chez nous ! Par pitié, venez me chercher bientôt. Je vous embrasse tous, et vous surtout,
chère maman, dans l'espoir que vous aurez compassion de votre

« AMÉDÉE. »

Au bas de cette lettre, le proviseur avait écrit les
lignes suivantes :

« Madame,

« Je vous envoie, dans leur simplicité, les confi-
dences de votre fils. Mon principe est de laisser les
enfants parfaitement libres dans leurs rapports avec
leurs parents. Du reste, j'espère que vous aurez le
bon esprit de ne point prendre à la lettre les craintes
de ce cher Amédée. Pour vous rassurer entièrement
sur le fait, je vous dirai que les blasphèmes et les
espiègleries qu'il reproche à ses petits camarades, ne
sont autre chose que de légères contrariétés qu'il doit
à sa qualité de nouveau venu. Le mauvais livre dont
il se plaint est tout simplement le *Poème d'Abel*, avec
gravures ; et il faut, je vous assure, toute la candeur
de sa foi pour y trouver le moindre sujet de scandale.
Il est clair que l'enfant est encore sous l'impression
de cette piété craintive et exagérée que l'on puise
dans l'éducation et dans l'ignorance. Il est bon que
cette foi grandisse, qu'elle se fasse homme, c'est-à-
dire, qu'en dépouillant son caractère de faiblesse e

de puérilité, elle revête cette force et cette simplicité
virile qui la rend digne de la raison.

« Mais toujours des succès. Nous regardons, dès
ce moment, Amédée Aubert comme une des gloires
de notre collège, et vous, Madame, comme la plus heureuse des mères.

« Agréez, etc.   VERNISSON.

« Proviseur, officier de l'Université. »

Voilà qui donnait à réfléchir. Il s'établissait, dans
l'âme de cette mère, comme une balance dont les pla-
teaux baissaient et montaient tour à tour. Au fond, elle
donnait raison aux plaintes candides de son fils contre
les phrases rassurantes du proviseur. *Est-ce que vous
voulez me laissez perdre ?* Ces mots-là brûlent comme
du feu. Il y a, dans cette simple réclamation d'une
jeune âme en péril, une énergie que rien ne peut affaiblir. C'est un avertissement d'en haut qu'il est dangereux de négliger. D'autre part, ces succès ! cet avenir brillant ! cela flatte si sensiblement l'orgueil d'une
mère ! Et puis, le capitaine qui se mettait de la partie !
La question morale l'inquiétait fort peu, lui ; sa religion, c'était celle de l'honnête homme. Mais les lauriers
brillaient à ses yeux de tout leur vieil éclat ; il voyait
refleurir les palmes d'Austerlitz et d'Iéna. Mme Aubert
ayant exprimé la pensée de retirer son fils pour le
placer ailleurs, le vieux soldat s'insurgea. — Tiens !
dit-il, Desgrenats avait raison : une femme, c'est une
femme. Comment ! tu me persécutes pour mettre ton
fils au collège, et quand j'ai cédé, bien malgré moi,
voilà que tu te fâches ? Eh bien ! non, il ne sortira pas
de là, je t'en donne ma parole d'honneur. Ainsi ne me
chante plus sur cette corde-là. — Le capitaine était
homme de parole. Sa décision inquiéta tant soit peu

sa femme ; mais, dans une lutte intérieure, quand on veut se faire illusion, on en vient presque toujours à bout ; l'amour-propre reprit l'empire, et on finit par croire, avec le proviseur, que les craintes de l'enfant étaient exagérées.

C'était donc autant par distraction que pour obéir au cri de sa conscience, que Mme Aubert s'avisa, un beau matin, d'écrire à l'aumônier du collège. Elle voulait en avoir le cœur net, et elle pensa qu'un prêtre ne la tromperait pas. Voici ce que l'aumônier lui répondit :

« Madame,

« La question que vous me posez est embarrassante. Il est impossible de nier les dangers qui accompagnent une grande réunion de jeunes gens ; mais ces dangers se retrouvent presque dans toutes les communautés. Quant au personnel de l'établissement, je ne le connais point encore, puisque je viens d'arriver, et il serait téméraire à moi de vouloir le juger. Le proviseur, il est vrai, est déjà dans le domaine de la publicité ; pour être franc, je dois dire que son ouvrage n'est pas complètement orthodoxe ; mais les déductions que l'on pourrait tirer de ses prémisses sont bien éloignées, et échapperaient probablement à de jeunes lecteurs. Quant aux livres que le Conseil académique approuve et impose, il est hors de doute qu'un nombre sont suspects et même dangereux. Que voulez-vous que j'y fasse ? Mon rôle ici est très circonscrit ; les règlements me tracent mon devoir, me fixent mes rapports avec les élèves ; je suis officier de morale et rien de plus ; je fais ce que je puis pour affermir et conserver dans ces jeunes cœurs les principes qui sont la base de la foi et la sauvegarde des mœurs ; si je n'y réussis pas, c'est en partie, sans

4

doute, à cause de mon incapacité, mais aussi et surtout à cause des limites extrêmement étroites dans
lesquelles mon influence est resserrée...

« Quant à votre fils, je le connais de vue, et pas
autrement. Tout ce que je puis vous dire, c'est que je
l'ai remarqué à la chapelle à cause de la modestie de
sa contenance, et de l'air de grave et douce piété qui
respirait dans ses traits. Dieu le bénira, je l'espère ;
les prières de sa mère ne lui manqueront pas. Pour ce
qui me regarde, vous pouvez compter sur mon zèle
vis-à-vis de cet enfant chéri ; je ferai tout mon possible, et par mes efforts et aussi par mes prières,
pour ne point laisser dépérir en lui les germes heureux que l'éducation y a déposés.

« Placé ici par la volonté de mon évêque, je tâcherai d'y faire le bien. Mes goûts ne m'appelaient point
à cette position ; mes devoirs m'y attachent.

« Agréez, Madame, etc,   TAITOIS,

« Aumônier du collège »

Mme Aubert se repentit presque d'avoir provoqué
une pareille réponse. Elle commençait à s'endormir
dans sa sécurité, quand cette lettre vint réveiller toute
sa sollicitude. Cet aumônier, depuis trois semaines, ne
connaît pas encore son fils ! Les rapports du prêtre
avec les élèves sont donc nuls ou à peu près ? Cet *officier de morale* lui apparaît comme une enseigne mise
sur la porte de l'établissement, pour rassurer les
parents, c'est-à-dire attirer les pratiques. Le vieux
curé avait raison de le dire. Et puisque le nom de ce
vieux curé revient sous notre plume, mentionnons une
lettre qu'il écrivit vers ce temps à Mme Aubert, et qui
ne contribua pas peu à la faire encore réfléchir.

« Madame,

« Ne vous ai-je pas dit dans le temps que je m'amusais à composer un recueil des plus grosses impiétés que laissent tomber les grands maîtres et les gros bonnets de l'Université? Le cahier menace de devenir énorme. Je vous en envoie aujourd'hui un petit extrait : vous verrez comment ces gens-là traitent nos dogmes les plus saints. N'oubliez pas que ceci est textuel ou au moins fidèlement analysé, et que les livres dont ces passages sont extraits sont lus, prônés, donnés en prix, et souvent imposés dans tous les collèges.

DIEU.

« Mon Dieu n'est pas l'abstraction de l'unité absolue,
« le Dieu mort de la scholastique (lisez de l'Eglise ca-
« tholique) ; mon Dieu, le Dieu de la conscience, n'est
« pas un roi solitaire relégué par delà la création sur
« le trône désert d'une éternité silencieuse, et d'une
« existence absolue *qui ressemble au néant* même de
« l'existence... ; c'est un Dieu qui est tout à la fois
« *Dieu, nature, humanité* (1). »

—

« La création est nécessaire ; et en créant l'univers,
« Dieu ne le tira pas du néant, il le tire de lui-
« même (2). »

—

« Le Dieu hébreu est NÉ des cultes antiques (3) »

« Jéhova n'était que l'expression sublime de la pa-

(1) Cousin, *Fragments philosophiques*, 2ᵉ éd., préface, p. 29.
(2) Idem, ib., p. 30.
(3) Quinet, *Génie des religions*, liv. Iᵉʳ, p. 9.

« trie, et dans le vaste plan de Moïse, la cité de Dieu
« n'était pas distincte de la cité terrestre (1). »

« Jupiter et Jésus sont deux faces de la vérité
« *également adorables;* les mystères du christianisme
« sont une enveloppe usée et comme une nue obs-
« curcie de mythes, de symboles et de figures que le
« soleil de la philosophie dissipera (2)... »

« Cette sorte de polythéisme qui est enseignée sous
« le nom de Trinité chrétienne (3). »

« Sa vie n'est que l'idée de l'infini, du fini et de
leur rapport (4). »

« Quand Parny mêla ensemble les dieux du paga-
« nisme et *ceux* de la chrétienté, il ne voulait pas
« faire du romantisme, il ne prétendait que se mo-
« quer de ces *prétendus* dieux, et c'était une faute ;
« car on doit toujours respecter ce que les masses
« sont convenues de trouver respectable (5). »

« Le réformateur de l'Eglise (Grégoire VII), comme
« le fondateur, était FILS d'un charpentier (6). »

---

(1) Burette, *Cahiers d'histoire* approuvés pour tous les col-
léges. — *Cours de cinquième*, VI° cahier, p. 116.

(2) Jouffroy, *Mélanges philosoph.*, p. 49. — *Problèmes de la
destinée humaine*, p. 475 et 483.

(3) Matter, insp. génér. de l'Université, *Hist. de l'Eglise chrét.*,
tome IV, p. 233 et suiv.

(4) Cousin, *Introd. à l'hist. de la philos.*, 5° leçon.

(5) *Le Littérateur des collèges*, livre donné en prix dans l'Université.

(6) *Histoire de France*, par Michelet, tome II, p. 170.

« La terre enfante véritablement son Dieu, dans le
« travail des âges (1). »

———

« Il s'est trouvé qu'au xviie siècle, un homme sorti
« de l'hébraïsme, comme le fondateur du christia-
« nisme, un juif, prenant en main la cause de l'Uni-
« vers et de l'Infini, considérant la révélation chré-
« tienne *comme une solution trop légère, parce qu'elle*
« *était trop humaine*, replongea Dieu dans les pro-
« fondeurs de la substance, et ne craignit pas *de le*
« *dépayser*, à la stupéfaction commune. Voilà pour-
« quoi Spinosa est si grand ; il n'a pas hésité à rivali-
« ser avec Jésus. Le Nazaréen avait annoncé le Dieu-
« Homme, le Hollandais proclama le Monde-Dieu (2). »

« Souvent il arrive qu'un Dieu est mort et enterré
« dans le ciel et que nous l'adorons encore sur la
« terre. Toute la difficulté est de connaître au juste
« l'époque du décès, pour ne pas perdre son temps
« devant un squelette qui pendille à la voûte de l'é-
« ternité. Mais, après tout, dans le doute, un homme
« comme il faut peut toujours être son dieu, *pendant*
« *une quinzaine d'années* en attendant que le ciel se
« déclare (3). »

———

« Du reste, tout ce que les traditions hébraïques,
« plus nouvelles que les traditions indoustanes et égyp-
« tiennes, et concordant avec les traditions des au-
« tres peuples, nous enseignent d'un Dieu créateur,
« de la créature, de l'homme, de sa nature, de sa

---

(1) Quinet, *Génie des religions*, p. 9.
(2) Lherminier, *Revue des Deux-Mondes*, tome VII, p. 476
et 477.
(3) Quinet, *Ahasvérus*, p. 267.

4.

« chute, des châtiments qui l'ont suivie, ne sont que
« des IMAGINATIONS que le genre humain a prises pour
« des souvenirs (1). »

———

« DIEU SE DÉVELOPPE ET S'AFFRANCHIT par le christia-
« nisme (2). »

———

« Ah ! tous tant que nous sommes, nous marchons
« A LA DÉCOUVERTE D'UN DIEU INCONNU ; car le travail de
« l'esprit humain n'est pas de nier Dieu, mais de le
« déplacer. Les Hébreux du désert portaient avec eux
« Jéhova dans un tabernacle mobile. Nous, aujour-
« d'hui, nous nous engageons à la poursuite d'un Dieu
« qui nous ÉCHAPPE encore : OU DONC EST-IL (3)? »

———

« Je m'arrête là pour aujourd'hui. Voilà ce que les
maîtres écrivent : jugez des disciples ! Voilà ce qu'on
imprime à la face du soleil : jugez de ce qu'on dit dans
l'enclos discret des murailles ! Et n'oubliez pas que
l'article 30 du décret qui constitue l'Université, déclare
formellement que *l'instruction donnée dans les collèges
de l'État sera basée sur la religion catholique.*

« O pieux empereur ! O sainte Université !

« Votre vieil ami,

« L'abbé PRUDENT. »

———

(1) Lherminier, *Des législations comparées.* — *Revue des
Deux-Mondes*, 3ᵉ série, tome III, p. 257.

(2) Michelet, *Introd. à l'hist.*, p. 70.

(3) Lherminier, *Revue des Deux-Mondes*, t. VII, p. 42 et 43.

Première année

Les deux jeunes gens, avant de se séparer, s'étaient promis de s'écrire régulièrement, librement, toutes leurs impressions. Amédée Aubert ne tarda point à remplir sa promesse. Sa lettre n'était que l'expression douce et mélancolique de la tristesse qui avait saisi son âme à l'entrée du collège ; on y lisait :

« J'ai le cœur malade, mon cher ami, et je ne sais s'il se guérira autrement que par l'air des champs. Je regrette notre campagne, notre ruisseau, notre vallée... Je ne les ai vraiment appréciés que depuis que je les ai quittés. A chaque instant ma pensée s'y reporte, et l'imagination me représente si vivement les objets que j'y ai laissés, que mon cœur se serre, et que les larmes me viennent aux yeux. Selon les heures du jour, je me figure ce qu'on fait chez nous ; j'entends ma mère, mes sœurs ; je vois la petite Eulalie sourire dans son berceau et me tendre les bras, et je l'embrasse en esprit, et mes larmes coulent de nouveau... Rien ne me rendra jamais ces joies-là... Pourquoi les ai-je perdues ?... Oh ! ce n'est pas de ma faute !... Et si j'étais libre, je retournerais bien vite au doux lieu de mon berceau...

« Tu me demandes sans doute si je suis heureux au collège. Non, mon ami, je m'y déplais. Je n'y venais qu'à regret, tu le sais ; eh bien ! c'est pire encore que je ne m'y attendais. Tu ne saurais te faire idée de la dissipation qui y règne. Je ne sais vraiment ce que viennent y faire tous ces petits polissons qui y sont ; si leurs papas et leurs mamans croient les y mettre pour les faire étudier, ils se trompent joliment : ils n'y font rien du tout. Le temps de l'étude se passe à couper les pupitres, à manger du chocolat, à tracer des figures ; celui de la classe s'emploie à faire des niches aux voisins, ou même au professeur ; et celui de la récréation à gambader, à batailler, à faire un tapage infernal. Voilà comment on fait ses classes ici.

« Figure-toi que, sur trois compositions, j'ai été deux fois le premier et une fois le second : j'en suis honteux quand j'y pense. Je n'ose m'applaudir de pareils succès, quand je vois combien peu ils me coûtent...

« Mais ce qui me chagrine le plus, c'est d'entendre toutes les effronteries qui sortent de la bouche de ces étourdis. Combien de fois le rouge m'est déjà monté à la figure ! Il y en a un surtout, le fils d'un général, qui quoique petit de taille, est déjà vieux d'âge ; c'est bien le plus misérable drôle qu'il soit possible de voir. Il n'a que des jurons, des blasphèmes et de mauvais propos à la bouche. On l'appelle le *troupier*. Voici la troisième fois qu'il recommence la même classe, et je pense qu'il la fera aussi bien que les deux premières fois. C'est un vrai démon incarné. Son caractère impérieux, sa force physique surtout, lui ont donné un ascendant extraordinaire sur ses camarades. On le déteste et on lui obéit. C'est lui qui fait la loi partout. Il pousse l'insolence jusqu'à défendre à un tel ou à un tel de composer ou d'aller plus haut qu'une place qu'il détermine. Il m'a fait savoir que si je m'avisais d'être encore le premier, il me rosserait d'importance. J'ai une peur terrible de lui. Il y a longtemps, dit-on, qu'il serait renvoyé, si ce n'était par égard pour son père...

« Oh ! si maman savait ! Serait-il possible qu'elle me laissât ici ! Le premier samedi après mon entrée, j'ai voulu aller me confesser. Tu sais que nous y allions tous les mois. On s'en est aperçu. Ça été des huées à ne plus finir. Depuis ce moment ils me poursuivent de leurs injures et de mille sobriquets. Qu'est-ce que cela me fait ? Comme disait M. le curé, quand on a le bon Dieu pour soi, on n'a peur de rien.

« Que tu es heureux, mon cher ami, d'être dans un séminaire ! On dit que là c'est bien autre chose. Il y a ici un élève qui a été où tu es, et qui est bien fâché d'en être sorti. Mais son père l'a voulu. Quelle misère ! Ah ! si maman le savait !...

« Écris-moi ce que tu fais, si tu te plais là... Aux vacances, nous nous reverrons, je l'espère... Adieu.

« Amédée. »

———

Henri Desgrenats n'était point encore revenu de son irritation, quand il reçut ces nouvelles de son ami. Il hésita un instant s'il lui répondrait. Mais l'affection qu'il éprouvait pour cet aimable enfant, et le besoin même qu'il avait de verser quelque part son mécontentement, l'emportèrent sur toute autre considération. Il prit la plume, et écrivit *ab irato* :

« Si tu détestes le collège, moi j'exècre le séminaire. Jamais je ne pardonnerai à ma mère de m'avoir mis dans un si vilain trou. On n'y est pas libre. A peine peut-on y souffler. Le moindre mouvement que l'on fait, allons, vite un mot d'avertissement. Depuis que j'y suis, je travaille à me faire renvoyer, et je n'ai pas encore réussi. Nous avons précisément aussi un

écolier qui vient de ton collège, et qui nous dit qu'on
s'y amuse bien plus qu'ici. Il est très fâché de n'y être
plus ; mais j'espère bien que l'on nous renverra tous
les deux. C'est un bon lutin que celui-là : aussi sommes-nous très camarades. C'est la seule connaissance
que j'aie faite depuis que je suis ici ; nous sommes
toujours ensemble, et rien que pour cela nous sommes toujours grondés. Il s'appelle Isidore d'Auray.
Son père a connu les nôtres sur les champs de bataille.
Il dit qu'il viendra nous voir en vacances, et alors tu
feras sa connaissance, car nous irons te voir ensemble : c'est mon tout bon ami. Mais qu'est-ce que je
parle de vacances ? Il n'y aura point de vacances pour
lui ni pour moi ; nous serons renvoyés avant ce temps-
là. Je l'espère bien.

« Adieu. Je t'embrasse. Tâche de bien t'amuser.
Moi je suis triste comme un bonnet de nuit. Je suis
obligé de faire passer cette lettre en secret, parce que
le supérieur l'arrêterait au passage.

« Ton ami,   Henri. »

Le jeune Isidore d'Auray, la nouvelle connaissance
de Henri, mérite un petit mot de mention particulière,
parce qu'il deviendra un personnage de notre histoire.
C'était un fils unique, enfant gâté s'il en fut jamais.
Sa famille était noble et riche. Sa mère, qui l'idolâtrait,
avait éprouvé un embarras semblable à nos deux
dames ; elle n'avait d'abord su que faire de son fils.
Elle le mit au collège par essai : mais sa conscience
timorée s'aperçut bientôt de la mauvaise tournure qu'il
y prenait ; malgré les répugnances de son mari, elle
le retira pour le mettre au séminaire. Isidore d'Auray,
en vrai enfant gâté, fit d'abord de terribles grimaces ;

mais, à force de promesses, de joujoux, de bonbons
et de confitures, il finit par céder, se promettant bien,
du reste, de ne tenir que dans la limite de ses provisions. La similitude de goûts et presque de position
le rapprocha vite de Henri Desgrenats ; sur terre
comme en l'air, les lutins s'entendent. Cette paire
d'étourdis bouleversaient la maison ; il n'y avait ni
repos ni paix à espérer partout où ils se trouvaient.
Tandis que Desgrenats y mettait une vraie colère,
un dessein prémédité, d'Auray procédait avec tout le
sans-gêne d'un enfant gâté ; mais la mauvaise humeur
de l'un et la légèreté de l'autre arrivaient à peu près
aux mêmes résultats. Il était impossible de voir un
enfant plus volatil, plus mou, plus léger que ce d'Auray : tête au vent, cœur sans consistance, c'était la
plume qui flotte en l'air et y décrit mille courbes capri-
cieuses, que rien ne semble déterminer. On ne pouvait
saisir cette organisation presque fluide, ce caractère
versatile et sans fond, qui échappait comme l'eau entre
les doigts. Mais ce petit bonhomme était joli comme
un cœur ; sa peau satinée avait une transparence que
faisaient ressortir encore ses joues rosées ; ses cheveux
blonds et soyeux, ses mains délicates et blanches, ses
yeux vifs et doux, ses lèvres rose pâle, en faisaient
une vraie miniature ; tandis que sa taille mince et
élégante et le costume qui l'encadrait lui donnaient
quelque chose d'aérien. Ajoutez à cela un esprit vif,
une promptitude rare à la répartie, je ne sais quoi
d'imposant et de noble qui commandait les égards.
D'Auray était naturellement impérieux, mais il semblait qu'on ne pût rien refuser à ce charmant petit-
maître, à cet aristocrate imberbe. Du reste, il ne
demandait pas, il prenait tout ce qui était à sa con-
venance, il s'en emparait sans autre forme. Il est vrai

qu'il donnait avec la même facilité, jetant avec une profusion de grand seigneur ses bonbons, ses joujoux, surtout quand il en était las. En deux mots, ce petit comte en herbe faisait la loi : quoi qu'il exigeât, on se sentait pressé d'obéir. Y a-t-il donc des gens nés pour le commandement, et d'autres pour la servitude ?

L'abbé Retourné, qui se trouvait chargé à la fois de ces deux étourneaux, appelait l'un *mon butor* et l'autre *mon chardonneret*.

Il les suivait de très près, ne se fatiguait point de leurs insolences, ne se rebutait pas de leur paresse, et répétait chaque jour au supérieur : Laissez-les faire : il y a du sang...

Le 25 novembre arriva. Quel était donc le grave événement que cette époque devait amener ?

Une retraite. Rien de plus.

C'était là ce que l'abbé Prudent attendait avec impatience, c'était le point de l'avenir qu'il montrait du doigt à la dame Desgrenats, en lui disant : Attendons jusque-là, et puis nous verrons.

Le 25 novembre donc, un jésuite arriva au séminaire de***. C'est une étrange chose que ces jésuites ! Pas un peu de bien à faire qu'ils ne s'y mêlent. Depuis le temps qu'on les tue, ils vivent toujours ; depuis le temps qu'on les habille en corrupteurs de la jeunesse, en pestes des États, en ennemis de la morale, il n'est pas une œuvre sainte, morale, utile, où l'on ne retrouve leur action éclairée, leur persévérante influence. Cherchez dans la vigne du Seigneur un coin qu'ils n'aient remué, un cep qu'ils n'aient taillé, un échalas qu'ils n'aient planté ou raffermi !

Éternelle torture des impies ! Éternelle consolation des gens de bien ! Colonne miraculeuse, toute de fumée pour les Égyptiens, toute de feu pour les Israélites !

Énigme providentielle jetée aux sphinx des derniers temps ! Bloc de granit, où l'église appuie une de ses colonnes, et où l'impiété vient user ses vagues !

C'était un jésuite ! En pleine paix, quatre ans après les ordonnances, soixante ans après Voltaire, trois cents ans après Luther ! Un jésuite ! pendant que l'Université florit, paie des professeurs, des historiens, des journaux, pour leur jeter de la boue à la face ! Et, chose plus surprenante, ce jésuite venait d'un collège, où il avait donné une retraite qui n'avait point été sans fruits....

On voit des choses étranges sous le soleil.

C'est toujours un grave événement qu'une retraite spirituelle. Pour bien des communautés, c'est le commencement d'une meilleure ère ; pour beaucoup de sujets, c'est le principe du salut éternel.

Le fait était bien extraordinaire, surtout pour les deux farfadets que le séminaire de*** contenait avec tant de peine dans son sein. Hélas ! ils avaient beau se débattre : les pauvres oisillons étaient pris.

Quels yeux, quelles oreilles ils ouvrirent, quand ils virent toute la communauté saisie subitement, au milieu même d'une récréation, de cette nouvelle frappante : une retraite ! quand ils virent, comme à un coup de baguette, tout le monde, même les plus dissipés, passer soudain du bruit des amusements au recueillement le plus profond ; le silence le plus parfait régner dans les corridors, dans les salles, dans les dortoirs ; quand ils n'entendirent plus rien que le bruit de leurs pas !

Ce jésuite était homme de talent ; le talent croît là comme dans sa terre natale. Douze mille écrivains, dans trois siècles, prouvent sans doute quelque chose en faveur d'une société. Mais ce qui caractérise sur-

5

tout ce corps illustre, ce qui le rend redoutable avant
tout aux ennemis de la religion, c'est sa piété, c'est un
zèle intrépide que rien ne ralentit. Demandez-en des
nouvelles à la Chine, aux Amériques, au Japon... Aussi,
l'un des plus illustres jésuites de ce temps a-t-il pu
dire avec raison : « On a porté à plus de 12,000 le
nombre des écrivains jésuites ; nous aimons mieux
nous rappeler nos *huit cents* martyrs immolés pour la
foi, nos *huit mille* missionnaires, dont la vie précieuse
devant le Seigneur s'est consumée dans les travaux
du zèle parmi les sauvages et les infidèles (1). »

Henri Desgrenats fut d'abord stupéfait, atterré, à
l'aspect de cet homme maigre, noir, qui s'annonçait
comme venant au nom du ciel, pour raffermir les
justes et convertir les pécheurs. Cette parole extraordinaire remuait son âme, sans qu'il sût pourquoi. Il
ouvrait l'oreille ; il aspirait ces sermons vifs, animés,
tour à tour consolants ou terribles. Il n'y avait sans
doute pas une de ces vérités qu'il n'eût entendue cent
fois retentir dans l'église de son village ; mais, alors,
elles ne faisaient pas sur lui la même impression. C'est
que ce religieux savait donner une âme à tout ; tout
prenait vie sous sa parole brûlante. Le jésuite connaît,
comme d'instinct, l'art d'intéresser la jeunesse ; il y a
longtemps que ses plus ardents ennemis le savent et
ont été forcés d'en convenir. Ranke, le protestant, en
rendait récemment témoignage (2). Des anecdotes
surtout, — et en ceci le jésuite excelle, — répandues
avec art dans le texte des discours, saisissaient au vif

---

(1) Le P. de Ravignan. *De l'existence et de l'institut des Jésuites*, p. 53.

(2) Ranke, *Histoire de la papauté*, etc. Les protestants mêmes
retiraient leurs enfants des collèges pour les confier aux jésuites.
Tome II, p. 33, etc..., du texte allemand.

le jeune auditoire. Desgrenats crut souvent qu'on faisait sa propre histoire. D'Auray lui-même avait, pour la première fois, fixé son attention et ses yeux de sylphe. Visiblement le doigt d'un ange travaillait, remuait ces petites âmes. Tant fut que, dès le premier soir les deux lutins devinrent sérieux ; ils se regardèrent sans rire, et montèrent l'escalier sans enjamber une marche. L'abbé Retourné, qui présidait ce soir-là au coucher, riait sous cape à les voir marcher en silence, graves comme des sénateurs. Il devina que Dieu s'en mêlait, et ne douta point que l'œuvre ne vînt à bien.

Le troisième jour de la retraite, le jeune professeur écrivait au vieil abbé Prudent :

« Ne vous pressez pas de venir, monsieur le curé ; la grâce de Dieu travaille par ici, et peut-être votre voyage sera-t-il remis à des temps plus reculés .. Notre petit tapageur réfléchit, et cela fait espérer. Comme vous le disiez, c'est un bon vin qui travaille. Je n'oserais répondre que le changement sera complet, mais, en tout cas, il y aura du mieux. J'ai vu l'enfant sortir hier du confessionnal ; il était tout en larmes. Comme je présidais à l'étude, il est venu me demander permission d'écrire un mot à sa mère. Il avait les yeux rouges et le cœur gros. Ce qu'il écrira à sa mère, je le devine presque, et je présume que ce ne sera point pour la presser de venir. Hélas ! j'ai passé par ces transes ; j'ai senti la pointe du remords, j'ai aussi pleuré amèrement d'avoir fait pleurer ma mère... Mais ces épreuves font du bien : elles trempent l'homme pour le reste de sa vie. J'espère beaucoup, j'ai toujours espéré de Henri Desgrenats : je suis convaincu que l'événement ne démentira point mes prévisions...

« En attendant, monsieur le curé, demeurez en
paix. Notre retraite doit durer neuf jours... Priez pour
nous, pour lui ; faites prier sa mère... Ah ! sans doute,
elle n'a point attendu à se le faire dire. Les vœux d'une
mère pieuse ont un grand poids dans la balance du
ciel...

« Je suis avec respect, etc...

« L'abbé Retourné, prof. »

————

Quand le vieux curé eut reçu cette lettre, il hâta ses
pas.

— Eh bien ! madame Desgrenats, dit-il du plus loin
qu'il l'aperçut, le cheval est-il prêt ?

— Quand vous voudrez, monsieur le curé, dit la pauvre mère en tremblant ; je vois bien qu'il faut y passer.

— Sans doute ! sans doute ! lisez.

La dame lut : jugez de sa joie. Et le lendemain,
quand elle eut reçu sa lettre, à elle, une lettre de son
fils, elle courut aussi en donner nouvelle à son vieil
ami. On y lisait :

« Maman, ma bonne maman, je vous demande pardon de toute la peine que je vous ai faite... Je vois
bien aujourd'hui que je ne suis qu'un enfant ingrat,
que j'ai abusé de vos bontés et des grâces du ciel.
Mais mon parti est pris ; je veux me corriger... Nous
sommes en retraite depuis quelques jours... ; cela fait
du bien de s'entendre dire la vérité... J'ai été me confesser au Père jésuite ; il m'a bien fait sentir l'indignité de ma conduite... O maman ! je voudrais être
en ce moment à vos genoux, ou plutôt à votre cou,
pour vous demander pardon, et vous arroser de mes
larmes... Je vous promets de changer de conduite, et
je tiendrai parole... Ne venez plus me chercher : je

veux rester ici; et désormais je vous donnerai autant
de consolation que je vous ai causé d'ennui.

« Voilà le sermon qui sonne. Je m'arrête là, sauf à
vous en dire plus long à la fin de la retraite. Demandez pardon pour moi à papa, embrassez toute la
famille; et agréez, chère maman, la tendresse et les
regrets de votre fils coupable, mais repentant.

« HENRI. »

Au bas de cette lettre, le supérieur avait écrit ce
peu de mots :

« Je bénis presque le retard que vous avez mis à
venir reprendre votre fils. La retraite semble le changer. Attendons, et espérons...   BONNEFOY, supér. »

———

Quand on est mère, quand on a été, comme Mme
Desgrenats, affligée de l'inconduite d'un fils, on peut
pleurer de joie trois jours et trois nuits à la réception
de semblables nouvelles. C'est ce qu'elle fit, la pauvre
mère! Combien de fois elle se mit au pied de son
crucifix, pour remercier Dieu de ce trait de miséricorde! Il lui semblait que la vie prenait une autre
couleur pour elle.

Retournons à Amédée Aubert. Les succès qu'il avait
obtenus, les compliments du proviseur, l'affection de
son professeur, qui le considérait comme l'espoir de
sa classe, l'envie même de ses condisciples, tout
avait contribué à éveiller chez lui l'amour-propre et à
atténuer sa tristesse. Le collège lui devenait moins
odieux. Il commençait à s'y habituer. Déjà criaient
moins fort ces importunes pensées qui avaient trou-
blé son repos jusque-là. Au lieu de baisser humble-
ment la tête sous les attaques de ses condisciples, il

ripostait maintenant, il prenait de l'audace. Une fois
même, — ô fatale puissance de l'exemple! — il avait
déjàrépondu par une de ces expressions mal sonnan-
tes qui l'avaient d'abord fait rougir. Un surveillant lui
avait donné ce grave et paternel avertissement : —
Mon ami, quand on te gratifie d'un coup de poing,
rends-en deux; quand on te dit une sottise, dis-en
trois. — Il profitait de la leçon, quoique bien timidement encore.

Sa mère, à la lecture de la dernière lettre de son
fils avait de nouveau sérieusement pensé à le retirer
du collège. *Est-ce que vous voulez me laisser perdre?* ces
mots lui pesaient terriblement sur la conscience. Quel
besoin avait donc encore ce vieux curé de lui adresser
ce tas de sornettes, et de doubler ses tourments?
Mme Aubert n'en dormait plus. Dans sa sollicitude,
elle cherchait un moyen d'aborder ce sujet avec son
mari; mais l'ombrageux capitaine n'entendait pas
raison sur ce chapitre. Elle songea alors à sa plume;
elle se proposa de soutenir, par une correspondance
active, suivie, le courage et la vertu de son fils; elle
présuma même assez de son talent, pour croire qu'il
suffirait à garantir ce pauvre enfant, et des tourments
d'une conscience timorée, et des périls d'une position
incertaine. Illusion presque permise à une femme
qui avait remporté, comme jeune fille, à peu près tous
les prix de sa pension, et s'était crue un moment appelée à devenir femme de lettres.

Voici le premier jet de cette éloquence maternelle:

« Te laisser perdre, mon fils! oh! loin de moi cette
pensée désolante! Tu dois connaître assez le cœur de
ta mère pour ne pas mettre un seul instant en doute
sa tendresse, sa sollicitude pour tout ce qui concerne

ton salut. Oui, le ciel m'en est témoin, si je savais que le séjour du collège pût compromettre ton innocence, je n'hésiterais pas une minute à t'en retirer. Mais, mon enfant, on n'est nulle part condamné à devenir mauvais ; la grâce nous accompagne partout ; et même, plus les périls sont grands, plus les moyens de salut sont nombreux et efficaces, en sorte qu'il est toujours vrai de dire que nul ne se perd que par sa faute. Courage donc, mon fils, oh ! courage ! tant que tu craindras, je ne craindrai pas ; je ne tremblerai que quand je te verrai indifférent à ce qui se dit et se fait autour de toi. Souviens-toi que *la crainte est le commencement de la sagesse*. La Providence t'a doué d'un esprit juste et d'un cœur sensible ; use de ces dons heureux pour te tenir en garde contre les pièges qui environnent ta jeunesse ; relève souvent tes yeux vers le ciel ; en un mot n'abandonne pas le Seigneur, et le Seigneur ne t'abandonnera pas.

« Tu dois comprendre les raisons qui nous obligent, ton père et moi, à te placer au collège. Il nous serait assurément bien plus doux de te garder toujours sous nos ailes. Mais nous ne sommes pas riches : six enfants viennent encore après toi, il est nécessaire que nous songions à vous placer tous. Cependant, je te le répète, si nous prévoyions que l'éducation publique pût être un écueil pour ta foi, nous préférerions te voir sans carrière, plutôt que de te sentir exposé à périr pour l'éternité.

« Mais rassure-toi. Il n'en sera pas ainsi. Ne t'exagères-tu point un peu le danger de ta position ? Tu étais bien novice, mon enfant, et ce qui alarme ta pudeur est peut-être en soi fort innocent. Non que je veuille diminuer tes craintes ; mais il me semble qu'elles ne doivent point aller jusqu'au trouble. Prends

courage. Il faut bien que tu apprennes à vivre au
milieu des hommes... Seulement, je te recommande
expressément une chose: écris-moi souvent et ne me
cache rien, absolument rien, de tes pensées et de tes
sentiments. Tu me connais assez pour savoir que personne n'est plus que moi digne de ta confiance. Je la
veux entière, absolue...

« Adieu, mon enfant, bon courage! Ton père et
tous les enfants t'embrassent, et moi, je te serre
contre mon cœur...

« TA MÈRE. »

———

Les impressions du jeune âge sont toujours vives ;
quelquefois elles sont tenaces. L'âme timide d'Amédée
Aubert ne pouvait s'arracher tout d'un coup aux scru-
pules qui la circonvenaient. En lisant la lettre de sa
mère, il lui vint une idée : c'était de demander à entrer
dans un séminaire et de se faire prêtre. Cette inspiration pouvait venir d'en haut : les qualités, les vertus
de cet enfant le font même présumer. Depuis plus
de deux mois il luttait contre l'esprit du collège, et à
son âge, c'était prodigieux. En écrivant donc, il exprima
naïvement son désir. Mme Aubert crut, comme nous,
que cette pensée pouvait venir de Dieu ; elle l'attribua,
du moins, au dégoût que continuait d'inspirer à son
fils la vie du collège. Mais comment parler de cela au
capitaine ? Il en bondirait sur son siège. Elle crut prudent de se taire, d'approuver tout bas son fils, et l'engager à demander lumière au ciel, en lui faisant
entendre qu'une année de collège ne pouvait lui nuire,
et qu'à la fin de l'été, si son intention persévérait, il
serait temps encore de lui donner suite.

Cependant le professeur du jeune Aubert mettait

une grande importance à le conserver. Il n'est que
trop vrai qu'en beaucoup de collèges, les maîtres négligent la masse de leurs élèves pour s'attacher à quelques sujets mieux dotés, qu'ils espèrent faire briller
dans les concours. Ce reproche est trop répandu pour
n'être pas fondé. Dès lors, on comprend le prix qu'un
jeune professeur devait mettre à garder un élève
comme Amédée Aubert. Studieux, docile, modeste,
doué d'un jugement droit et d'une mémoire heureuse,
intact jusque-là au milieu de la dissipation universelle, que manquait-il à cet enfant pour exciter à juste
titre l'intérêt d'un maître ? Aussi le professeur de
huitième couvait-il de l'œil, pour ainsi dire, son futur
lauréat. Malheureusement, pour se l'attacher, il s'y
prit de la mauvaise façon : il le flatta outre mesure.
Il le mit par là même en butte à la jalousie de ses
condisciples, auxquels il ne cessait de le proposer
pour modèle, et qui concevaient contre lui une anti-
pathie d'autant plus grande, que les éloges pleuvaient
plus dru sur sa tête. Il se forma ainsi un orage dont
le petit *troupier* était l'âme. Aubert, dans sa simplicité,
alla se plaindre : il demandait appui contre la mauvaise volonté qui cherchait à entraver ses succès.
C'était là une belle occasion, pour un maître habile et
consciencieux, de prendre la haute main sur cette
jeune intelligence ; de lui insinuer le goût des mâles
vertus, de la force, du courage, de l'intrépide attachement au devoir, vrai et seul moyen de faire tôt ou
tard tomber les haines criardes, et de gagner l'estime
même de ses envieux. Au lieu de cela, le professeur
ne fit que développer le thème du surveillant : il ins-
pira à l'enfant cet orgueilleux sentiment de sa valeur
propre, qui fait qu'on jouit de l'opposition, et qu'on
brave les cris de l'envie. Il lui fit comprendre cette

5.

prétendue loi de l'honneur, qui défend de reculer devant
une attaque, de laisser passer une injure ou un coup
sans réponse. Langage funeste, dont les fruits suffi-
sent à empoisonner toute une vie. Sorti de l'école normale, et imbu de l'enseignement sceptique qui s'y
puise, le professeur ne pouvait parler la langue religieuse qu'il ne comprenait plus.

Autre tort : il usa de la raillerie ; il piqua au vif
l'amour-propre de son élève, en tournant en ridicule
le projet qu'il avait communiqué à sa mère de se faire
prêtre. Instruit de ce fait par le proviseur, le professeur de huitième déversa en plein l'ironie sur cette
idée *singulière*. Il traita le sujet avec ce sarcasme habile,
avec ce vernis de bienveillance et de pitié, avec ce
mélange de dédain et d'affection, qui ne pouvait manquer d'impressionner vivement une jeune tête. Le
point sur lequel il insista particulièrement, c'était
qu'Amédée avait trop d'esprit pour se faire prêtre ; que
quand on était doué aussi heureusement que lui, on
devait viser à autre chose qu'à aller enseigner, à un
tas de badauds et de vieilles femmes, des friperies
depuis longtemps prises en pitié par tous les esprits
distingués.

Le trait porta. Il sembla à cette âme candide qu'un
voile s'abaissait devant ses yeux ; elle pressentit
que, par derrière cette religion qu'on lui avait appris
à respecter, il pouvait bien y avoir quelque autre
chose pour les grands et les forts. Amédée sentit, dès
ce moment, tomber comme d'elle-même une partie de
son estime pour la foi de son berceau : la révolution
commençait.

Chose étrange ! Dans le moment même où ce changement fatal s'annonçait chez lui, une conversion inverse se faisait chez son ami.

La retraite était finie : Desgrenats était changé. La lettre qu'il écrivit à sa mère, dans cette circonstance mémorable, donnait les détails les plus touchants sur les effets que la grâce avait opérés en lui. Un voile était bien aussi tombé de devant ses yeux, mais pour lui montrer l'indignité de sa conduite passée, et laisser pénétrer jusqu'à lui les rayons de la lumière céleste. Ce fut avec des larmes qu'il traça cette amende honorable, qui mouilla aussi de pleurs bien douces les paupières maternelles. L'enfant prodigue déplorait ses fautes, et faisait des promesses de la sincérité desquelles il était impossible de douter. Jamais changement plus complet. L'abbé Retourné, au comble de la joie, le supérieur lui-même, aussi surpris que satisfait, adressèrent à la famille Desgrenats les félicitations les plus vives ; et le lieutenant fut bien obligé de verser une larme, en entendant tout ce qu'on disait de son fils.

Non content d'avoir communiqué à ses parents sa joie et ses bonnes résolutions, Henri ne put résister au besoin de verser dans le sein de son ami les sentiments nouveaux qui le remplissaient. Il se croyait d'ailleurs obligé de réparer la mauvaise impression que sa première lettre avait dû faire sur son cher Amédée.

« Que c'est tôt fait de se changer, mon cher ami, lui écrivait-il, et que Dieu est bon de ramener ainsi les brebis égarées ! Je ne suis plus ce que j'étais, Amédée, et tu seras content de moi, je l'espère. Oui, je suis sage maintenant, et je compte bien le devenir de plus en plus. Nous avons eu une retraite donnée par un Père jésuite ; je ne puis te dire l'impression qu'elle a faite sur moi. Ah ! j'étais bien coupable, je le vois maintenant, d'abuser ainsi de la bonté de Dieu et de la ten-

dresse de mes parents ? Aussi, c'est fini, cette fois :
mon parti est pris pour toujours. Je commence déjà à
sentir combien le Seigneur est doux, comme on s'est
plu à nous le répéter : je jouis maintenant d'une paix
que je ne connaissais pas...

Mon cher Amédée, je t'ai souvent scandalisé, souvent affligé même ; je t'en demande pardon. Je voudrais, en ce moment, te serrer dans mes bras pour te
faire sentir combien mon repentir est profond et sincère. Tu n'en doutes pas, j'en suis sûr. Toi, tu as toujours été bon et sage ; je ferai tous mes efforts pour
suivre ton exemple, et, Dieu aidant, j'y réussirai...

« Je rétracte tout ce que je t'ai dit de l'établissement où je suis ; autant je m'y déplaisais alors, autant
je m'y trouve bien maintenant. Oh ! tâche donc d'y
venir ! Je serais trop heureux, ce me semble, de
t'avoir près de moi pour te dédommager des chagrins
que je t'ai faits, et t'imiter plus fidèlement...

« A peine, mon cher ami, croiras-tu que je ne plai-
sante pas, et cette seule pensée me couvre de confusion. Pourtant, Amédée, ces sentiments partent du
fond de mon cœur, et j'espère que ma conduite le
prouvera à l'avenir...

« Adieu... Ecris-moi sans retard, et dis-moi que tu
me crois et que tu me pardonnes. Je t'embrasse sur
les deux joues...   HENRI. »

———

On ne s'aperçoit de la faiblesse de ses jambes que
quand il faut marcher. Amédée ne sentit bien le coup
porté à sa foi que quand il eut lu cette lettre et qu'il
fallut y répondre. Il était comme placé aux confins de
deux mondes. Les phrases de son ami le rejetaient
en arrière, et il avait vu en avant. Il est rare qu'à
quatorze ans un jeune homme réfléchisse beaucoup ;

mais celui-ci était naturellement penseur. De plus, il
avait ce coup d'œil ferme, cette force de volonté, qui
ne laissent jamais un principe sans en tirer les conséquences. Dès le bas âge, sa mère avait remarqué en
lui le besoin de savoir la raison des choses, cet
instinct de déduction, pour ainsi dire, qui est juste le
contre-pied de l'étourderie inconséquente qui caractérise la jeunesse. Amédée était de ces esprits qui
portent dans le bien comme dans le mal une logique
rigoureuse, inaperçue d'abord et incomprise d'eux-
mêmes, mais qui les domine bientôt de sa puissance
irrésistible. Jusque-là, il n'avait fait que croire : croire
simplement et sans effort aux enseignements de sa
mère et de son curé. Aujourd'hui, quelques mots,
quelques sourires, et surtout l'exemple de ses maîtres,
ont déjà ébranlé cette foi naïve du jeune âge ; il a
compris que cette religion, qui avait été tout pour lui,
n'est rien pour eux. On ne se confesse pas, on ne communie point dans ce collège ; une leçon de catéchisme
par semaine, un sermon tous les dimanches, un aumônier en perspective, c'est tout ce qui reste de ce
monde sans limites, où son enfance commençait à
pénétrer. Il voit des professeurs se tordre et bâiller pendant la messe : il sait même que plus d'un d'entre eux —
c'est la rumeur du collège — portent, pour s'y distraire,
des livres fort peu édifiants. Néanmoins, ces hommes
passent pour savants, ont obtenu de beaux succès,
sont considérés. En les comparant à sa mère, à son
curé, il trouve une énorme différence. Là tout lui
semble simple, obscur, borné : ici, tout est honoré,
illustre, apparent. Ces professeurs parlent avec facilité,
quelques-uns avec éloquence ; celui-ci excelle en vers
latins, celui-là en vers français ; l'un est chauve à
vingt-cinq ans, à force de veilles et d'études ; l'autre

creuse et est sur le point de résoudre un problème qui
doit faire bruit dans le monde. Le proviseur a déjà
place dans la république des lettres : on vient de le
nommer membre de l'académie de la province...

Or, encore une fois, tous ces messieurs se passaient
de religion, ou le peu qu'ils en pratiquaient était visiblement accordé à la forme, c'est-à-dire au règlement. En outre, on citait dans le collège de petites
anecdotes, des mots plaisants échappés de leur bouche, qui montraient jusqu'à quel point ils portaient le
respect, ou plutôt le manque de respect envers la religion.

Comment serait-il possible que la foi des enfants
tînt bon contre ces épreuves? Et nous en appelons
ici à la conscience de tous ceux qui ont reçu l'enseignement universitaire, ce que nous constatons ici n'est-
il pas un fait trop commun?

Amédée Aubert jeta d'abord dans un coin de son
pupitre la lettre de son ami. Non seulement il n'a-
vait pas éprouvé à la lire le plaisir qu'il eût ressenti
autrefois, mais elle lui avait inspiré une sorte de dédain. Ce ne fut qu'un mois après qu'il y répondit :

« Excuse-moi, mon cher Henri, de n'avoir pas ré
pondu plus tôt à ta lettre. Nous avons de la besogne
en masse, et mes parents se proposent de me faire
sauter une classe l'année prochaine. Tu comprends
que je n'ai pas de temps à perdre. Il s'agit d'abord
pour moi de remporter les prix. Mon professeur m'assure qu'aucun ne m'échappera, si je le veux. Or, je le
veux, et fortement. J'espère que ma mère m'en saura
bon gré.

« Je suis bien aise de tout ce que tu me dis de ta
conversion. Il est certain que tu étais parfois bien

étourdi, et même — pardonne à l'amitié — un peu méchant. Je crois sans peine que ton bon cœur a triomphé de ta mauvaise tête.

« Je commence à me faire un peu au collège. Il faut bien, à la fin, en prendre son parti. Quand on est dans une position forcée, la sagesse veut qu'on tâche de s'y accommoder. Ce qu'il y a de certain, c'est que je n'ai point de concurrents sérieux. J'espère donc me servir le premier, et laisser le reste aux autres.

« Je suis très pressé; j'ai encore trois leçons à apprendre et un long *verbe déponent* à écrire.

« Tout à toi,   AMÉDÉE. »

C'était sec. Henri s'attendait à de tendres félicitations sur l'heureuse nouvelle qu'il communiquait à son ami, et, au lieu de cela, il n'en recevait que des phrases brèves, arides, où déjà perçait cette attention sur soi, ce misérable égoïsme, qui prend ordinairement naissance dans le cours de l'éducation, pour ne finir qu'avec la vie. Desgrenats s'attrista de la froideur de son cher Amédée, et s'en imputa la faute. — Voilà, se disait-il, ce que j'ai gagné à tant contrarier ce pauvre ami; il est juste qu'il s'en souvienne, et qu'il me le fasse expier. Quand il m'abandonnerait, quand il me bouderait toute la vie, paierais-je trop cher les cruautés que je lui ai fait subir? — Mais il se proposait de lui écrire bientôt pour lui demander de nouveau pardon, et le supplier de lui conserver au moins son amitié.

Nous avons dit plus haut que le jeune Aubert avait un moment songé à se faire prêtre, pour concilier les vues de ses parents avec le cri de sa conscience. Mme Aubert, ajoutions-nous, avait paru céder à ses désirs. En effet, tout heureuse d'avoir trouvé cette corde à toucher, elle la fit vibrer tant qu'elle put pour exhorter son fils à rester ferme, à conserver intact le dépôt de son innocence. Bonne créature, qui s'imaginait que des mots peuvent contrebalancer des exemples, tout un réseau de séduction, toute une atmosphère d'impiété ! Elle recevait exactement des réponses ; et, à chaque fois, elle croyait s'apercevoir que son fils se rapprochait davantage de ses idées. Au fond, les tristes pressentiments avaient disparu ; Amédée prenait les choses plus gaiement ; il parlait quelquefois de ses succès, mais de manière à en faire hommage à sa mère ; le collège ne lui semblait plus si triste, et c'était avec une sorte de transport qu'il parlait du bonheur qu'il goûterait un jour à mettre ses couronnes sur le front maternel. — Il est clair, songeait Mme Aubert, qu'il commence à s'aguerrir ; ses idées noires l'ont abandonné ; je suis sûre qu'il entend maintenant avec le même dégoût, mais avec plus de fermeté, les propos qui troublaient sa jeune âme, cela va bien ! Mon fils gardera sa vertu, tout en se dépouillant des langes de son berceau...

Ainsi, les meilleures mères peuvent se faire illusion. Et puis, ces succès toujours croissants formaient aussi une tentation bien douce pour cette pauvre femme. Il lui faudrait maintenant de grandes raisons pour arracher son fils à un établissement qui va devenir le piédestal de sa gloire.

Sur ces entrefaites, le bulletin arriva. Il était des plus satisfaisants. Santé, conduite, diligence, progrès, tout était de niveau. La langue même semblait n'avoir pas d'épithète assez riche pour qualifier chaque article. Ainsi on lisait : *Santé magnifique, conduite admirable, diligence presque excessive, progrés étonnants*, etc... Et à l'appui, dix premières places sur douze compositions.

Quelle tête de mère y eût tenu bon?

Pendant ce temps-là, un petit accident vint troubler l'âme de Desgrenats : son ami d'Auray quittait le séminaire. Bien que la retraite eût produit un assez heureux effet sur Isidore, elle n'avait cependant pas amorti, comme chez Desgrenats, un naturel turbulent. Il y a des caractères qui semblent ne pouvoir être pénétrés à fond par une pensée sérieuse. Papillons de la vie, ils voltigent d'une idée à une idée ; sylphes légers, ils frottent leurs ailes à toutes les fleurs, sans se fixer sur aucune. Tel était Isidore. Il avait été frappé ou plutôt ébloui, du talent du Père jésuite ; son imagination vive avait tourbillonné autour de cette lumière, comme le papillon du soir autour de la chandelle. Il s'y était brûlé les ailes. Puis sa mollesse d'enfant gâté avait repris le dessus. Car, hélas! les défauts, comme les vertus que donne une mère, sont ce qu'il y a de plus durable dans l'âme; ce que l'éducation publique y greffe passe souvent plus vite. C'était donc un peu moins de malice, depuis la retraite, mais la même insouciance. Le petit aristocrate continuait à faire plier la règle à son caprice. Au-dessus de l'éloge ou du blâme, il usait de tout comme de chose due, et n'en avait souci ; il parlait dans le temps du silence, s'amusait pendant l'étude, lisait pendant la récréation, et tout cela, parce que c'était son idée: il lutinait. On ne pouvait le punir, tant il mettait d'abandon et presque d'amabilité dans ses fautes; sa figure vive et ouverte, ses yeux naïfs, ses formes délicates, désarmaient la volonté la plus sévère ; on avait presque peur d'attrister ce charmant étourdi, de gêner le vol de ce papillon.

Voilà les écoliers qui font le plus de mal à un établissement sérieux. Ils y tuent la règle. Ces infrac-

tions multipliées et sans malice énervent la discipline,
font brèche partout. Ce qu'ils commettent, eux, par
leur nature de lutins, ce qu'on n'ose punir en eux, d'autres le feront par réflexion et mériteront châtiment ;
car si on laisse voler le papillon, il faut tuer la che-
nille. Un règlement doit mourir sous les dards de ces
insectes ailés, qui n'ont pour eux que leurs couleurs
miroitantes. On le sentit à ***, et il fut résolu qu'on
renverrait Isidore à ses parents.

L'embarras recommença alors pour Mme d'Auray.
Le collège lui répugnait. Un moment elle pensa à
prendre un précepteur; mais elle repoussa vite cette
hypothèse, dans la conviction que son fils avait besoin
d'être éloigné d'elle. Conviction courageuse dans une
mère. Elle avait donné tout ce qu'elle pouvait donner,
l'aimable; quant au solide, elle y renonçait. Elle avait
pu donner le jour à un enfant, elle se sentait inapte à
former un homme. Un mot d'une lettre d'Isidore fixa
ses doutes ; il lui avait parlé un jour, comme par hasard,
mais avec respect, du Père jésuite : elle songea à Fribourg. Le tout était de vaincre les répugnances de
son mari ; car M. d'Auray était bourré, pétri de ces
préjugés qui défigurèrent, sur la fin de la Restauration,
tant d'âmes droites, tant de beaux caractères. Il était
de ces hommes inconséquents qui aiment et veulent la
religion, et repoussent ses plus puissants auxiliaires ;
sorte de pieux imbéciles, qui ont eu le malheur de prendre au sérieux les mille calomnies qu'une haine sata-
nique a forgées contre les avant-gardes du catholicisme.

Un grand écrivain a dit: *La calomnie est une fausse
monnaie fabriquée par des scélérats, et propagée par
les honnêtes gens* (1).

_____

(1) De Maistre.

Le comte d'Auray était de ces honnêtes gens. Il avait gobé en badaud les sornettes que le libéralisme de 1828 débitait sur le compte des *fils de Loyola*. Il y croyait avec la ténacité de la sottise greffée sur l'ignorance.

Mais sa femme était habile, et exerçait sur lui une grande influence : il finit par céder. Isidore fut retiré du séminaire, et dirigé sur Fribourg.

Car, déjà depuis trois ans, au nom de la liberté, on avait expulsé de France des citoyens français ; on avait ôté aux pères de famille le droit de faire élever leurs enfants par des hommes qu'ils honoraient et jugeaient dignes de leur confiance. Le libéralisme impie avait arraché au vieux roi une funeste concession. Les héritiers de 93, les prôneurs des droits de l'homme, les ennemis acharnés du privilège, les fanfarons de l'égalité, tous ces arlequins politiques et littéraires, qui se paraient depuis quinze ans du masque de la tolérance, et conviaient la liberté à recommencer le tour du monde, tous ces gens-là, dis-je, venaient d'extorquer un nouvel acte de proscription contre des hommes à qui l'on n'avait personnellement rien à reprocher, contre une société qui enseignait au grand jour, dont les doctrines et les méthodes sont ce qu'il y a de plus connu dans l'univers, et sur la conduite de laquelle la dent acharnée de l'envie n'a jamais pu mordre. Depuis trois ans, quelques centaines de religieux français n'avaient pu trouver, ni dans la charte, ni dans les droits imprescriptibles de l'homme, une protection suffisante ; on les avait vus chassés de leur patrie, au nom de la liberté, par les amis de la liberté, et ils étaient partis pour la terre étrangère, emmenant avec eux plusieurs milliers de jeunes gens qui s'obstinaient à les vénérer et à les chérir, et ne pouvaient se

résoudre à voir des parricides, des criminels de toute
nature, dans de modestes religieux qui leur donnaient
l'exemple de toutes les vertus.

Le départ d'Auray fit un vide à Desgrenats. Ils s'é-
tait attaché plus vivement encore à son ami, depuis
que la retraite les avait corrigés ensemble, bien qu'à
des degrés divers. La vertu rapproche et lie plus
solidement que le vice. Desgrenats même avait pris
à tâche d'achever dans son camarade ce que le jésuite
y avait commencé. Néophyte tout chaud, il devenait
apôtre, quand tout à coup son élève lui fut enlevé. Il
le pleura. Isidore, au contraire, s'en alla insouciant ;
il s'arracha au sol avec toute la facilité d'une plante
sans racine. Il embrassa néanmoins son mentor, et
n'embrassa que lui. Peut-être sa petite physionomie
si spirituelle, si mobile, avait-elle pris un caractère
rêveur, sa mère crut même voir une larme mouiller
ses yeux. Mais cela passa vite ; le sylphe se rattacha
à la première mouche qui bourdonna dans l'air. Huit
jours après, il passait le Jura, et entrait à Fribourg.

Desgrenats lui avait fait jurer qu'ils s'écriraient.
Nous ne doutons pas que Henri ne tienne parole :
mais l'autre ! c'est un engagement bien sérieux pour
lui !

Cependant les succès d'Amédée continuaient, visiblement il primait tous ses condisciples. Desgrenats
faisait aussi force de rames, et si ses succès n'étaient
point aussi éclatants, ils étaient du moins plus glorieux, car il avait affaire à des rivaux plus redoutables.

Les deux amis s'écrivirent encore une ou deux fois
dans le cours de l'été, et la différence de leur style
attestait le changement graduel qui s'opérait en eux.
D'une part, amitié chaude, bons conseils, saintes pen-

...ées; de l'autre, froideur, sécheresse, léger ton d'ironie.

La fin de l'année scolaire arriva : Aubert remporta tous les premiers prix de sa classe, Henri obtint le prix de version et deux *accessits*. Mme Aubert faillit en devenir folle de joie, Mme Desgrenats pleura de tendresse... en voyant son Henri si changé !

Les deux amis ne firent que s'entrevoir pendant les vacances, le capitaine ayant promis à son fils, pour récompense, de lui faire faire un long voyage, ce qu'il exécuta. Pour Henri, il passa son temps au sein de sa famille, partageant sa journée entre l'étude et les plaisirs innocents qu'on goûte au foyer paternel. Le bon abbé Prudent souriait de bonheur, en jugeant par ses yeux de l'heureuse tournure que prenait ce caractère réputé indomptable. — Je crois, disait-il à Mme Desgrenats, que nous sommes dans le bon pli : mais pour Dieu ! madame, ne le flattons pas. Si nous le flattons, nous perdons tout. — Et le saint vieillard prenait à tâche de garder vis-à-vis de son paroissien une certaine sévérité, lui rappelant de temps en temps ses anciennes *fredaines*, avec ce ton de douce jovialité qui pince sans blesser. — Ah çà ! Henri, quand me payerez-vous les vitres de mon église ? Savez-vous que jamais les moineaux de notre clocher n'ont été si heureux que depuis que vous n'y êtes plus ?... Plaisanteries que Henri acceptait avec la même candeur, et qui ne laissaient pas de le tenir dans une douce humiliation.

Oh ! qu'il avait raison, ce bon vieillard, de tant recommander la prudence vis-à-vis du nouveau converti ! Nous avons vu une foule de jeunes gens les plus heureusement doués, gâtés, perdus par la flatterie. La vertu naissante, surtout, ne tient pas contre le ver rongeur de l'orgueil. Elle dessèche, elle tombe avant sa maturité.

Seconde Année.

On était à la veille de la rentrée, quand Mme Aubert reçut une grosse lettre à son adresse. Elle en reconnut bien vite l'écriture : c'était l'abbé Prudent qui lui envoyait quelques pages de son cahier. Nous n'en donnons que des extraits.

FOI. RAISON.

« La certitude, effet et suite de l'évidence, n'est
« jamais qu'en raison de la cause qui la produit, c'est-
« à-dire, en d'autres termes, que rien *n'est certain que*
« *ce qui se montre*, et que le caractère de la certitude
« dépend de celui de la manifestation. De là cette con-
« séquence théologique que L'ON NE CROIT QUE CE QUE
« L'ON VOIT ; que mieux on voit, mieux on croit ; que
« moins on voit, moins on croit. Voir et croire sont
« deux faits liés entre eux, de telle manière que l'un
« amène l'autre nécessairement ; leur rapport constitue
« une loi ; invariable, universel, il ne donne lieu à
« AUCUNE exception, il ne souffre aucune restriction...
« Les mystères, comme mystères, comme vérités
« dont personne n'aurait jamais eu le sens, qui ne se
« seraient révélés à aucun âge de la pensée, qui n'au-
« raient pas même été l'objet de ces INTUITIONS inspi-
« rées dont les premiers hommes furent éclairés, les
« mystères, à ce compte, n'obtiendraient aucune foi.
« Si les fidèles y croient, si les prêtres y croient, sans

« cependant les pénétrer, c'est qu'ils les supposent
« ÉCLAIRCIS au moins aux yeux de quelques-uns; c'est
« qu'ils ont au moins leur divin maître et SES DISCIPLES
« IMMÉDIATS, auxquels ils prêtent L'INTELLIGENCE de ces
« saintes obscurités, et alors ils peuvent bien accep-
« ter le *Testament* qui leur est donné : mais sans cela,
« le pourraient-ils?... On ne croit que ce qu'on voit ou
« que ce qu'on suppose vu par autrui. La SCIENCE
« SEULE FAIT LA FOI... Les idées et les croyances ne
« s'imposent pas aujourd'hui, elles se DÉMONTRENT ;
« *il n'y aura pas d'exception pour les idées et les*
« *croyances religieuses...* L'enseignement des sciences
« physiques et morales, voilà la vraie prédication qui
« convient en ce siècle (1). »

—

« Si vous voulez explorer les problèmes religieux,
« trois chemins s'offrent à vous ; la philosophie, la
« réforme, le catholicisme. Pour nous, nous avons
« fait notre choix, et nous nous en référons philoso-
« phiquement, SUR TOUTES CHOSES, à l'autorité de l'es-
« prit humain (2). »

—

« La raison est la loi SOUVERAINE dans l'homme...
« Les convictions fortes sont, ou l'effet d'une foi pri-
« mitive et entière, ou celui d'une instruction com-
« plète et consciencieuse... *Notre siècle nous renvoie*
« *à cette dernière source* (3). »

—

(1) Damiron. *Cours de philosophie,* tome Iᵉʳ, p. 53, 55, 56,
etc. — *Essai sur l'histoire de la philos. en France au* XIVᵉ *siècle,*
3ᵉ édit., p. 241, etc.
(2) Lherminier, *Revue des Deux-Mondes,* tome VII, p. 738.
(3) Matter, inspecteur général de l'Université, *Manuel des
écoles primaires, moyennes et normales,* p. 42-146.

« La religion n'est pas la base de la vie ; cette base,
« c'est la loi, c'est l'Etat (1). »

———

« Je crois à la légitimité, à la souveraineté, à L'IN-
« FAILLIBILITÉ de la raison (2). »

———

« Dieu, qui nous a faits raisonnables et libres, a
« mis en nous la raison pour être le *dernier juge* de
« nos croyances et de nos actions (3). »

———

« C'est toujours à elle qu'il appartient de juger, *en*
« *dernier ressort*, dans l'alliance de la foi et de la rai-
« son : la foi n'est que témoin, et la raison est JUGE...
« La vraie méthode pour arriver à la vérité sur Dieu,
« consiste dans l'alliance de la foi et de la raison,
« mais avec la clause formelle que la raison demeure
« *invariablement la régulatrice* et LE JUGE *de la foi* (4). »

———

« Je ne suis pas tenu de reconnaître dans le chris-
« tianisme mon Seigneur suzerain (5). »

———

« La raison est à la lettre une révélation, une révé-
« lation nécessaire et universelle... ; la raison, c'est
« LE DIEU du genre humain (6). »

———

(1) Cousin, *Hist. de la philos.*, 2ᵉ leçon, p. 18.
Et pourtant Rousseau a dit : « Jamais État ne fut fondé que
« la religion ne lui servit de base. » (*Contrat social*, liv. IV, ch. 8.)
(2) Bouillier, *Cours de philosophie*, Lyon.
(3) M. Suisse (Jules Simon), prof. de philosophie à la Sorbonne, *Revue des Deux-Mondes*, t. XXVII, p. 542.
(4) Gatien Arnoult, *Doctrine philos.*, p. 423.
(5) Nisard, prof. de littérat. à l'école normale, *Mélanges de
littérature*, t. I, p. 209.
(6) Cousin, préface des *Fragments*, 3ᵉ édition, p. 78.

« Si on me demande ma profession de foi, je ré-
« ponds que je *n'en ai point à faire*, et que PERSONNE
« n'a le droit de m'en imposer une (1). »

———

« Je ne suis pas des vôtres (catholiques) (2). »

———

« La religion est devenue impuissante à régler les
« mœurs et les croyances de la société; il faut donc
« que la philosophie vienne à son tour exercer, au
« nom de la raison et du libre examen, un empire qui
« échappe à l'autorité et à la foi (3), etc., etc... »

———

L'abbé Prudent se contenta d'ajouter au bas de ces
textes : « De quelle raison entendent-ils parler, chère
dame ? oui, quelle est cette raison qu'ils vantent si
fort, et à laquelle ils accordent le sceptre des intelligences? Est-ce la raison de chacun? Mais elle dit blanc;
elle dit noir; elle nie d'un côté, et affirme de l'autre,
il ne pourrait y avoir alors rien de vrai, rien de faux.
Est-ce la raison universelle ? Où est-elle ? Qui en est
l'organe ? Où sont ses marques, son trône, sa cour?
A quel cachet la reconnaît-on ? Est-ce leur raison à
eux ? mais duquel d'entre eux ? Ils ne s'entendent
pas, si ce n'est à détruire. Où est le maître ? où est
le pape de cette nouvelle Église? Auquel faut-il prêter
l'oreille de tous ces précepteurs au ton si tranchant,
si dogmatique, qui ne peuvent s'arranger entre eux ni

(1) M. Bersot, professeur de philosophie, à Bordeaux.
(2) M. Ferrari, *Lettre pour sa défense*, citée par l'*Univers*, n° 812.
(3) M. Lafaiste, prof. de philos. au collège de Marseille ; 1832,
cours dicté à ses élèves, et cité par la *Gazette du Midi* et l'*Univers*, n° 803.

avec eux-mêmes ? Et en attendant, de quel côté le
genre humain doit-il tourner sa marche ? »

———

HENRI DESGRENATS A AMÉDÉE AUBERT.

« Tu es rare, cher ami, très rare ; pourquoi laisses-
tu ainsi mes lettres sans réponse ? Tu avais mieux
promis. Je ne conteste point mes torts à ton égard ;
mais à tout péché miséricorde. Si Dieu même pardonne à un cœur contrit et humilié, l'homme sera-t-il
plus exigeant ? C'est du fond de mon âme, sois-en
sûr, que je te demande pardon, et j'appelle de tout
mon cœur l'occasion de te prouver combien je suis
sincèrement repentant des torts qne j'ai eus envers
toi. A mon grand regret, je n'ai eu le temps que de
t'embrasser à ton passage ; j'avais pourtant bien des
choses à te dire, et avant tout, que le souvenir de ma
conduite passée m'est un stimulant pour t'aimer davantage.

« J'ai été aussi heureux que toi : j'ai franchi une
classe. Seulement tu dois cet avantage à tes talents
supérieurs, et moi je ne le dois qu'à ma constante
application. Quelle différence ! Cependant, je trouve
une douceur particulière à me dire : c'est à tes efforts,
après la grâce de Dieu, que tu devras tes succès. Il
me semble que le pain a plus de goût pour le pauvre
journalier qui le gagne à la sueur de son front, que
pour l'enfant gâté de la fortune...

« N'ayant pu t'amener ici, comme j'en avais le projet, je tâcherai de te donner quelque idée de notre
paisible séjour. Il est au sein d'une vallée charmante,
formée par des montagnes tantôt à pic, tantôt arron-
dies et couvertes de verdure sur leurs flancs. Une
source d'eau limpide se précipite en cataracte à la

naissance de la vallée, et forme, unie à d'autres ruisseaux, une rivière qui suit en serpentant le pied des montagnes, et répand partout une merveilleuse fraîcheur. C'est le sapin qui croît principalement ici, et sa verdure sombre, tranchant sur le vert tendre des hêtres et des arbrisseaux, offre un contraste sévère et mélancolique. Nous sommes à une lieue de tout village ; nous n'entendons rien des bruits du monde ; nous ne voyons rien que le ciel au-dessus de nos têtes, et à côté de nous ces magnifiques montagnes qui se dressent à sept ou huit cents pieds. L'impression que ce spectacle fit sur moi la première fois que je le vis fut des plus vives, malgré les dispositions d'esprit où j'étais alors. Depuis, elle ne s'est point affaiblie ; au contraire, j'éprouve une joie toujours nouvelle à laisser mes yeux et mon imagination errer dans cette admirable enceinte. Il me semble que Dieu a créé tout exprès ce séjour pour la méditation et l'étude. De mon lit, je découvre le fond même de la vallée, là où un rocher se dresse perpendiculairement et forme comme un mur de clôture, haut de près de mille pieds. Quand la lune donne sur ce sombre et saisissant abîme, j'ai peine à m'endormir : mon esprit ne se lasse pas de suivre les fantômes que j'y vois paraître... Jeu d'imagination, sans doute, mais jeu qui me réjouit et me terrifie tout à la fois (1).

Il m'arrive aussi de chercher là des idées. Oui, quand je suis embarrassé pour un mot de thème ou une tournure de version, je regarde mes chères montagnes, et elles semblent m'inspirer. Il y a par là une puissance secrète qui répond à mes désirs.

(1) Ce tableau n'est point imaginé à plaisir. L'auteur peint ce qu'il a vu.

« Oh ! que je regrette de ne point te voir ici ! Je
suis bien sûr que tu t'y serais plu à la folie. Ton
esprit et ton cœur, si bons et si sensibles, se seraient
vite épris de ces imposants spectacles. Mais je ne
sais pourquoi je me persuade toujours que tu viendras m'y rejoindre. Ta mère a écrit à la mienne
qu'elle serait trop heureuse de t'y voir, et que si cela
dépendait d'elle, tu serais bientôt hors de ce vilain
collège, où elle ne te sent qu'à regret...

« Voilà une longue lettre. J'y ai mis toute une récréation, où plutôt toute une promenade manquée, à
cause de la pluie. Je compte que tu me rendras la
pareille. Adieu. Je t'embrasse du meilleur de mon
cœur.

« HENRI. »

AMÉDÉE AUBERT A HENRI DESGRENATS.

« Pourquoi je ne t'écris pas, mon cher ? Je n'en
sais rien, si ce n'est que la besogne me presse. Le
vide d'une classe, tu dois le sentir, est une lacune
difficile à combler. D'autant plus que l'année dernière
je n'avais autour de moi que des imbéciles ou des
paresseux, tandis que cette année j'ai affaire à trois
ou quatre lurons qui n'ont pas encore donné leur part
au chat. Ils m'ont juré que je n'aurais pas un prix :
nous verrons. Dussé-je y laisser la vie, j'en aurai.

« Je m'habitue au collège. Ma mère me poursuit de
ses doléances, et cela me vexe. Tu sais que c'est elle
qui a voulu me mettre ici malgré moi : eh bien !
aujourd'hui elle s'en repent. Il est vrai que j'aurais
préféré, dans un temps, aller avec toi ; mais aujour-
d'hui j'en serais fâché : d'abord parce que je me plais
ici, et ensuite parce qu'on dit que dans un séminaire
la vie est infiniment triste. Il paraît qu'on ne fait rien

que d'y dire des *Pater*, et cela ne m'arrangerait pas,
parce qu'il faut que je travaille, et que la prière ne me
plaît plus autant. C'est bon quand on est petit. Maintenant, l'essentiel est de travailler, de se créer un
avenir. Mon idée arrêtée est de viser à l'école polytechnique, et j'espère y atteindre. J'aime moins mon
professeur de cette année que celui de l'année dernière. C'est une espèce de sauvage qui n'a pas un
mot d'encouragement, qui ne trouve jamais qu'on a
assez fait. Du reste, il est instruit et impartial. On
l'appelle le *Sanglier*, à cause de ses poils hérissés
et de son humeur revêche. Je ne dois pas trop m'en
plaindre, car c'est encore moi que son boutoir ménage
le plus. Mais on ne le souffre pas dans le collège. En
revanche, nous avons pour maître d'études, dans
notre division, le meilleur enfant possible. Il nous
amuse en récréation par ses *goguenettes*. Les écoliers
n'ont point de respect pour lui, mais en retour ils
l'aiment beaucoup. Le bruit ayant couru qu'on voulait
nous le retirer, nous étions décidés à faire une
émeute. Le proviseur l'a su, et il nous l'a laissé jusqu'à présent.

« Ma santé est très bonne. Je te quitte pour les
que retranché et la question *quà*. Adieu. Je t'embrasse
en ami.

« AMÉDÉE. »

—

La pente était insensible. Henri cependant ne put
s'empêcher de remarquer la différence qui se dessi-
nait de plus en plus dans les lettres de son ami. Celle-
ci sentait déjà le collégien d'une demi-lieue. Cette
légèreté à parler de ses maîtres est bien le caractère
général d'une jeunesse habituée à ne voir dans ceux
qui sont à sa tête que des talents et rarement de la

6.

piété. Ce premier mot échappé sur la prière : *c'est bon quand on est petit !* indiquait aussi d'un seul trait le revirement qui s'opérait sous le point de vue religieux. Et puis ces *doléances* maternelles qui vexent ! Combien il y a loin de ce collégien que les avertissements d'une mère ennuient, à cet enfant docile qui pleurait en songeant aux dangers que courait son innocence au milieu d'une jeunesse dissipée ! Mais déjà un instinct malicieux avait fait comprendre au voltairien novice qu'il fallait user de ruse pour déjouer ces inquiétudes maternelles, qui venaient sans cesse le troubler. Le surveillant, du reste, lui avait fait la leçon. Nous citons le fragment d'une lettre qu'il écrivit vers ce temps-là à sa mère :

« ... Quant à ma conduite, soyez tranquille, bonne mère. Je suis toujours sage, et j'espère l'être toujours. Il est bien vrai qu'on prie peu et qu'on ne se confesse guère : mais on peut se dédommager en élevant de temps en temps son cœur à Dieu...

« ... Vous me demandiez une communion en union avec vous pour le jour de la Purification ; j'en ai parlé au proviseur qui m'a dit que Pâques n'était plus guère éloigné, et que je ferais mieux d'attendre... Du reste, il me renvoyait à mon professeur, et celui-ci m'a répondu qu'il y avait répétition ce jour-là, et que si je perdais du temps, je pourrais manquer deux bons points. Je me suis abstenu : mais je vous promets que ce sera pour le premier jour libre... »

———

Mme Aubert pleura d'émotion, car elle croyait encore à la sincérité de son fils, et ce contraste de la vertu qui lutte et des obstacles qui l'entravent a bien quelque chose de touchant. L'avenir s'assombrissait de plus en plus aux yeux de cette pauvre mère, par la crainte qu'elle éprouvait chaque jour de voir changer son Amédée. Inutile d'avertir le lecteur que déjà l'enfant se jouait d'elle. L'impiété ne s'était point encore formulée, il est vrai, aux oreilles du jeune Aubert : sa classe, l'objet de ses études, ne le comportaient guère ; mais sa foi s'ébranlait, au milieu de ce concours de circonstances tendant sans cesse à l'entraîner hors des idées qui avaient bercé son adolescence. Rien ne blesse à mort le sentiment religieux comme cette atmosphère froide, glacée, au sein de laquelle une jeune âme se trouve transportée. On ne saurait assez répéter que l'exemple est ce qui impressionne le plus la jeunesse. Et si l'antiquité elle-même avait compris que la première et la plus solide leçon du maître est l'exemple (1), comment ne pas redouter l'influence que doivent exercer sur l'esprit des enfants les membres du corps enseignant, si souvent dénués de foi ou n'en donnant aucun signe sérieux ?

C'était là le trait funeste qui avait d'abord porté : Amédée ne croyait plus à l'importance de la religion, lui qui la voyait un objet d'indifférence ou de mépris pour ceux qui étaient chargés de le diriger. Ne l'aurait-on pas trompé dans son enfance ? Est ce donc une obligation si nécessaire de pratiquer des devoirs religieux, quand des savants, des hommes distingués, s'en dispensent si aisément ? D'ailleurs doué comme il l'est, d'un esprit pénétrant et logique, il a déjà démêlé, jusque dans les cahiers d'histoire qu'on lui met entre les mains, les vagues et flottantes doctrines

(1) Senne., *De irà*, II, c. 22. Quintil., l. I, c. 2. Plin., lib. III, epist. 3, etc.

du scepticisme qui infecte l'enseignement universitaire. Il y lut, par exemple, à propos d'un fait surnaturel rapporté dans la Bible, en paroles dubitatives :
*Quoi qu'on doive penser de l'authenticité de ce fait,
etc...* (1); et ailleurs : *Si les ressources qu'offre la
Bible sont nombreuses, elles prêtent peu à la discussion
critique en ce que la plupart nous viennent des prophè-
tes, et qu'il est assez difficile de déterminer jusqu'à
quel point est historique le fond de ces poésies sacrées,
tout moyen de comparaison manquant avec d'autres
histoires* (2). Et encore : *Quant aux passages des pro-
phètes qui ont trait aux expéditions des Assyriens,
nous les considérons et nous les présenterons pour ce
qu'ils sont, c'est-à-dire comme des vérités historiques
POÉTISÉES* (3) ! Or ces passages, et mille autres de ce
genre, expliqués et commentés par son professeur,
ont ébranlé dans son esprit la croyance à la Bible et à
tous ces événements sacrés, vénérés de son enfance.
Ces livres saints, qu'on avait placés si haut dans son
estime, dont sa mère lui avait lu tant de traits touchants, sur lesquels son vieux curé avait toujours
soin d'appuyer ses discours, ne seraient-ils au fond
que des histoires *poétisées*, incapables de soutenir
la critique, des espèces de contes bleus destinés à
amuser les petits enfants ?

Ailleurs, et toujours dans ces cahiers, il lit un
éloge pompeux des législateurs païens, de Lycurgue
en particulier; il voit que le *Réformateur ne cessa
d'entretenir des rapports étroits avec la Pythie, qui lui*

---

(1) M. Burette, *Cahier d'hist. univ.*, cours de sixième, 2e cahier, p. 48.
(2) Id., *ibid.*, p. 37.
(3) *Ibid.*, p. 38.

promit en toute occasion L'APPUI DU CIEL ! Ce qui met dans son esprit le législateur de Sparte au niveau et même au-dessus de Moïse recevant au Sinaï les communications de Dieu. Un peu plus bas, on lui parle des *communications fréquentes de Mahomet,* CET AUTRE GRAND LÉGISLATEUR, *avec l'ange Gabriel, dont les réponses, recueillies ensuite, formèrent le Coran, le livre sacré de l'islamisme* (1). Ailleurs, *l'intelligence humaine* lui est représentée *grandissant et se fortifiant à travers les siècles.* COMMENCÉE *avec éclat par les Egyptiens, la civilisation, etc...* (2). Et de peur qu'on ne s'y trompe et qu'on ne continue à placer dans le peuple de Dieu le berceau du monde religieux, le savant rédacteur des *Cahiers* a soin d'apprendre aux élèves de sixième que *Jéhova n'était que l'expression sublime de la patrie, et que, dans le vaste plan de Moïse, la cité de Dieu n'était pas distincte de la cité terrestre,* ce qui veut dire en d'autres termes que Moïse, non plus que les autres législsteurs, ne s'occupait que des choses d'ici-bas, et que la foi à une autre vie n'avait point de place dans le code dicté sur la montagne.

Eh bien ! tout ce salmigondis historique, développé et confirmé par le professeur, brouille déjà la tête d'Amédée Aubert. Il sent déchoir son estime pour les livres sacrés, qu'on lui avait représentés jadis comme inspirés de Dieu. Il ne voit plus dans le peuple juif qu'une nation comme une autre, dans Moïse qu'un législateur ordinaire, ou plutôt un imposteur habile qui s'efforce de persuader, comme Numa, comme Lycurgue, comme Mahomet, qu'il a reçu ses inspira-

(1) *Ibid.*, 3ᵉ cahier, p. 62 et suiv.
(2) *Ibid.*, 1ʳ cahier, p. 4.

tions de la Divinité, afin de donner à ses lois un caractère plus respectable.

Cette impression, plus ou moins sentie chez beaucoup des jeunes gens qui reçoivent l'enseignement
universitaire, prend tout d'abord chez Amédée Aubert
un caractère plus décidé, précisément à raison de cette
fermeté et de cette vigueur d'intelligence que nous
avons signalées en lui. Entraîné par une force irrésistible, son esprit voit plus loin que la lettre morte, dans
laquelle s'enferment ses camarades : toute une série
de doutes grouille déjà dans sa petite tête.

Suivant l'avis du proviseur, il remit sa communion
au temps pascal, et encore à peine la fit-il. Déjà de
funestes exemples lui avaient révélé le vice ; la gan-
grène envahissait son cœur...

Cette communion fut la dernière de sa vie..., et elle
fut sacrilège !

Ecrivains pervers, professeurs impies, que votre
compte sera terrible !

« Oui, mon enfant, lui écrivait sa pauvre mère quelque temps après, oui, je compte sur ta parole, et j'ai
la douce confiance que tu es digne encore de l'amitié
de ton Dieu et de l'affection de tes parents... Cette
pensée me soutient seule au milieu des angoisses dont
mon cœur est déchiré... Car, — pourquoi ne te l'avouerais-je pas ? — je crains beaucoup pour toi, et j'ai
toujours craint, bien que je fisse tous mes efforts pour
te rassurer... *L'œil du sage* (l'œil d'une mère surtout)
*s'arrête si douloureusement sur un amas de jeunes gens
où les vertus sont isolées, et tous les vices pris en commun !...* O mon fils ! écoute ce cri sorti du fond de
mes entrailles : Gare à toi ! gare !... crains l'écueil, de
peur de t'y briser !...

« Et puis, ne te préoccupe pas tant de la victoire...
Sans doute, nous applaudissons, ton père et moi, aux
efforts que tu fais pour avancer dans la science, et
nos cœurs sont doucement flattés des succès qui cou-
ronnent tes efforts. Il est bien vrai, comme tu le dis,
que l'exiguité de notre fortune et le nombre de nos
enfants te font une double obligation de travailler avec
ardeur à te créer une position dans le monde... Mais
encore, ce sujet ne doit point t'absorber, au point surtout de te faire oublier d'autres devoirs beaucoup plus
importants... Je te le répète, mon fils, j'aimerais
mieux te voir mourir à mes pieds que te voir perdre
ta foi. Oh ! garde ce trésor, et laisse aller tout le reste...
Imprime bien avant dans ta mémoire ce mot si profond de l'Évangile : *Que sert à l'homme de gagner le
monde entier, s'il vient à perdre son âme ?*

« Ainsi, rassure-moi, dis-moi dans toutes tes lettres
où tu en es avec ton Dieu, quand tu t'es confessé, si
tu as communié ; si tu vois quelquefois M. l'aumônier
dans sa chambre... Je serais bien aise que cette dernière permission te fût accordée... Étant allée à P...
l'autre jour, je t'ai mis de la confrérie du *Sacré-Cœur*.
Tu trouveras ci-inclus ton titre d'associé, et une instruction sur cette intéressante dévotion. Les pratiques
en sont très simples ; j'ai promis à J.-C. que tu y serais
fidèle, ne fais pas mentir ta mère...

« Adieu, c'est dans ce cœur de Jésus toujours ouvert pour toi que je t'embrasse, etc...

« TA MÈRE. »

A ce nom de *Sacré-Cœur-de-Jésus*, un sourire de
dédain glissa sur les lèvres du voltairien imberbe. Il
se souvint du nom de *Cordicoles*, dont son professeur
avait un jour baptisé les partisans de cette dévotion

touchante. Il se hâta de détruire son *titre*, de peur
que, venant à tomber aux mains de ses camarades,
il ne lui attirât de nouveau le surnom de *calotin*, que
lui avait mérité sa velléité d'être prêtre, et qu'il avait
eu tant de peine à effacer. Quant à l'Evangile, il ne
sait plus trop quel sens a désormais pour lui ce nom
jadis révéré: mais ce qu'il sait parfaitement, c'est
l'opinion qu'en a le proviseur; c'est le bruit répandu
qu'un des hommes le plus savants de l'Allemagne (1)
vient de publier un livre où il considère J.-C. comme
un MYTHE, et les Evangiles comme un recueil de légen-
des: nouveauté qui fait sensation dans le collège, et
paraît avoir l'assentiment des plus instruits de ces
messieurs. Il sourit alors une seconde fois de la simplicité de sa mère ; il s'applaudit dans son incrédulité
naissante ; il écoute, pour ainsi dire, tomber ses fers.

Pourtant ces exigences maternelles l'inquiètent; il
voudrait les satisfaire. Il compose alors un tissu d'inventions assez bien exprimées; il fait des serments,
et appuie le tout de trois billets de confession fabri-
qués par un de ses amis.

C'est surtout au collège qu'on apprend chaque jour
quelque chose en vieillissant.

———

HENRI DESGRENATS A AMÉDÉE AUBERT.

« Je m'aperçois un peu tard, cher ami, que je ne
t'ai encore rien dit de la distribution de notre journée.
C'est une lacune que je veux remplir aujourd'hui,
qu'une vilaine pluie nous empêche d'aller gravir une
de nos montagnes.

(1) Strauss.

« On se lève au séminaire en toute saison à cinq heures, au son du *Benedicamus Domino*. *Deo gratias*, voilà le premier mot qui sort de notre bouche, et c'est évidemment le plus digne. Grâces à Dieu qui nous a donné une nuit paisible, et nous ménage une nouvelle journée pour le servir ! On s'habille, on se rend à la chapelle pour y faire la prière vocale et un petit moment de méditation : ceci dure un quart d'heure. Mais tu ne saurais croire combien ce court instant d'oraison mentale réveille de bonnes pensées ! Je regrette souvent qu'il dure si peu. C'est en réfléchissant ainsi aux grandes vérités de la religion, qu'on prend l'habitude du recueillement et des choses sérieuses. De là on se rend à l'étude, jusqu'à sept heures et demie, puis à la messe, puis au dortoir, où chacun soigne sa toilette et refait son lit. On nous inculque des idées d'ordre et de propreté. Ensuite sonne le déjeuner : mais celui-là en est impitoyablement repoussé qui n'est pas dans une tenue convenable. J'ai souvent jeûné dans les premières semaines de mon séjour ici. Le déjeuner se compose d'une soupe grasse ou maigre, et d'un morceau de pain. Mais comme on dévore cela ! quel appétit dans cet air des montagnes ! Ensuite un moment de récréation ; puis la classe, puis l'étude jusqu'à midi. Notre dîner n'est pas splendide, je te l'affirme, mais il nous suffit : c'est le *juste-au-corps*. On a une demi-heure pour l'expédier ; mais on ne dépasse guère vingt minutes. De là, récréation jusqu'à une heure et demie, et c'est, comme tu le penses, le moment béni. Quilles, paume, volant, barres, globules, palet, on se sert à son gré. Notre vaste cour suffit à toutes les évolutions, et personne ne s'en fait faute. Le règlement recommande fort l'exercice, et les supérieurs y tiennent la main.

7

Je t'assure que le diable n'a pas le temps de nous tenter. C'est merveille de voir la troupe joyeuse s'agiter, se croiser, tourbillonner en tous sens. Heureux moments toujours trop tôt finis ! Ils durent une heure, et passent comme une minute ! Puis revient l'étude, jusqu'à deux heures et demie ; puis la classe, qui dure sept quarts d'heure, comme celle du matin ; ensuite le goûter, un peu de récréation ; la petite visite au Saint-Sacrement ; puis l'étude, à la fin de laquelle un quart d'heure de lecture spirituelle. Enfin le souper, quelques instants de récréation, la prière du soir et le coucher.

« Comme tu le vois, la journée est pleine. En toute vérité, on n'a pas le loisir de s'ennuyer. Ajoute à cela trois promenades par semaine, le dimanche, le mardi et le jeudi, et tu auras une idée assez complète de notre règlement.

« Mais ce que je ne puis t'exprimer, c'est le calme dont on jouit ici, quand on a le bonheur d'être bien avec soi-même. Chaque jour j'éprouve la vérité de cette parole du Psalmiste, qu'on nous citait l'autre jour en chaire : *Que le Seigneur est bon pour ceux qui ont le cœur droit* (1) !

« On nous accorde toute permission de nous approcher des sacrements. On nous exhorte même à le faire le plus souvent possible. Je ne passe jamais la quinzaine sans me procurer cette consolation. Oh ! que j'ai été malheureux d'avoir si longtemps ignoré cette source de paix ! Je vois maintenant combien tu étais plus sage que moi, et je fais tous mes efforts pour marcher sur tes traces. Oui, mon ami, j'espère me rendre digne de toi. Encore une fois, combien je regrette que tes parents n'aient pas eu l'heureuse pensée de

(1) Ps. 72.

te placer ici. Plus rien ne manquerait à mon bonheur.

« Voilà, je l'espère, une longue lettre. J'espère que tu m'en puniras en m'en envoyant une aussi longue et sur le même sujet. Je serais bien aise de savoir en quoi votre règlement se rapproche ou s'éloigne du nôtre...

« Je t'embrasse avec toute l'affection d'un cœur repentant et dévoué.   « HENRI. »

AMÉDÉE AUBERT A HENRI DESGRENATS.

« Notre règle, cher ami, ne diffère pas essentiellement de la vôtre quant à la lettre : mais, sans doute, elle en diffère quant à l'esprit. Ici l'on boit, l'on mange, l'on dort, l'on joue, comme chez vous, comme partout ; seulement on prend les choses gaiement, et en passant. On travaille comme ne travaillant pas ; on rit le plus que l'on peut, on se turlupine, on fait des farces, et puis.... vogue la galère ! C'est une assez joyeuse vie. Nous ne sommes pas bigots. J'imagine quelquefois d'ici te voir marcher contrit, front bas, œil baissé, semblable à un pénitent sur la fin du carême. Chez nous, ce n'est plus cela : on passe la classe à faire des farces, et l'étude à les préparer. Ah ! nous en avons, des farceurs ! Jamais tant que cette année, surtout dans ma classe. Nous avons pris en *grippe* notre professeur ; eh bien ! il n'a pas fini de souffrir. Tour sur tour, du matin au soir, et le plus beau de l'affaire, c'est qu'il ne s'en aperçoit pas toujours : il a la vue basse. Et d'abord, on fripe toutes les leçons. Dans le commencement, on lisait sur son livre ; c'était commode, mais il s'en est aperçu, et nous a obligés de nous mettre au milieu de la salle pour réciter nos leçons de mémoire. Des voisins un peu complaisants mettaient le livre de façon à ce qu'on pût lire d'un peu loin ; il a encore découvert la ruse, et nous a fait tourner le dos aux condisciples. Maintenant, on se contente d'écrire sur ses mains, ou de dire: *J'ai eu mal à la tête : j'avais sommeil : j'ai oublié, etc...* Alors les *pensums* pleuvent ; on rit comme des fous. J'avais douze cent cinquante vers à copier hier, pas plus loin. Il est prouvé que l'année ne suffirait pas pour faire tous les *pensums* que le *Sanglier* nous donne. C'est à mourir de rire. — Monsieur, vous écrirez cent vers. — Je n'ai pas pu... — Vous résistez? Deux cents. — Mais, monsieur le professeur. — Quatre cents. — Veuillez m'écouter. — Mille ! Et ainsi de suite. J'ai essayé un jour d'aller jusqu'au bout: j'ai eu... devine ! vingt mille vers à copier. On étouffait. Aussi les boulettes lui pleuvaient sur le nez, comme la grêle. Et les flèches ! Il faisait semblant de ne pas s'en apercevoir. Mais à la fin il lui vint une belle pomme cuite, qui se colla au milieu de sa joue: cela réveilla son attention.

« Le lendemain, on fit mieux. On fixa une petite corde à un des murs de la classe, et, comme il entrait gravement avec ses livres sous son bras, un compère attendit qu'il eût avancé une jambe, et tira la ficelle. Le pauvre *sanglier* s'étendit tout de son long. On n'y tenait plus. Quel charme que d'avoir un professeur à vue basse ! On lui enlève ses livres, son écritoire, ses cahiers, sans qu'il y voie, et le pauvre diable ose à peine se fâcher. De ma vie je n'ai tant ri que cette année.

« Allons ! ne sois pas si bigot. Je m'aperçois que tu es encore tant soit peu dans les langes ; mais cela viendra. Quand on est petit, on est bien nigaud, vraiment ; mais, comme dit notre surveillant, peu à peu le jour se fait. Tu me souhaites près de toi, et moi je te |désire ici. Nulle part tu ne te serais autant amusé. Tâche donc de décider tes parents à t'y mettre. Tout à toi.   AMÉDÉE. »

AMÉDÉE AUBERT A SA MÈRE.

« Pourquoi donc, ma bonne maman, ces inquiétudes qui vous tourmentent jour et nuit? Pourquoi ces noirs pressentiments à mon égard? J'ose presque vous dire qu'ils me font injure. Parfois les larmes me viennent aux yeux en songeant à l'idée qne vous vous faites de votre fils, comme s'il avait déjà oublié les bons principes que vous lui avez donnés. Non, chère et tendre mère, non, ils n'en est pas ainsi : grâce à Dieu ! je suis encore ce que vous m'avez vu, et j'espère l'être longtemps, l'être toujours. Les oreilles sont, il est vrai, souvent frappées ici de paroles peu convenables, mais elles finissent par s'y habituer. Le chef et les professeurs de l'établissement ne sont pas de grands saints, sans doute ; mais ils ne s'opposent point à ce qu'on pratique ses devoirs religieux. Nous avons un bon professeur, qui est fort aimé de la plupart de ses élèves ; j'éprouve en particulier pour lui un véritable respect. Aussi m'aime-t-il d'une amitié spéciale. Je continue à être le plus fort de ma classe, bien que je n'aie pas fait de septième. Vous voyez que je ne néglige rien pour répondre à vos sacrifices et aux vœux de votre tendresse. Quant à mes devoirs religieux, qui vous inquiètent si fort, je vous dirai que je communie environ toutes les six semaines.... Ainsi ne vous tourmentez pas, je vous prie, et ne jetez pas ainsi la tristesse dans mon âme. *A la guerre comme à la guerre*, dit mon papa. Je veux bien faire quelques sacrifices à la position où je me trouve, mais jamais celui de ma conscience. Là-dessus, soyez en paix. Je vous embrasse, etc.   AMÉDÉE »

———

— Vraiment, se dit Mme Aubert, je tourmente peut-être trop ce pauvre enfant. Il paraît y aller de

bien bonne foi. En trop exigeant, je n'aurai rien.
Toutes les six semaines, c'est bien assez. Il est utile,
comme dit M. le proviseur, que sa piété se fortifie et
devienne plus virile... Puisse-t-il seulement ne jamais
déchoir du point où le voilà encore !...

Ainsi elle tâchait de se faire illusion, et semblait
croire encore à la sincérité de son fils. Puis, quand
un vague soupçon lui laissait entrevoir qu'elle était
peut-être jouée..., oh ! elle frissonnait, elle pleurait ; puis
elle combattait ses propres craintes, et ne parvenait à
les faire taire que pour les sentir bientôt se réveiller.

Cependant Desgrenats n'avait point oublié son ami
d'Auray. Depuis que les Alpes les séparent, il vole
souvent en imagination dans ce séjour lointain où son
Isidore est confiné. Il aimerait à savoir si le petit
oiseau se trouve bien sur sa branche. Apôtre fervent,
Henri a aussi à cœur de connaître ce qu'est devenu
la bonne semence jetée sur une terre inculte plutôt
qu'ingrate. Mais voilà trois fois qu'il écrit, et point
de réponse. Enfin, il reçoit un jour un petit billet à
grandes lettres, dégingandées, boîteuses, tournées
mollement, et ayant l'air de se poursuivre de loin
sur une grande feuille de papier encadrée de vignettes
à fleurs de lys. C'est d'Auray. On voit qu'il a été pressé
d'écrire : en effet, il n'a eu qu'un an pour se préparer.
Nous devons au lecteur ce premier monument litté-
raire d'une plume qui fera bruit plus tard :

« Mon chair d'Egrenat, ne m'an veuille pas, ci je
ne té pas ancore aicrit juquicy ; car je t'ème toujours,
et je panse ben souvant à toi. Je me plê bocoup ici ;
j'ème bien le P. Ledou, qui ait un forre bon enfant.
J'ai hété le trantième en taime et le soissante deuzième
en ortographe. Voilla mes plu haute. C'est le P. Ledou

qu'est not survaillans. S'est tous ce que j'ai a te dire pour
le cart d'heur, étans trai praissé. Aicris moi, je taicri-
rez aussi plus ô long une otre fouès. Je t'ême bocoup.

« Tot à toi.   ISIDORE. »

—————

Ce laisser-aller, ce laconisme paresseux, cette écriture dissipée, ces lettres qui jouent à Colin-Maillard,
rappellent si vivement à Henri l'image de ce cher
étourdi, qu'il en a le cœur attendri. Il voudrait le voir.
Cet enfant a des défauts qui plaisent. Quoique sérieux
aujourd'hui et bien différent de ce qu'il fut jadis,
Henri n'a rien perdu de son affection pour ce charmant petit gâté. Il sent qu'une invincible sympathie le
lie à lui. Je ne sais quel pressentiment l'avertit aussi
que ce beau papillon se fixera un jour ; que, sous cette
enveloppe si mobile, sous ces formes si gracieuses et
si insaisissables, gît une intelligence capable de
hautes conceptions et un cœur à grands sentiments.
C'est l'embryon doré d'un homme utile.

Laissons, en effet, travailler les jésuites. Il y a
longtemps qu'ils sont passés maîtres dans l'art de
manier la jeunesse. Leurs plus acharnés ennemis ont
été forcés d'en convenir. On est allé même jusqu'à
leur accorder l'art d'éveiller les grandes pensées, de
faire mouvoir les *grands ressorts* dans l'esprit de
leurs élèves (1). N'est-ce pas un peu pour cela que
l'impiété moderne les craint tant ?

Nous avons entendu des mères dire qu'elles n'ai-
maient point les jésuites, parce qu'ils accaparent l'estime et l'affection de leurs élèves. Glorieux reproche,
que l'on n'adressera jamais à l'Université !

(1) Schüler der Jesuiten, welche es noch verstanden in den
Gemüthern ihrer Zöglinge grosse Antriebe hervozurufen. (Ranke,
t. II, p. 429.)

Troisième année.

L'impitoyable abbé Prudent continuait son cahier, et n'oubliait point d'en découper des lambeaux à l'usage de Mme Aubert. Voici un nouvel échantillon de ses fidèles extraits :

RÉVÉLATION.

« Dieu n'a point parlé aux hommes : il n'a point « voix et langage ; il n'a enseigné que sous voile et « n'a révélé que par symbole. C'est comme père des « humains, comme auteur de tout ce qui est et paraît, « que, se manifestant par toutes les puissances de la « nature et tous les phénomènes de l'univers, il s'est « fait sentir aux âmes et les a inspirées (1). »

———

« Les catéchismes ne sont que des interprétations, « des expressions, des traductions diverses de la « conscience du genre humain... Sans dessein et « sans but, sans recherches et sans méthode, une « somme d'idées est acquise à la société, en vertu de « laquelle ELLE SE FAIT telle ou telle religion (2). »

———

« L'auteur de toute inspiration, c'est la raison... « C'est elle *seule* qui, en se développant, nous *révèle*

(1) Damiron, *Globe*, p. 388.
(2) Jouffroy, *Mél. philos.*, p. 356, et *Réflex. sur la philos. de l'hist.*, p. 56. Le texte porte : *Les catéchismes ne seraient, etc...* Mais cette forme conditionnelle est superflue, car l'auteur répète et adopte plus bas cette opinion comme sienne.

« *d'en haut* les vérités qu'elle nous impose immédia-
« tement, et que nous acceptons d'abord (1). »

———

« La révélation ne se faisant que par l'organe de
« la nature, toutes les religions naissent les unes des
« autres. Le Dieu hébreu est né des cultes antiques;
« le christianisme, de l'amalgame de l'Orient, de la
« Grèce, de Rome... De chaque révélation naît une
« société... et chaque coin de la terre produit son
« dieu, son culte (2).

———

« Le judaïsme n'est qu'un essai impuissant de théo-
« cratie, que Moïse voulut transplanter de l'Égypte,
« où il avait étudié les secrets du sanctuaire...Le chris-
« tianisme est une des formes passagères qu'a revê-
« tues le sentiment religieux.. Nous le vénérons *encore*,
« parce qu'il est dans la nature des choses; mais nous
« ne saurions lui reconnaître d'autre mérite (3)... »

———

« Voilà comment se FABRIQUENT les religions (4) !

———

« La première révélation qui s'est faite..., pour les
« Hébreux comme pour les Gentils, se manifestait par
« l'organe de la nature... Pendant le moyen âge, le
« Nouveau - Testament avait, pour ainsi dire, fait
« oublier l'Ancien... *Le Christ se détachait peu à peu*
« *de Jéhovah*, c'est-à-dire que le Dieu de l'Occident
« tendait à *se séparer* du Dieu de l'Orient(5). »

(1) Cousin, *Cours de l'hist. de la philos.*, t. I, p. 161, et *Introd.*
à *l'hist. de la phil.*, p. 11 et suiv.

(2) Quinet, *Génie des religions*, liv. I, p. 9.

(3 et 4) L'herminier, son cours analysé par l'*Ami de la religion*,
t. 80, p. 66, et *De la Philosophie des* xviii° *et* xix° *siècles*, ch. *De
la religion*.

(5) Quinet, *Génie, etc...*, p. 30 et 80.

« La révélation ne peut être conçue comme religion
« que par la raison seule (1). »

———

« L'homme doit tout attendre de ses propres efforts ;
« il n'y a d'autre médiateur que l'esprit humain. L'es-
« prit humain est une perpétuelle et NÉCESSAIRE RÉVÉ-
« LATION de Dieu (2). »

———

« L'auteur de toute inspiration, c'est la raison...
« L'inspiration, l'enthousiasme, est une révélation
« véritable. Voilà pourquoi, dans le berceau de la civi-
« lisation, celui qui possède à un haut degré le don
« merveilleux de l'inspiration , passe à leurs yeux pour
« le confident et l'interprète de Dieu. Il l'est pour les
« autres, messieurs, il l'est pour lui-même, parce
« qu'il l'est en effet dans un sens philosophique. Voilà
« l'origine sacrée *des prophéties, des ponti ficats et des*
« *cultes* (3). »

———

« Qu'en dites-vous, qu'en dites-vous, chère dame ?
ajoutait en *post-scriptum* l'inexorable vieillard ; vous
voyez comme ces maîtres font bon marché de ce qui
fait la base de toute religion. La nature seule, vous
disent-ils, et la raison ont révélé... Alors c'est à chacun à interpréter la nature comme il lui plaît. Elle
vous conseille un grossier fétichisme, c'est bien ; elle
propose à votre adoration les rats et les oignons de
l'Égypte, c'est parfait ; elle vous ferait adorer vous-

(1) Cathéchisme de M. Bouillier, p. 51, etc.

(2) Lherminier, *Influence de la phil. au* xviiie *siècle.* Revue des
Deux-Mondes, t. VII, p. 732, 733. *Philos. du droit*, t. II, p. 340.

(3) Cousin, *Cours de l'histoire de la philosophie*, 4ᵉ leçon, t. I,
p. 161, et *Introduction à l'histoire de la philosophie*, 6ᵉ leçon, p. 11
et suiv.

même par vous-même, que ce serait encore mieux.
*L'esprit humain est une perpétuelle et nécessaire révé-
lation de Dieu*, nous dit un de ces stentors. Mais
quel esprit, maître? Est-ce l'esprit humain en gros?
Alors où est-il ? Nous l'ignorons : ce grand révélateur
a bien besoin de nous être révélé. Est-ce l'esprit humain en détail, l'esprit de chacun? Mais quelle contradiction *perpétuelle et nécessaire* ! Vous affirmez ce
que je nie, vous niez ce que j'affirme. Votre esprit
vous révèle que vous êtes un génie, et le mien me
fait savoir que vous n'avez point de jugement. Qui
nous mettra d'accord? Ou bien sommes-nous tous deux
dans le vrai, quand nous disons, vous *oui* et moi *non*?

« Quel galimatias ! quel tohu-bohu !

« Qu'est-ce que fait votre fils, madame Aubert? A-t-
il déjà mordu à l'hameçon ! Je serais enchanté d'apprendre qu'il est encore aussi *bête* qu'il l'était avant
d'entrer là. *Fiat* !

          « Votre vieil ami,   L'abbé PRUDENT. »

Nous devons le dire, le premier mouvement de
Mme Aubert fut un mouvement de vivacité colérique
contre ce caustique vieillard qui prend plaisir à lui
enfoncer des dards dans le cœur. Elle avait même
déjà pris sa plume pour répondre. Puis tout à coup
l'orage tomba. Elle comprit l'intention charitable qui
dictait ces lignes ; car, au fond, qu'importait à ce prêtre que son fils reçût de l'instruction ici ou là? Il ne
devait voir, il ne voyait que le danger imminent où
était l'enfant de perdre sa foi, sous l'influence d'un
enseignement impie. Au lieu donc de gronder, elle
songea à remercier. Et, reprenant sa plume, elle écrivit à l'abbé Prudent une longue lettre, dans laquelle
elle tâchait de le rassurer, en lui transcrivant la der-

nière épître de son fils, en se battant les flancs, en tor-
tillant ses phrases, pour faire paraître une sécurité
qu'elle n'avait pas. A quoi le bon vieillard sourit et
secoua la tête, comme pour dire : Serait-elle assez
sotte pour donner ainsi dans le panneau ?

Mentionnons ici pour mémoire que cette année le
lieutenant Desgrenats avait fait ses pâques. Il ne boudait plus. L'heureux changement de son fils avait produit sur lui une impression favorable. Quelques con-
versations avec le curé, la lecture surtout du *gros
cahier*, avait achevé de dessiller ses yeux. Si ses préjugés à l'endroit du grand Empereur n'étaient pas
encore tombés, il avait cessé au moins de regarder
le monopole universitaire comme la plus belle création de son idole.

Changement surprenant, que nous voudrions bien
voir s'opérer dans les fortes têtes de certains hommes
d'État.

Un jour que son rhumatisme le laissait tranquille,
le lieutenant prit aussi la plume, et écrivit à son ami
Aubert :

« Cinq cent mille pipes ! capitaine, on ne se dit plus
rien. Je m'ennuie de vous. Est-ce que vous me bou-
dez ? Moi, je ne vous boude pas. A propos, ce siège
d'Anvers n'a rien amené, ni la prise d'Ancône. L'Europe paraît tranquille. Songez-vous encore à faire un
soldat de votre fils ? Moi, je n'y pense plus. Le mien
paraît tourner au tricorne. Il écrit comme un prédicateur, et, je ne vous le cache pas, ses sermons me
font pleurer comme un veau. J'ai fait mes pâques : une
idée ! Notre vieux curé vient quelquefois manger ma
soupe, et moi je vais humer la sienne ; nous ne parlons presque que de vous. Je donnerais vingt bouteilles

de Champagne pour avoir le plaisir de vous voir. Il
m'est encore arrivé un garçon : six et un, sept. Merci
du peu! Viendrez-vous? ou faut-il aller là? Je n'y tiens
plus de l'impatience de vous voir, et de causer avec vous
des choses du temps présent, et surtout du passé. Le
bonjour à votre dame; un baiser à votre nichée.

« Tout à vous.   DESGRENATS. »

———

Le capitaine répondit, une huitaine de jours après :
« C'est-à-dire, lieutenant, que vous me faites un vide
enragé. Je n'ai pas encore passé deux beaux jours ici.
Premièrement, une fille m'est arrivée, pour rimer avec
votre garçon. Secondement, des affaires, des affaires,
des affaires de cinq cents diables : je n'y vois plus
clair. Troisièmement, un procès; quatrièmement, un
petit incendie; cinquièmement, la rougeole sur mes
enfants, en masse. Vous voyez. Ajoutez à cela ma
sciatique, une maison humide, des voisins insupportables, et sous mes fenêtres deux fumiers que je ne
puis faire ôter, et vous aurez une faible idée de la
chose. Quant à mon fils, ça va. Premier, à tout
coup : toujours la balle dans la cible. Si ce n'était
cette autre bégueule de femme qui veut le retirer :
vous comprenez que je n'entends pas de cette oreille-
là. Quand on est dans une bonne garnison, pourquoi ne pas s'y tenir? Le petit a de l'estoc. Ça
ira. Quant à le faire soldat, je ne sais. Comme vous
dites, nous sommes dans un régime de couards; ç'a
toujours été mon opinion. Lui n'a encore rien dit, le
petit. On a le temps d'aviser. Quant à ces diables de
femmes, tenons tête, lieutenant. Pour mon compte,
je vous jure que la mienne ne me fera pas démarrer.
L'enfant restera là jusqu'au bout. J'ai vu son proviseur, il y a deux mois, il m'en a rendu le meilleur

compte possible. Il se plaint que la mère tourmente
ce pauvre garçon par ses lettres incongrues. J'ai
bonne envie d'y mettre ordre.... Venez ici, morbleu!
et ne manquez pas ; nous en avons diablement à dire.
Mes respects à votre femme, et un baiser à tous vos
moutards, sans oublier le dernier. Je vous embrasse
en vieux soldat.   AUBERT.

« *P. S.* J'attends un panier de Bourgogne: je ne
l'ouvrirai que quand vous serez ici. »

Ces lettres avaient été enveloppées par les dames
dans deux autres que nous croyons devoir reproduire
aussi :

Mᵐᵉ DESGRENATS A Mᵐᵉ AUBERT.

« Notre homme a raison, chère amie, nous boudons
décidément. Comment ! près d'un an sans s'écrire ! Et
nous devions entretenir une correspondance suivie !
Pourtant que de choses on a à se dire quand on est
mère, quand on a huit enfants, et que les premiers
sont déjà hors du foyer ! Dieu merci ! mes craintes
commencent à se calmer, au moins pour l'aîné, sauf
à recommencer pour les autres. J'ai réussi à merveille,
ma bonne amie, pour mon Henri, pour cet incorrigible
étourdi, dont l'avenir m'a si souvent épouvantée. Il
est admirablemnet changé, et chaque jour j'en bénis
Dieu du fond de mon cœur. Oh! la bonne pensée que
celle que j'ai eue de le placer là ! Aussi bien, il serait
difficile de rencontrer mieux, et pour le local, et pour
les maîtres, et pour les condisciples. Je comprends
maintenant mieux que jamais l'importance pour les
jeunes gens de n'avoir à leur tête que des hommes
dignes de leur estime et de leur confiance. L'écolier
se modèle avant tout sur le maître. Souvenez-vous,
Amélie, que l'exemple de nos bonnes sœurs faisait

plus d'impressions sur nous que tous les sermons de
l'aumônier. Un bel exemple, une foule de beaux exemples, c'est irrésistible... J'ai eu plusieurs fois occasion
d'aller voir mon fils, de m'entretenir avec ces Messieurs, de suivre l'ordre de la maison, d'assister aux
exercices religieux ; j'ai été édifiée de la manière dont
tout s'y passe ; on respire là une odeur de piété grave
et sereine, qui fait déjà du bien. Non pourtant que tout
soit irréprochable. Plus d'un de ces jeunes ecclésiastiques est loin d'avoir des formes distinguées : mais
qu'importe ? Les formes sont peu de chose, quand le
fond est excellent. D'un autre côté, il y a bien aussi
quelques brebis suspectes dans ces deux cents enfants :
mais elles sont rares et sévèrement surveillées. Henri
m'écrivait récemment qu'on en a chassé quatre d'une
fois, sur de simples soupçons : tant mieux ! J'aime
cette susceptibilité dans des prêtres ; c'est une garantie pour le troupeau. Du reste, ajoutait-il, on n'eût
pas même fait attention ailleurs à ces fautes qui méritent ici l'expulsion...

« Je m'aperçois que je touche la corde sensible...
Que fait votre fils ? Les craintes de notre vieux curé
étaient-elles exagérées ? Sous le rapport du succès, je
sais que vous ne pouvez rien désirer de mieux. Vous
ne pouviez non plus guère moins attendre d'un enfant
si bien doué de la nature. Mais, n'est-ce pas que cela
flatte bien sensiblement le cœur d'une mère ? J'ai eu
le bonheur de couronner mon fils ; oh ! ce jour est le
plus beau de ma vie !...

« Mes petits enfants vont bien... et m'effraient déjà.
Et les vôtres ? Vite une longue lettre, une lettre d'une
mère à une mère. Embrassez-les tous pour moi,
comme je vous embrasse, etc...   « EUGÉNIE. »

Mme AUBERT A Mme DESGRENATS.

« Où j'en suis, bonne amie ? Je ne saurais vous le
dire. Il se fait trouble dans ma tête, à l'endroit de ce
petit passager lancé sur la mer orageuse du monde.
Vraiment, que de soucis il me donne ! Amédée m'inquiète. Non qu'il soit déjà mauvais ; mais il n'est plus
si bon, mais il n'est plus le même, du moins, et j'ai
terriblement peur que le changement ne soit en mal.
Il me semble, — je me trompe peut-être, — qu'il n'a
plus en moi autant de confiance ; ses phrases sont plus
brèves, moins expansives ; on dirait que mes avertissements le lassent, et qu'il cherche à les esquiver. Au
fait, je suis peut-être ennuyeuse : mais une mère, vous
comprenez ! Les pressentiments de ce vieillard, les
phrases bien trop nombreuses qu'il détache de son
cahier, ne me sortent plus de la tête ; je crains toujours de voir mon fils impie. Oh ! mon Amédée impie !
Quelle chose effrayante ! Non, non, cela n'est pas possible : il est trop bien né ; il a eu une enfance trop
calme pour avoir à redouter une jeunesse orageuse ;
Dieu, qui a veillé sur ses premières années ; Dieu, que
je prie jour et nuit pour lui, ne permettra pas qu'il
fasse naufrage. Voilà ce que je me dis, ce que je tâche
de me persuader ; mais vraiment, cette conviction
n'entre que bien difficilement dans mon cœur. Si
j'étais libre, je le retirerais de là ; mais mon mari a
protesté cent fois qu'il n'y consentirait pas. Il ne veut
plus qu'on lui en parle ; et je me tais, pour avoir la paix.

« Cependant, il me vient des nouvelles assez tristes
du personnel du collège, et ce que je crains avant
tout pour mon fils, c'est le poison de l'exemple. Oh !
que vous avez raison ; c'est l'exemple qui sauve, c'est
l'exemple qui perd... Et quand je parle d'exemple,

j'entends celui des maîtres. Mon fils est ainsi taillé
qu'il se laissera peu toucher de la conduite de ses
condisciples; soit dignité de chrétien, soit amour-
propre, il se croit au-dessus d'eux. Mais ses maîtres, surtout s'ils sont instruits, surtout s'il les estime, oh ! voilà pour lui la pierre d'achoppement. Et
justement on me dit que ces professeurs sont en général
doués de talents, mais dénués de foi et de vertu. Le
proviseur est panthéiste, et a osé, dans un ouvrage,
soutenir ce monstrueux système. Un autre se plaît à dé-
clamer contre les papes, l'Eglise, l'*obscurantisme*, etc...

« Ce ne sont que des *on-dit*, il est vrai, mais qu'ils
sont effrayants ! Je n'ose remonter à la source, de peur
de me convaincre de la vérité. Pourquoi faut-il que
nous soyons ainsi trompés ? Avant de placer mon Amédée, tous les renseignements que je recevais étaient
des plus rassurants ; et aujourd'hui qu'il y est, et
que je ne suis plus libre de l'en retirer, tout vient
comme à point renverser mes espérances et contredire
ces premiers rapports. L'aumônier, que je presse de
questions, ne me répond que d'une manière évasive.
Seulement, dans sa dernière lettre, il me promet des
détails plus étendus qui fixeront, dit-il, mes idées et sa
position vis-à-vis de moi. Je m'attends à quelque
chose d'atterrant...

« Des succès, dites-vous ? Ah ! que m'importent des
succès, quand l'innocence de mon fils est en péril ! Il
s'agit de son âme, avant tout, de cette pauvre jeune
âme, dont je dois rendre compte un jour. Et ce qui me
fait trembler, c'est cet esprit logique, c'est cette
disposition si marquée en lui à tirer les dernières
conséquences des principes. D'autres se contentent
de pénétrer l'écorce, de prendre les doctrines à leur
superficie ; lui va droit au fond, et ne recule devant

aucun corollaire, quelque éloigné qu'il soit; il est, comme me répétait notre vieux prêtre, de la trempe dont on fait les démons ou les saints. Sera-t-il un démon? sera-t-il un saint? Énigme terrible, ma chère Eugénie, et qui ferait trembler des âmes plus fortes que la mienne !

« Je n'ai pas le courage de vous parler d'autres choses : ce sujet m'absorbe tout entière, il empoisonne mes jours et mes nuits. Combien de fois je me suis déjà repentie d'avoir eu la première l'idée de placer cet enfant au collège ! Il me semble que je deviens responsable de toutes les suites. Ah ! dirai-je comme vous, si j'avais compris assez tôt quel lourd fardeau c'est que la maternité, j'aurais mieux aimé mourir que de l'accepter. J'aurais couru enfouir ma vie dans un couvent... Regrets inutiles ! il faut traîner sa chaîne jusqu'au bout...

« Votre mari nous fait espérer que vous viendrez; je le souhaite du plus profond de mon âme, et vous en prie comme d'une grâce souveraine. Venez. Aubert a confiance en vous; vous m'aiderez à sortir du bourbier. Venez, oh ! venez, par pitié...

« Présentez mes respects au bon abbé Prudent. Mais ne pourrait-il m'épargner? Sera-t-il toujours impitoyable?

« Adieu, etc...   AMÉLIE. »

Tout juste, quand on donna ces phrases à lire au saint vieillard, il travaillait encore de sa main tremblante à extraire de nouvelles pensées éclectiques de son cahier universitaire.

— Bon ! dit-il en déposant ses lunettes, voilà nos avertissements qui font effet. Il est un peu tard peut-être, mais mieux vaut tard que jamais. Vous voyez, madame Desgrenats, que c'est vous qui avez choisi la meilleure part.

— Grâce à vous, monsieur le curé.

— Grâce à la Providence, qui aide toujours ceux qui veulent s'aider.

— Il y a bien des parents qui ne peuvent faire comme moi.

— C'est de leur faute.

— Non, monsieur le curé, l'éducation du séminaire ne peut convenir à tout le monde. Et d'ailleurs, ces établissement sont rares et ont un nombre d'élèves déterminé.

— C'est vrai. Nos gouvernants ont fait à Dieu mêm sa part. Ils lui ont dit : Voilà vos besoins ; vous aurez tant de sujets pour votre Eglise ; pas un de plus (1). Mais qui vous parle de séminaires ? Je vous dis que si l'éducation religieuse n'est plus possible en France, c'est la faute de la France.

— Je ne comprends pas.

— Mais, au nom du ciel ! qui empêche ce peuple, qu'on proclame souverain, de secouer le joug qu'on lui a imposé ? On lui accorde le droit de faire et de défaire ses rois et ses lois, et on lui refuse le pouvoir de faire élever ses enfants selon ses vues ? Du jour où la France voudra rejeter un odieux monopole, ce jour-là, le monopole tombera par terre.

— Et comment la France peut-elle manifester sa volonté ?

— De bien des manières : par des réclamations, par des pétitions, et surtout par les élections. Qu'est-ce

---

(1) Chacun sait qu'une ordonnance a fixé à 20,000 le nombre des élèves des écoles ecclésiastiques secondaires. Défense à Dieu et à son Église d'en demander davantage !

qu'un député, je vous prie, sinon le mandataire du peuple?

— Non, monsieur le curé, mais seulement de l'électeur.

— Eh bien! soit, de l'électeur. Mais, pourquoi l'électeur, intéressé, autant et plus que tout autre, à donner à ses enfants une éducation conforme à ses vues, n'en revendique-t-il pas la liberté? Pourquoi n'en fait-il pas la condition de son suffrage? Et par quelle contradiction un homme comme Desgrenats, par exemple, qui aimerait mieux voir son fils jésuite, capucin, cagot, bigot, que de le voir impie, va-t-il donner sa voix à un député connu pour son aveugle attachement à un monopole qui ne tend qu'à faire des impies (1)?

— Je lui en ai souvent fait le reproche.

— Et pourquoi des millions d'hommes comme lui, qui ont sans cesse à la bouche les mots de liberté, s'obstinent-ils, par une inconcevable contradiction, à nommer pour mandataires, pour représentants de leur opinion, des hommes partisans outrés d'une loi d'esclavage?

— C'est vrai: on n'y comprend rien.

— Et quelle grâce ont à murmurer, à se plaindre tout bas, ces niais innombrables qui gémissent de se voir forcés de laisser leurs enfants sans instruction, ou à leur en faire donner une impie, tandis qu'ils ne se donnent pas même la peine d'élever la voix pour réclamer le plus sacré de leurs droits, quand ils savent que tous leurs gouvernants plieraient devant le formidable concert de leurs réclamations?

---

(1) Si ces observations étaient justes quand le nombre des électeurs était circonscrit, à plus forte raison le sont-elles depuis que tout citoyen est électeur.

— C'est un mystère.

— Oui, un mystère, dont la solution décidera du sort de la France. Si le peuple sort enfin de sa torpeur, s'il prend une fois au sérieux ce mot de liberté dont on lui a tant rebattu les oreilles, tout est sauvé : la religion renaîtra par la liberté, et la liberté par la religion. Mais s'il persiste à s'endormir dans sa fatale insouciance, s'il continue à sacrifier à des intérêts de localité, à des canaux, à des routes, ou à des tronçons de chemins de fer, ses droits les plus précieux et les plus incontestables, oh ! alors Dieu seul sait ce qu'il arrivera de la France. En attendant, la pauvre Aubert boit déjà la lie qu'elle s'est pressurée : et elle n'est pas au bout. Son fils ira loin dans la carrière ; c'est moi qui le prédis. Non, je ne l'épargnerai pas, la chère femme ; il faut que je lui fasse voir le danger dans toute son étendue ; peut-être son imbécile mari finira-t-il par ouvrir l'œil, si tant est qu'elle ose lui montrer mes *extraits*, ce dont je doute... Pour vous, remerciez Dieu de la bonne inspiration qu'il vous a donnée ; et gardez-vous surtout de gâter votre fils. Encore une fois, ne le flattez pas : humiliez-le sans cesse, au contraire, par le souvenir de son étourderie passée, et laissez la grâce de Dieu agir à son gré.

AMÉDÉE AUBERT A HENRI DESGRENATS.
Mon professeur de cinquième.

« Mon professeur a cinq pieds. Il a la barbe jaune et les favoris roux. Sa tête s'en va en pain de sucre, et ses genoux battent briquet. On lui donne trente ans, et il paraît en avoir cinquante. Sa figure respire une langueur particulière. Mon professeur soupire. Son œil est habituellement plein de mélancolie, et je ne sais quel sourire de tristesse passe sur ses lèvres

gercées, comme la fumée passe devant la lune. Il est
parfois — mais rarement — d'une gaieté folle ; alors
tous ses airs, tous ses gestes, tous ses mouvements,
le son de sa voix surtout, expriment le bonheur qui
inonde son âme. C'est un jour de printemps au milieu
d'un sombre hiver. Heureux alors ceux qui l'appro-
chent ! Il n'a que des mots gracieux, il n'a que des
caresses à leur adresser. Heureux les écoliers, ces
jours-là ! Eussent-ils bredouillé leurs leçons de mémoire, barbouillé leurs pages, gaspillé leur besogne,
ils doivent s'attendre à des compliments. Dans ses
jours nébuleux, au contraire, un ange ne le satisferait
pas : il grogne, il pince, il mord, il bruit, il tapage, il
tempête, et cela à tort et à travers. Il singe chaque
écolier pour mieux lui faire sentir ses fautes. Il trouve
des solécismes partout. C'est enfin un sanglier, un ours
mal léché : malheur à qui l'approche. Il n'a que des
coups de griffe ou de boutoir à donner.

« Ton ami :   AMÉDÉE »

HENRI DESGRENATS A AMÉDÉE AUBERT.
Mon professeur de cinquième.

« Mon professeur est de taille élevée ; il porte une
figure pâle et maigre. Le trait caractéristique de sa
physionomie semble être la vivacité de l'esprit modé-
rée par la bonté du cœur. Sa démarche est lente, sa
tenue négligée, son port sans grâces ; son tricorne,
tantôt défie la terre, tantôt provoque les astres. A
vingt-trois ans, il n'a presque plus de dents. Il mange
peu. Il digère mal. Il ne dort guère. Sa langue est
quelque peu embarrassée ; sa mâchoire est lourde. Il
a un accent local très sensible et assez désagréable.
En somme, son physique est sans attraits.

« Mais il a une âme excellente. Sous ces dehors né-

gligés, il cache toutes les vertus qui font les grands
cœurs. Sa bonté est proverbiale dans la maison : jamais élève n'a eu lieu de se plaindre de lui. Et cette
douceur n'exclut point une sage fermeté. Il sait par là
se concilier tout à la fois l'amour et l'estime. On le
vénère, on le bénit, je dirais presque on l'idolâtre. Il
soigne surtout sa classe avec une affection particulière. Il a compris que le cœur seul sait parler au
cœur de la jeunesse. Il obtient par l'amour ce qu'il
n'eût point obtenu par la crainte ; car c'est un bonheur de travailler sous un professeur que l'on aime.
Parfois je crains qu'un motif trop humain ne gâte
devant Dieu mon ardeur pour le travail : je tremble
que le Maître jaloux ne me punisse d'avoir fait pour
un homme ce que je ne devais faire que pour lui.

« Mais aussi, comment se défendre de payer de
retour un attachement si vrai, si profond? Comment
ne pas chérir un professeur qui se dévoue tout entier
au bien de ses élèves? M. l'abbé Lebon, — c'est son
nom, — se donne à nous, s'immole pour nous. Jeune
encore, n'ayant qu'une capacité ordinaire, peut-être
affligé d'une nature ingrate, il puise dans son cœur de
quoi suppléer au défaut de son esprit. Tourmenté de la
passion de l'étude, il a cela d'admirable, qu'il sait sacrifier ses goûts particuliers aux besoins de ceux qui
lui sont confiés ; il néglige ses études favorites, pour
s'occuper exclusivement des matières de la classe.
Aussi, quelle solidité dans son enseignement! quelle
exactitude minutieuse à préparer, à prévoir, à corriger! Rien ne lui échappe. Avec quel soin il nous
éclaircit les endroits obscurs, nous indique ou nous
résout les passages les plus difficiles ! Sachant combien l'élève perd de temps quelquefois à se heurter
contre des obstacles insurmontables, et quelle aigreur

ces efforts stériles déposent au fond de son âme, il prend à tâche de nous épargner ce labeur ingrat, en nous mettant à même de vaincre les difficultés. Comme la mère de l'oiseau, il nous mâche et remâche la nourriture. Il a eu la patience de digérer ainsi pour nous l'*Histoire du peuple de Dieu*, et de résumer, sous des points de vue clairs et nets, tous ces faits miraculeux qui resteront à jamais les plus chers à la mémoire. Par son travail, il abrège le nôtre, il le rend facile du moins et agréable. Aussi l'écoute-t-on avec un plaisir toujours nouveau. Souvent j'ai vu les fronts se rider quand la fin de la classe sonnait; plus d'une fois, nous l'avons prié de continuer pendant le quart-d'heure de récréation qui la suit.

« Mon professeur a une foi vive. Il sait entremêler aux faits les plus insignifiants des réflexions pieuses, qui ne sont jamais sans fruit. On sent dans sa parole cette douce chaleur, cette onction pénétrante qui part du cœur. Que Dieu nous le conserve! Nous voudrions faire toutes nos classes sous lui, et nous nous effrayons déjà du moment où il faudra le quitter.

« M. Lebon n'est encore que diacre. Il se prépare à recevoir la prêtrise à l'ordination prochaine. Et alors, nous dit-il, sa destinée se tranchera; il écoutera la voix du dedans et s'abandonnera au souffle de l'esprit.

« Encore une fois, que Dieu nous le conserve! Sous de tels maîtres, on ne peut que devenir meilleur.

« Ton ami,   HENRI. »

On n'a peut-être pas assez remarqué quel rapport intime lie le cœur à l'esprit au point de vue de l'instruction, c'est-à-dire combien la vertu influe sur le progrès dans les sciences. Depuis que Amédée Aubert a perdu son innocence et la paix de son âme, il a

senti diminuer peu à peu son ardeur pour le travail.
Au commencement de la métamorphose, l'émulation,
ou l'orgueil, en substituant son action à celle de la
piété, avait tendu un instant les ressorts de son âme.
Mais bientôt, assuré de surpasser ses rivaux, Aubert
se relâcha, et ne donna plus au travail que la juste
mesure nécessaire pour conserver sa supériorité. Mais
l'amour du travail a besoin, comme toute vertu, d'un
continuel exercice pour se maintenir à son niveau. In-
sensiblement la paresse envahit cette âme troublée;
ce n'était qu'avec peine et en se piquant les flancs que
l'écolier retrouvait à point nommé sa facilité et sa première ardeur. La volonté se ralentissant encore, la
puissance diminua au même degré; puis une dissipation immense acheva de disperser ce qui restait de
facultés dans cet esprit si bien doué. La mémoire devint paresseuse, le jugement s'affaiblit, l'application
était pénible; il fallait des efforts pour fixer quelque
temps sur une matière donnée une imagination vaga-
bonde, déjà distraite par d'autres préoccupations.
Alors naquit dans Aubert cette espèce de dégoût que
sent toujours l'enfant pour tout ce qui lui coûte; il
commença à se répéter à lui-même les sophismes sur
lesquels tant d'écoliers appuient leur coupable paresse:
*A quoi bon le grec et le latin? — Ai-je besoin de cela
pour vivre? — Mon père ne savait ni grec ni latin, et il
a fait sa carrière*, etc... Une nouvelle cause d'aigreur
vint encore s'ajouter aux autres: plusieurs de ses
condisciples menaçaient de l'emporter sur lui. Un
instant il lutta; mais quand on n'a pour stimulant que
l'amour-propre, on se fatigue vite du combat. L'insuccès acheva le découragement; dès que la palme,
qui ne lui avait rien coûté jusque-là, devint rebelle à
ses vœux, il parut ne la plus vouloir, il fit mine de la

mépriser. Une jalouse inimitié le porta à déprécier ses
concurrents ; il indisposa contre eux le reste de la
classe ; il ne respecta pas même le professeur.
M. Malpeigné, si impartial tant qu'on avait brillé au
premier rang, était coupable d'une partialité révoltante,
depuis qu'on était descendu d'un cran. Aubert se fit
chef de bande ; il devint général des mécontents et des
paresseux, c'est-à-dire de la majorité de ses condisciples ; et le plaisir de commander à des indisciplinés
le dédommagea un instant de la défaite qu'il avait
essuyée. Mais il perdit là le reste de son goût et de
son aptitude au travail, et n'usa plus que dans des
farces et des intrigues une activité donnée pour une
meilleure fin.

Bien que ce changement fût très visible aux yeux
du proviseur, malgré même les nombreux sujets de
mécontentement qu'Aubert avait donnés et les puni-
tions multipliées qu'il avait déjà subies, le bulletin de
ce semestre fut encore satisfaisant : *Santé magnifique,
diligence grande, progrès remarquables*, et toutes les
autres formules stéréotypées dans les bureaux, y
figuraient en superbes majuscules... Et la famille
Aubert s'y laissait toujours prendre...

Pour Desgrenats, c'était précisément la voie inverse
qu'il avait suivie. Avec le goût de la piété, lui était
venu le goût de l'étude. *Pietas ad omnia utilis est...
Omnia bona mihi venerunt pariter cum illa.* Sous la
parole grave du religieux, il avait compris la faute
énorme que commet l'homme qui dissipe ou enfouit
le talent que Dieu lui a confié. Le temps qu'il avait
perdu fut pour lui un motif de redoubler de vigilance
et d'ardeur. Dès ce moment il résolut de s'appliquer à
l'étude avec toute l'énergie de sa volonté, et non moins
bon fils que pieux serviteur de Dieu, il prit à tâche par

là de consoler sa mère de tout le chagrin qu'il lui avait
causé. Nous avons vu que déjà le succès avait couronné ses efforts. Cette année, de nouvelles palmes
l'attendaient, et, autre Epaminondas, il s'en réjouissait dans la vue du bonheur qu'il procurerait à sa
mère. Voici la lettre qu'il lui écrivait à cette occasion :

« J'ai le cœur ainsi fait, ma bonne mère, qu'une
joie n'est plus une joie pour moi, dès que vous ne la
partagez pas. Le terme de l'année scolaire approche,
et déjà les vacances sourient aux yeux de nos écoliers.
Vous comprenez, sans que je vous le dise, de quelle
douce émotion mon cœur palpite, en songeant que je
serai bientôt dans vos bras... Depuis que la grâce de
Dieu m'a fait voir l'indignité de ma conduite passée,
je n'ai plus qu'un besoin, plus qu'une ambition, celle
de vous dédommager par mes succès des peines que
j'ai causées à votre cœur maternel... Or, une heureuse
indiscrétion m'a appris que cette année encore j'aurai
cette satisfaction. Oui, ma bonne mère, votre fils sera
couronné, et je prends ici Dieu à témoin que la joie
que j'en éprouve n'a d'autre fondement que celle
même que je vous procurerai. Je sais trop combien
sont vaines et fragiles ces palmes qui flattent tant la
vanité ; mais ce que je sais aussi, c'est que le bonheur
de plaire à une mère est une des jouissances les plus
vives et les plus nobles que l'on puisse goûter ici-bas.

« Un grand homme disait, en montrant avec orgueil
les prix qu'il avait reçus dans sa jeunesse : Je n'ai eu
que deux plaisirs purs dans ma vie : celui de remporter
un prix au collège sous les yeux de ma mère, et une victoire sous les yeux de mon roi. Cet homme était Villars,
le vainqueur de Denain, le sauveur de la France... Oh !
que ce sentiment est vrai ! Je l'éprouve aujourd'hui...

« Vous viendrez donc, ma bonne mère, vous aurez la joie de mettre la couronne sur le front de votre fils. O couronne précieuse que je dépose d'avance sur le front de ma mère ! Quelle joie de voir couler vos larmes de tendresse et d'y mêler les miennes ! Amenez tous nos petits enfants ; je veux qu'ils apprennent de bonne heure, par mon exemple, comment on fait pour rendre sa mère heureuse. Et j'espère bien qu'ils y réussiront mieux que moi.

« En attendant, je les embrasse et vous, etc...

« HENRI. »

Les larmes de la mère mouillèrent déjà cette lettre. Elle obtempéra aux vœux de son fils ; on chargea la *nichée* sur une voiture, et on s'achemina vers le séminaire. Henri fut couronné trois fois. Mais quand, aux applaudissements de tous ses condisciples, on lui décerna le prix de sagesse, qu'il avait obtenu à l'unanimité des suffrages, Mme Desgrenats, déjà agitée, serra son fils avec une inexprimable émotion, et lui dit : « Mon fils, tu as failli me faire mourir de douleur ; aujourd'hui tu veux me faire mourir de joie... »

Nous le répétons, il ne faut que peu de jouissances comme celle-là pour embellir la vie d'une mère.

Et par contraste, au moment où Mme Desgrenats recevait la lettre que nous venons de citer, celle-ci parvenait à Mme Aubert :

« Je ne puis, chère maman, répondre positivement à la question que vous me faites. Le professeur montre à mon égard une partialité si révoltante, que si son suffrage a quelque influence dans le jury d'examen, mes compositions sont à peu près sûres d'être écartées. Deux ou trois nouveaux, qui ne sont ici que depuis Pâques, ont si bien captivé sa bienveillance, qu'on ne peut plus rien obtenir. Toute la classe en est indignée. Il est cependant un prix qu'il ne peut pas m'ôter, c'est celui d'excellence, qui est encore dû à mes places de cet hiver, et qui est, comme vous le savez, le plus honorable de tous. Je serai heureux comme toujours de vous l'offrir. Cependant, ne venez pas, car je souffrirais de n'avoir que si peu de chose à vous présenter, quand, les années dernières, les couronnes pleuvaient sur ma tête. Mais j'espère me dédommager l'année prochaine. Quels que soient mes rivaux, je triompherai, pourvu que nous n'ayions plus ce maudit professeur. Il fait affreusement sa classe. On dit qu'il veut se marier, et que la personne qu'il a en vue ne veut point de lui : c'est ce qui est cause de cette mauvaise humeur dont je pâtis le premier. C'est un pauvre sire, et surtout un impie et un homme sans principes. Fort heureusement les autres professeurs ne lui ressemblent pas. Plus heureusement encore, il est si méprisé que ses doctrines et ses exemples ne font aucune impression sur les élèves. Quant à moi, chère maman, je vous assure que des hommes comme celui-là ne sont propres qu'à me raffermir dans la bonne voie ; la religion paraît plus belle quand elle a pour ennemis des mortels aussi méprisables. Je me rattache de plus en plus à mes devoirs ; je sais ce que je dois à Dieu, à ma mère, à moi-même... Déposez donc, une fois pour toutes, ces soucis qui m'affligent et vous dévorent sans fruit. Je suis fidèle et je veux l'être jusqu'au bout.

« J'attends les vacances avec une véritable impatience ; je compte les jours sur mes doigts. Pourtant ce qui rabat ma joie, c'est d'avoir si peu à vous offrir ; j'en serais inconsolable, si je n'esppérais rendre une éclatante revanche l'année prochaine.

8.

« Adieu : priez pour moi comme je prie pour vous,
etc...   AMÉDÉE. »

On voit que l'écolier devenait habile dans l'art de
mentir ; son ami le surveillant lui servait de guide, et.
il est des maîtres sous lesquels on fait de rapides progrès. La vérité était que l'insuccès ne provenait que
de sa paresse, et que le malheureux enfant jetait de
la poussière aux yeux de sa mère, pour lui dissimuler
sa marche précipitée dans la mauvaise voie. Mais il
connaissait bien à qui il avait affaire ; il savait qu'on
lui pardonnerait de ne point rapporter de lauriers,
s'il rapportait sa vertu saine et sauve. De là, tant de
soins à entretenir l'illusion de ce côté. Or, comme on
croit d'autant plus aisément qu'on désire plus vivement, Mme Aubert resta aussi convaincue que jamais
de l'innocence de son fils. Elle admira surtout le part
que la Providence sait tirer du mal même ; la pensée
que son cher Amédée trouve une raison de s'affermir
dans ce qui aurait dû causer sa chute, devient pour
elle matière à l'espérance la plus ferme, et aux sentiments d'une vive reconnaissance envers Dieu. Une
fois de plus, elle s'en veut d'avoir contristé ce pauvre
innocent, et promet de ne plus retomber dans son
péché.

Aubert avait bien prévu : il n'eut que le prix d'excellence, dû, comme il le disait, à ses travaux de
l'hiver, et encore le partagea-t-il. Mais pendant toutes
ses vacances, il tendit si bien ses filets, il joua si bien
son rôle, que sa mère resta persuadée, d'une part,
que la contagion ne l'avait point encore atteint, et de
l'autre, que son professeur était l'unique cause de
son peu de succès.

Quatrième année.

Peu après Noël, Mme Aubert reçut, par une voie inconnue, une lettre trop extraordinaire pour que nous ne la donnions pas en partie. Elle était de M. Vernisson, et adressée à un principal d'un petit collège communal, ami du proviseur. Sans doute, cette lettre était tombée par hasard aux mains d'une connaissance de Mme Aubert, qui avait cru bien faire de la lui envoyer. Après quelques compliments et quelques phrases insignifiantes, on y lisait :

« .... La querelle menace de s'échauffer, grâce à l'activité de ce que nous sommes convenus d'appeler les jésuites... Il paraît que, pour obvier à l'inconvénient, nos maîtres ont intention de réveiller ce mot qui a fait tant de merveilles en 1828. Pour mon compte, j'applaudis à cette idée et je la propagerai de tous mes efforts. Nous attendons le mot d'ordre. J'ai reçu une lettre d'un des chefs de bureau du ministère de l'instruction publique, qui me parle dans ce sens-là ; et quant à ce fameux projet de loi sur la liberté d'enseignement que tu redoutes si fort, voici ce qu'il m'en dit : — Les évêques réclament : le parti catholique s'émeut ; mais on sait que le mouvement n'est qu'à la superficie. Le corps électoral est parfaitement indifférent à la question : les intérêts matériels l'absorbent tout entier. Il n'est pas probable que d'ici à longtemps il prenne fait et cause pour la liberté. En attendant, il faut faire taire les réclamants, ceux qui objectent que

l'Université n'est fondée que sur des ordonnances pro-
visoires, ceux qui rappellent cette promesse si impru-
demment faite dans la Charte de 1830. Pour cela, le
ministère se propose de présenter un projet de loi, un
projet *cahin-caha*, ménagé de manière à ne satisfaire
aucun parti... Les catholiques crieront : nous crierons
à notre tour, et le projet tombera ; ce sera du temps
gagné. Et la manœuvre recommencera au besoin, jusqu'à ce qu'on se croie en mesure d'assurer enfin par
une loi l'état actuel des choses, au moyen d'une chambre bien dévouée, bien servile, bien attelée au char
universitaire....

« Ainsi tu peux dormir en paix... Pas d'inquiétude
en cet endroit. *Loyola* ne nous peut encore rien, Je
prépare une série d'articles pour un journal de Paris
et pour celui de ma province. Je te les ferai parvenir.
En attendant, on nous recommande la prudence ; et il
faudrait voir comme je m'y entends. Je prêche la paix;
je parle de liberté ; je fais espérer une loi large et généreuse ; le mot de religion ne quitte plus mes lèvres. A
ceux qui m'objectent mon ouvrage, j'interprète les passages *obscurs*, je donne des explications satisfaisantes :
on se retire content de moi. D'autre part, je suis en rapports suivis et amicaux avec le curé de ma paroisse ; on
me voit dans la rue bras dessus bras dessous avec mon
aumônier. Je flatte mon évêque, qui doit prochainement
me donner une confirmation. J'ai eu une quinzaine de
communions à ma messe de minuit, ce qui a produit
un excellent effet dans la ville. Enfin j'ai fait annoncer une retraite, et peut-être prendrai-je un jésuite.
Tu vois que rien n'y manque.

« .... Il est bien vrai que mon rôle est parfois pénible. Il en coûte de *tirer ainsi son chapeau* à un culte
qui s'en va et qu'on méprise ; mais il faut bien *faire*

l'article... Je te conseille d'agir comme moi. Après tout,
si l'on ne jetait pas un peu de poussière au nez de ces
honnêtes gens, ils se décourageraient... Cependant, si
je tenais en ma main certaines plumes, certaines langues de nos maîtres, je ne les laisserais pas courir si
hardiment; ces gens-là casseront les vitres. De la prudence! de la prudence! et encore de la prudence! c'est
ma devise : adopte-la, etc., etc.

« VERNISSON, prov^r. »

Il eût fallu de terribles écailles sur les yeux de
Mme Aubert pour ne pas voir un peu clair après la lecture de cette lettre. On doit supposer qu'elle en fut in-
quiétée, et peut-être étonnée ; car les débats domesti-
ques recommencèrent, comme on peut le conclure de
la missive suivante du capitaine à son ami le lieutenant:

« Vous vous plaignez de votre rhumatisme, Desgrenats, et moi je me plains de ma femme. J'aimerais autant avoir les Cosaques à mes trousses. Jamais, non !
jamais, depuis que le monde est monde ! Mais je tiens
ferme. Ah! si vous saviez ce que c'est qu'une femme
bigote ! On n'a pas un instant de repos. Et puis, point
de dîner prêt, pas de sel dans la soupe, rien de cuit à
propos ; un désordre universel. Et cela, parce que je
lui ai juré par ma croix d'honneur que son fils ne sor-
tirait du collège qu'après ses études achevées. Et ce
serment, je le tiendrai, lieutenant, comme vous le tien-
driez à ma place. Vous savez qu'il fut convenu entre
nous que, puisqu'elles voulaient donner de l'éducation
à leurs aînés, nous céderions, mais que nous ne recu-
lerions plus. Quand je devrais être haché comme chair
à pâté!... Parce que son fils court risque de perdre sa
foi? Tant pis. Elle devait y regarder à deux fois. Avant

de faire une chose, je réfléchis, Desgrenats; mais quand mes réflexions sont faites, toute l'artillerie de Wagram ne me ferait pas reculer d'une semelle. Ouf! quelle femme! ma sciatique n'est rien à côté de cela. Elle a si bien tracassé, tourmenté ce pauvre enfant, qu'il a manqué toute son année; c'est lui qui me l'a dit, et le proviseur aussi. Voilà pourquoi je lui ai signifié, à cette bégueule, de ne plus écrire au collège; mais j'imagine qu'elle saura bien violer la consigne... Encore une fois, quelle chose qu'une femme bigote! Pourquoi les boulets m'ont-ils épargné sur les champs de bataille?... etc... »

C'était presque de l'aigreur, comme on le voit. Le capitaine avait pris son parti; impossible de toucher cette corde, sans susciter une de ces querelles de ménage qu'une femme prudente doit éviter à tout prix. Combien elle pleura, la pauvre Aubert! Pendant tout cet hiver, du reste, la sciatique du capitaine fut réellement très violente, et, dans ce paroxysme de douleur, la moindre contrariété le faisait bondir de colère. En attendant, le temps passait et la plaie s'élargissait; le moment même n'était pas loin où elle deviendrait incurable.

Revenons à d'Auray. Deux années l'ont déjà mûri: son orthographe est meilleure, sa raison commence à poindre. Il a bien encore, si vous le voulez, les formes gracieuses et frêles que nous lui avons connues, mais il y a moins d'abandon dans ses gestes, moins de légèreté dans ses jugements. Il ne court plus toujours, il ne vole pas sans cesse: le papillon se pose; son regard se fixe; les rêves de l'enfance ont paru faire place à quelque chose de plus sérieux, qui est bien vague encore, bien indéfini, mais qui déjà attire son regard, comme ces objets lointains, ces montagnes peut-être

qui fascinent l'oisillon au sortir du nid. L'insecte doré
perce son cocon : d'Auray se fait homme.

Excellentes natures que celles qui peuvent un jour
greffer ainsi la virilité sur la tendresse, et joindre l'é-
nergie de l'homme à la sensibilité de la femme. Tendres
et doux par nature, mais forts par l'éducation et la
volonté, ces hommes savent vouloir et sentir tout à la
fois ; leur vertu n'a rien de sec ; leurs désirs, rien de
heurté ; leurs formes, rien d'anguleux ; ils cèdent beaucoup, ils donnent tout, tout, jusqu'aux bornes du
permis ; car là leur volonté se replie sur elle-même, et
devient d'autant plus ferme qu'elle a plus cédé, comme
un ressort est d'autant plus fort qu'il est plus élas-
tique. Ces naturels sont rares ; ils se trouvaient de
préférence dans ces classes élevées, qu'une éducation
à part distinguait de la foule, et, là encore, ils ne furent jamais bien communs. Cette politesse française,
si vantée, ne fut guère que cet heureux accord de la
sensibilité et de l'énergie, mises par l'éducation au
service de la vertu.

Henri Desgrenats fut prévenu cette fois dans ses
désirs. Au moment où il ne comptait presque plus sur
son ami, il en reçut la lettre suivante :

« Fribourg (Suisse), 15 janvier

« Tu m'oublies, bon Henri, et moi je ne t'oublie pas.
Du sein de nos montagnes, je passe au sein des
vôtres, comme l'on va de sa chambre à la chambre
d'un ami. Car ne te semble-t-il pas que toute cette
terre est comme une maison, dont le ciel bleu est la
voûte, et dont chaque empire est une case ? C'est ce que
nous dit le bon P. Lami. Et sache bien que notre appar-
tement est aussi beau que le vôtre; surtout quand il est
bien balayé, comme à cette heure, où une épaisse

couche de neige nous cache les taches du plancher...

« Je ne t'ai pas vu à Auray ; pourquoi ? J'avais parlé de toi à ma mère. Il n'a tenu qu'à un fil que je n'allasse moi-même te chercher. Mais, ce fil, il est bien fort ; c'est la tendresse de cette bonne mère qui me gâte toujours, je commence à le voir, et qui voudrait éterniser mon enfance. Va, une autre fois je serai plus fort...

« Ami, on m'a fait faire une connaissance qui nous deviendra commune, si tu veux bien. Ce n'est ni un homme, ni une femme, ni un enfant, ni un animal ; elle n'habite ni la France, ni la Suisse, ni aucune autre partie du globe. Devine en quatre, en cent, en mille !...

« C'est une étoile, une gentille et douce étoile que j'aime à la folie, depuis que le P. Lami me l'a fait connaître. C'est la tête du *Cygne* ou de la *Croix*. Laissons-là le premier nom, qui est païen, et gardons le second.

« Eh bien ! eh bien ! je jouis à la voir, à la nommer. J'y monte souvent, et sans peine, quoiqu'elle soit bien loin, et, de là, je regarde ce monde qui me paraît bien petit. Le soir, quand le ciel est pur, je vais m'y asseoir. Ne pourrais-tu en faire autant ?

« C'est là que je te donne rendez-vous : c'est là que chaque soir je veux te rencontrer. Tu m'aimais au plus fort de mon étourderie ; ne m'aimerais-tu plus, quand je m'efforce de devenir sage ?

« J'étudie maintenant. Nos maîtres sont si bons, si indulgents ! Oh ! c'est à ceux-là qu'il faut livrer les petits enfants gâtés. Vois-tu comme mon écriture et mon orthographe ont déjà gagné ? Et quand tu sauras que j'ai été UNE fois le premier ! Je commence l'allemand, et j'apprends le piano. Quant à l'allemand, je veux surprendre ma mère, qui est née Bavaroise. Je

veux lui faire un jour compliment dans sa langue natale, qu'elle a terriblement bien oubliée. Je la vois
d'ici ouvrir ses grands yeux, et ces yeux se remplir
de larmes... Quelle surprise !

« C'est donc convenu : tous les soirs un *Ave Maria*
l'un pour l'autre, et vite à l'étoile...

« C'est là que je t'embrasse dès aujourd'hui.

« ISIDORE. »

Figurez-vous ces phrases écrites de la plus jolie
façon, sur papier à vignettes, et imaginez le plaisir
qu'elles causèrent à notre séminariste. Il avait donc
une nouvelle raison pour aimer ce sylphe charmant :
c'est que ce sylphe devient sage, et rien désormais n'a
de prix, aux yeux de Henri, que ce qui revêt la beauté
de l'incomparable vertu. Fortune, savoir, naissance,
honneur, plaisir, il le sent déjà, tout passe ; et rien de
cela ne donne à l'homme de grandeur réelle. Il a gravé
dans sa tête cette phrase d'un philosophe païen, que
son professeur lui a fait remarquer : *Aucun de ces
hommes que les richesses et les honneurs élèvent au faîte
n'est vraiment grand. Pourquoi donc le paraissent-ils ?
C'est que vous les mesurez avec leur piédestal. Un nain
est toujours un nain, fût-il placé sur une montagne, et
un géant garde sa taille, même au fond d'un puits* (1).

Oui, la vertu seule donne du prix à l'honneur, de la
taille à l'intelligence. Voilà pourquoi Henri Desgrenats sent ses affections grandir à l'endroit du petit
aristocrate, néophyte en vertu, et diminuer à l'égard
de cet autre enfant prodigue, espèce d'ange déchu.
A moins toutefois que le zèle ne soit aussi de l'amour,
à moins que cette compassion immense qu'on éprouve
pour le pécheur ne soit une nouvelle face de l'amitié :

(1) Senec. epist. 66.

en ce cas-là, Henri aime Amédée plus que jamais.

Aubert ne cesse pas de correspondre avec lui ; il le provoque même, et tandis qu'autrefois on avait peine à lui arracher un mot de réponse, c'est lui qui maintenant est toujours en avance. Mais toutes ses lettres ne respirent que la satire, cette satire amère qui s'attaque à tout, et sacrifie ce qu'il y a de plus respectable au plaisir d'aiguiser une pointe. La satire, c'est trop souvent la consolation de l'homme qui est mal avec son prochain et avec lui-même ; c'est le langage naturel des cœurs méchants ; la satire, ce fut tout le talent, tout le génie de Voltaire !...

Mais parfois, la verve caustique d'Amédée Aubert frappait juste. Écoutons le portrait suivant : l'original n'est pas perdu.

Mon professeur de quatrième.

« Mon professeur de quatrième est long comme un hexamètre, fluet comme une croche. Il ressemble à un cor de fourneau en marche. Sa peau basanée indiquerait une origine africaine, si son accent n'attestait un Auvergnat ; il est de Saint-Flour, terre bénie du *charabia*. De temps immémorial, les Tenledos sont *charabias*. Jusqu'à quinze ans, il a mené la charrette, la classique charrette ; il étamait, il rafistolait, il fondait, il écurait. Sur ses armoiries figure... un arrosoir percé.

« M. Tenledos est bon. On l'appelle communément *le papa*. Il a pour les élèves quelque chose de paterne, dont on le récompense en pendant des écumoires aux basques de son habit. Quand il interroge, on lui répond en imitant le jeu du soufflet. Il ne s'en fâche pas ; il entend raillerie. On lui adresse tous les *charabias* qui passent au pays, et il a le bon esprit de converser avec eux ; dans cette catégorie d'honnêtes industriels, il a déjà retrouvé deux oncles, quatre neveux et six cousins.

« A la différence de M. Malpeigné, qui est encore garçon, M. Tenledos est marié. Ah ! quel malheur ! On a assimilé celui qui se marie à un homme qui plonge la main dans un sac où il y a quatre-vingt-dix-neuf anguilles pour une seule vipère. Eh bien ! M. Tenledos a pris la vipère. Le pauvre homme ! on roulerait tout le Tong-King, tous les alentours de Bethléem, pour trouver un esclave comme lui. C'est sa femme qui porte culottes. Xantippe ne fut pas plus insupportable à ce bon Socrate, que Mme Tenledos ne l'est à son époux. Seulement, Mme Socrate ne jouait que de la langue ou tout au plus avec de l'eau sale, si l'on en croit l'histoire, tandis que Mme Tenledos joue du poing, si l'on en croit la chronique. C'est un fait connu dans la rue, qu'elle administre de temps à autre la correction à son mari. Nous avons vu souvent M. Tenledos arriver en classe avec une marque livide ou un œil poché. C'est alors que nous nous informons surtout de sa santé, et il s'en tire assez habilement. C'est une chaise, un coin de table, un angle de cheminée, qui a produit la contusion, mais jamais le manche à balai. Ah ! s'il était resté garçon, les meubles ne conjureraient pas ainsi contre lui. Pauvre Tenledos !

‹ Et pourtant, cet homme est bon. Il a une immense tendresse dans le cœur. Toujours content, toujours joyeux. Qu'on ait bien ou mal fait son ouvrage, qu'on n'ait même rien fait, il ne s'en émeut pas. Malheureux, il sent le besoin de compatir aux misères d'autrui. Il n'a que deux enfants, deux filles, aussi méchantes que leur mère, et qui font chorus avec elle ; deux Xantippes en herbe. Et ces trois mégères sont les maîtresses de la maison; lui, le pauvre Tenledos, n'est que l'esclave, le très humble esclave de ces dames. Pas un centime à sa disposition. Des habits râpés, des pantalons troués, des bottes percées, un chapeau gras; la misère en personne, mais la misère humble, philosophique, résignée, telle que Socrate la fit voir aux beaux jours de la Grèce.

« Juge, cher ami, des progrès qu'on fait sous cet homme-là. On bâille. On dort. On dessine. On fume. On jase. On fait cuire du chocolat. Voilà la classe. Tu t'informes des opinions religieuses de mon professeur : il n'a pas le temps d'en avoir. S'il y a un Dieu pour lui, ce ne peut être que le *Dieu des bonnes gens*. En classe, il est progressif, éclectique, panthéiste ; mais c'est l'usage. En cela, je crois qu'il ne fait que commenter nos livres et céder à la mode. Je ne serais pas surpris que le pauvre *charabias* crût au fond à quelque chose, au Dieu des *charabias* par exemple. Mais on n'y voit rien. Aussi bien, puisque nos maîtres prennent à tâche maintenant de réhabiliter les deux principes, le *papa* doit accueillir cette doctrine-là ; car, si le bon principe ne lui est pas trop visible, le mauvais, du moins, se fait sentir à lui sous les coups de sa femme et les injures de ses filles...

« Pauvre *charabias* ! s'il eût gardé sa charrette !

« AMÉDÉE. »

HENRI DESGRENATS A AMÉDÉE AUBERT.

« Je ne sais, bon ami, si tes portraits sont vrais, mais ils ne sont pas flatteurs. Je comprends à présent ce que j'ai ouï dire tant de fois à notre vieux curé : Quelle distance, toutes choses égales d'ailleurs, de vos professeurs mariés, pères ou sans enfants, dont le premier devoir est, après tout, de soigner leur

ménage, et nos jeunes prêtres, libres, indépendants,
dévoués, dégagés de tous ces soucis temporels qui
tiennent tant de place dans la vie ! Il se peut — et
personne ne le nie — que vous ayiez pour maîtres des
hommes de talent. Mais qu'est-ce que le talent sans
le dévouement ? Et comment le dévouement est-il
possible au milieu des mille sollicitudes qui encom-
brent l'existence d'un père de famille ? Comment voir
des enfants dans ses élèves, quand on a, d'ailleurs, de
vrais enfants qui réclament les prémices de votre cœur,
et toute la substance de votre temps et de vos affections ?

« Nous avons perdu M. Lebon. Il est aujourd'hui
vicaire à la cathédrale.

« Mais, nous n'avons pas tout perdu en perdant
M. Lebon; son successeur est digne de lui. Ici, du
moins, nous ne sommes pas, comme vous, exposés à
voir de nouvelles doctrines s'introniser avec de nouvelles figures; les personnes changent, l'enseignement
reste le même. On pourrait presque dire que l'individu ne change pas, tant l'esprit est semblable, tant
les mêmes vertus se retrouvent. A part quelques
légères différences de caractère, on croit toujours
entendre le même homme.

« Celui que nous avons s'appelle Hardy. Ses traits
ouverts, sa figure expressive, semblent justifier son
nom. Il a visiblement plus de facilité que M. Lebon,
mais aussi plus de vivacité; son caractère ardent,
parfois inégal, s'agite sur lui-même, comme une
flamme qui n'a pas son essor. Sa parole est brève,
rare, mais pleine de feu et d'énergie ; les élèves le
craignent plus et l'aiment autant que son prédéces-
seur. Il dévore les livres. L'étude des langues a
surtout pour lui un grand attrait. Il se plaît avec nous;
on dirait qu'il cherche l'occasion de répandre au

dehors le feu qui le consume. Sa conversation étincelle
de traits frappants ; il a beaucoup lu, beaucoup
étudié, et rien n'est perdu pour sa vaste mémoire et
sa vive imagination. J'ai un plaisir infini à l'écouter,
parce que je trouve qu'il y a toujours à profiter dans
ses entretiens. Je crois deviner le sujet qui l'occupe,
j'allais dire qui le tourmente : il rêve des missions
étrangères. C'est là, du moins, un des textes habi-
tuels de sa conversation : il parle avec un enthousiasme
comprimé de ces terres lointaines et des ouvriers qui
les arrosent de leurs sueurs évangéliques. Évidemment, ses affections sont là, s'il est vrai que *la bouche
parle de l'abondance du cœur.* Je crois même qu'il a
envie de faire des prosélytes parmi nous. Pour moi, je
t'avoue que cet horizon commence à.... Mais non,
non : je n'en suis pas digne... Je reviens à mon sujet.

« Je ne doute pas que l'étude des langues n'ait pour
lui tant d'attraits que parce qu'elle le prépare à cette
vocation sublime. Son principe est que toutes les
langues ont des bases communes, et que plus on en
sait plus on a de facilité à en apprendre. Il s'étudie à
généraliser beaucoup, et s'est créé une méthode expé-
ditive, dont il a promis de me donner la clé. Du reste,
il fait parfaitement sa classe, et n'a qu'un défaut, c'est
d'être, de prime-saut, trop exigeant pour ses écoliers.
Il oublie que nous ne sommes que de pauvres enfants,
encore bien novices dans la carrière. Mais il revient
bientôt ; et il descend]alors à une bonté qui sent fort l'humilité, et à des avances qui sont bien près de l'excuse.

« Voilà, mon ami, le prêtre à qui nous sommes
confiés cette année. Comme je t'ai connu, c'est à des
hommes pareils que je voudrais te voir remis. Il me
semble que tu n'aimes pas tes professeurs, et que tu
les estimes encore moins. Pardonne à l'amitié qui te

parle, mais tu n'es plus le même. Amédée, un changement visible s'opère en toi. As-tu déjà perdu le
Dieu qui réjouissait la jeunesse ? Tu fus longtemps
l'objet de mon envie : serais-je un jour réduit à te
plaindre? Tu ne me parles plus de Dieu, toi qui,
autrefois, aimais tant à t'entretenir des choses saintes.
L'atmosphère où tu vis a-t-elle donc déjà étouffé en
toi ces sentiments pieux qui répandaient partout leur
bonne odeur? Un mot de cela, cher ami ; dis-moi où
tu en es. Tu sais bien à qui tu te confies. Bien infé-
rieur à toi en vertus et en talents, je fus toujours ton
égal en amitié et en tendresse. Crois que mon affection
pour toi n'a pas diminué : bien loin de là ; elle augmente
par le souvenir des peines que je t'ai causées, et par
le désir que j'ai de nous voir marcher du même pas
dans la carrière de la vertu. — Amédée, ouvre-moi
ton cœur. Tu sais qu'on ne perd rien à se confier à un
ami, et j'ose dire que nul n'a plus que moi de titre à
ce nom, etc...   « HENRI. »

Poste pour poste, Henri Desgrenats reçut la phrase
suivante, douloureuse et mélancolique expression
d'une âme déchue. Cette phrase était unique, écrite
avec un soin particulier ; c'était toute la réponse que
le collégien pût faire à une question pressante :

« *Mon ancienne conviction s'est écroulée pièce à
pièce devant l'âge et l'expérience ; il en reste pourtant
encore quelque chose dans mon esprit ; mais ce n'est
qu'une religieuse et poétique ruine. Je me détourne
quelquefois pour la considérer avec respect ; mais je
n'y viens plus prier.* » (V. Hugo, *Littér. et philosophie
mêlées*, p. 161, éd. de Furne (1).   « A..... »

(1) Le texte porte : *Mon ancienne conviction royaliste catholique de 1820 s'est écroulée pièce à pièce depuis dix ans, etc...*

Oh ! quelle impression profonde, amère, cette lecture si courte et si substantielle fit sur le cœur de Desgrenats ! Le voile se déchirait 'enfin : ce qu'il n'avait
que soupçonné jusque-là prenait à ses yeux un caractère de certitude : Amédée a perdu la foi !

Et voilà le fruit de cette éducation universitaire fata-
lement imposée à la jeunesse française ! Cette âme si
bien née, ils l'ont déflorée, desséchée à leur souffle,
ces professeurs mécréants, élèves d'une corporation
sceptique, et peut-être, hélas ! plus malheureux encore
que coupables ! Car, eux aussi, comme Amédée
Aubert, ont apporté, pour la plupart, un cœur pur et
droit, un sens religieux profond, et la marâtre des
intelligences les a flétris de son haleine de harpie !
Elles sont ainsi justifiées, les craintes, les prévisions
du vieil abbé Prudent, lui qui, ces dernières vacances,
répétait encore avec un sentiment d'inexprimable tristesse : *L'orange sent déjà le pourri !*...

Il n'en poursuit pas moins, le bon vieillard, son projet de dessiller des yeux déjà trop dessillés, et de chercher à remédier à un mal devenu irrémédiable. Agé
de près de quatre-vingts ans, il se sent à la veille de
défaillir ; sa robuste constitution est sur le point de succomber à cette incurable maladie qu'on nomme la
vieillesse ; mais qu'il s'estimerait heureux de pouvoir,
avant de mourir, sauver cette jeune âme de sa perte,
cette famille respectable de la désolation ! Il n'y compte
guère, car il connaît l'invincible obstination du capitaine ; mais enfin... qui sait? quelquefois le coup porte
au moment où l'on y songeait le moins. Il écrivit
donc :

MYSTÈRES. TRINITÉ. INCARNATION.

« Ce qui faisait le fond de notre raison (c'est-à-dire
« l'infini, le fini et leur rapport) fait aussi le fond de

« la raison éternelle, c'est-à-dire une triplicité qui se
« résout en unité, et une unité qui se développe en tri-
« plicité. L'unité de cette triplicité est seule réelle.....
« Quelle est cette unité? L'intelligence divine elle-
« même : voilà le Dieu trois fois saint. Sa vie n'est que
« l'idée de l'infini, du fini et de leur rapport, car elle
« n'est pas autre chose que le mouvement qui va de
« l'unité à la multiplicité, et qui ramène la multiplicité
« à l'unité. Or, le droit comme le devoir de la philo-
« sophie est, *sous la réserve du plus profond respect*
« *pour les formes religieuses*, de ne rien admettre qu'en
« tant que vrai en soi et sous la forme de l'idée... Le
« mysticisme est la forme nécessaire de toute reli-
« gion, en tant que religion, mais sous cette forme
« sont des idées qui peuvent être ABORDÉES et COMPRISES
« en elles-mêmes ; un Dieu qui nous serait absolu-
« ment INCOMPRÉHENSIBLE est un Dieu qui n'existe pas
« pour nous (1). »

———

« La philosophie arienne (qui niait la divinité du
« Verbe) est préférable à la philosophie chrétienne ;
« car je ne comprends pas un Dieu plus grand que
« l'autre, ni un fils aussi grand que son père (2). »

———

« La réforme socinienne eut pour objet essentiel de
« rentrer, par l'interprétation critique des textes, dans
« les doctrines primitives de J.-C., et de débarrasser
« la religion de L'ERREUR FONDAMENTALE qu'y a rattachée
« le moyen âge, et que la réforme elle-même a main-
« tenue, c'est-à-dire de cette sorte de polythéisme qui

(1) Cousin, *Introd. à l'Hist. de la philos.*, 5° leçon, p. 135,
136, 137, etc., éd. de 1841.
(2) Lacretelle, *Cours public de 1837, Ami de la religion,*
t. XCII, p. 43, 44.

« est enseignée sous le nom de Trinité chrétienne (1). »

———

« L'intrépide, l'éloquent Athanase a donc souvent
« rempli ses ouvrages d'une scolastique subtile. (S.
« Athanase défendait les dogmes de la Sainte Trinité et
« de la divinité de J.-C...) La doctrine d'Arius (négation
« de ces mêmes dogmes), doctrine encore enveloppée
« à sa naissance de subtilités scolastiques, était plus
« méthodique, plus simple, plus faite pour devenir
« universelle (2). »

———

« Le Christ, COMME TOUS LES RÉVÉLATEURS, est homme,
« mais, PLUS QU'UN AUTRE, il a du Dieu dans l'âme,
« et même la Divinité l'absorbe; alors, il se confond
« avec elle, et cet hyménée sacré devient pour lui une
« identité ; il ne se connaît plus comme homme, il se
« croit comme Dieu ; voilà l'homme... L'homme ap-
« pelle divin tout ce qui révèle l'humanité ; comme il
« se sent Dieu lui-même, en ce sens qu'il en participe,
« il divinise ce qui est grand, bon et salutaire ; rap-
« prochement nécessaire, CONFUSION glorieuse de Dieu
« et de l'homme, INCARNATION [continuelle qui, de jour
« en jour, devient plus sensible et plus intelligible...
« Car la nouveauté spiritualiste habite Socrate avant
« d'habiter Jésus (3). »

———

« La raison est donc à la lettre une révélation, une
« révélation nécessaire et universelle, qui n'a manqué
« à aucun homme, et a éclairé tout homme venant en

(1) Matter, insp. gén. de l'Univ., *Hist. de l'Égl. chrét.*, t. IV,
p. 233 et suiv.

(2) Villemain, *Nouv. Mélanges*, p. 160, etc.

(3) Lherminier, *Revue des Deux-Mondes*, t. VII, p. 732, 733.
Ibid., 2e série, t. II, p. 93. *Philos. de droit*, t. II, p. 340.

« ce monde ; la raison est le MÉDIATEUR nécessaire entre
« Dieu et l'homme, ce *logos* de Pythagore et de Pla-
« ton, ce VERBE FAIT CHAIR, qui sert d'interprète à Dieu
« et de précepteur à l'homme, *homme à la fois et Dieu*
« *tout ensemble*. Ce n'est pas, sans doute, le Dieu ab-
« solu dans sa majestueuse indivisibilité, mais sa
« manifestation en esprit et en vérité ; ce n'est pas
« l'être des êtres, mais le Dieu du genre humain (1). »

———

« Le rôle révélateur a dû succéder pour Dieu à ce-
« lui de créateur ; il a produit, puis il a instruit ; non
« qu'à cet effet il ait PRIS VISAGE ET CORPS, et se soit IN-
« CARNÉ sous quelque forme. Tout ce qui s'est dit de
« semblable sur cette matière est FIGURE ET POÉSIE (2). »

———

« Dans une petite ville de Judée, il naquit un Dieu
« ou le plus grand des hommes (3). »

———

« La Rédemption et la médiation de J.-C. sont de
« ces *mythes*, de ces *symboles*, de ces *figures*, que le
« soleil de la philosophie dissipera (4). »

———

« Je crois que jamais usurpation ne fut plus néces-
« saire que celle de César ; il succéda à la république,
« devenue désormais impossible, et prit une place lé-
« gitime entre *Brutus* et *Jésus-Christ* (5). »

(1) Cousin, *Cours d'hist. de la philos.*, p. 54, 55. Préf. de la
1ʳᵉ édit. des *Fragments*, 3ᵉ édit., t. I, p. 78.

(2) Damiron, *Essai sur l'hist. de la philosophie*, 2ᵉ édit. de Paris, p. 243.

(3) *Cah. d'hist.*, dicté aux élèves de 4ᵉ et de 5ᵉ au collège d'A-
vignon.

(4) Jouffroy, Idée fondamentale des *Mél. philos.* et du *Problème de la destinée hum.*, p. 475, 485, etc...

(5) Lherminier, *Revue des Deux-Mondes*, t. VII, p. 740.

« L'homme d'autorité s'est rapproché de la raison
« suprême ; il s'est fait Dieu autant qu'il était en lui ;
« qu'il s'appelle César où Jésus-Christ, Shakespeare
« ou Platon; PEU N'IMPORTE (1). »

—

Quelque clairs que fussent ces textes, même pour
une femme peu versée sans doute dans les matières
philosophiques, le vieillard prenait cependant soin de
les accompagner de quelques explications qui en faisaient mieux ressortir l'absurdité et l'impiété. Si nous
nous dispensons de rapporter ces gloses aussi simples
que concluantes, c'est parce que nous supposons que
l'intelligence même la plus ordinaire peut saisir le sens
déplorable des doctrines des chefs de l'Université.
Evidemment, pour ces messieurs, la religion n'est plus,
ses dogmes fondamentaux ont croulé ; une autorité
nouvelle, la Raison, doit remplacer ce Christianisme
usé, qui depuis dix-huit siècles règne en souverain sur
le monde. Les citations postérieures feront mieux ressortir encore cette pensée. Et vraiment, on s'étonne
que quand ces audacieux écrivains prennent si peu la
peine de cacher leur arrière-pensée, et battent si visiblement en brèche la foi de nos aïeux, on s'étonne,
dis-je, qu'il se trouve encore tant de pères et de mères
de famille pour livrer avec une si grande sécurité leurs
enfants aux disciples de tels maîtres ; on se sent saisi
d'une tristesse profonde à voir l'indifférence avec laquelle la France chrétienne supporte si longtemps un
joug que chaque jour ne fait qu'aggraver davantage.
Faut-il donc que de nouvelles catastrophes apprennent
encore une fois à la reine des nations ce que vaut, ce
que peut une génération impie ?

(1) Lherminier, *Revue des Deux-Mondes*. t. VIII, p. 471.

Jusque-là l'aumônier s'était tû. Aux questions pressantes que lui faisait Mme Aubert, il répondait par des phrases rares, élaborées, évasives. Hélas ! le pauvre homme était dans un grand embarras. Placé entre les exigences de sa position et les cris de sa conscience, il n'osait ni rassurer tout à fait, ni éclairer cette femme si digne, qui révélait à l'égard de son fils une sollicitude si touchante. Il lui en coûtait également de dire la vérité et de la taire. Vaincu à la fin par ses importunités, et j'ose dire par ses larmes, il céda. Mme Aubert lui avait fait entendre que les explications qu'il voudrait bien donner étant seules capables d'ouvrir les yeux de son mari, elle le rendait responsable de l'âme de son fils. A ce mot décisif, il se rendit et écrivit :

« Madame,

« Je m'étonne presque de l'insistance que vous mettez à obtenir de moi des explications sur la position de votre fils. Il me semble que depuis longtemps ma réponse est faite ; car, en pareil cas, ne pas répondre, c'est assez répondre. Evidemment, si j'avais pu vous rassurer, je l'aurais fait. Prêtre, comprenant à merveille la nature de vos inquiétudes, j'aurais dû y mettre un terme, et je n'aurais pas attendu à être provoqué pour vous dire dès l'abord : *Votre fils ne court que les dangers communs, attachés à toute réunion de jeunes gens.* Malheureusement, il n'en est pas ainsi : d'autres périls beaucoup plus graves le circonviennent, et, je dois vous le dire avec franchise, je doute fort qu'il y échappe, si déjà il n'y a succombé. L'enseignement est impie. La plupart des maîtres sont positivement dénués de foi, et les autres au moins très indifférents en fait de pratiques religieuses. C'est une plaie triste à révéler, mais qui existe. Les livres

qu'on met entre les mains des jeunes gens, ceux qu'on
leur donne en prix, ceux qu'on leur conseille de lire,
sont pour la plupart plus ou moins entachés de doctrines antireligieuses. Mais, encore une fois, l'exemple des maîtres fait tout, et je dois vous avouer, la
rougeur sur le front, qu'il en est qui poussent l'impudence à un degré que ma plume se refuse à exprimer.

« Du reste, madame, pour vous expliquer ma position au sein du collège, je ne puis mieux faire que de
vous transcrire un rapport fait avant 1830, mais qui
n'a été rendu public que plus tard. Les aumôniers des
collèges royaux de Paris, consultés par M. le ministre de l'instruction publique, sur l'état respectif de
leurs établissements, répondirent par le mémoire col-
lectif que vous allez lire :

RAPPORT A Mgr L'ARCHEVÊQUE DE PARIS (1).

« Les aumôniers des collèges royaux de Paris et
de Versailles ont l'honneur de vous transmettre les
renseignements que vous leur avez demandés sur
l'état religieux et moral de ces collèges. Ils sont heureux que vos ordres les aient mis à même de s'exprimer sur d'aussi graves intérêts. Le silence pesait à
leur conscience...

« C'est tous ensemble qu'ils vous offrent ce rapport, parce que tel est le désir exprimé par la lettre
qu'ils ont reçue de Votre Grandeur. D'ailleurs leurs
devoirs sont les mêmes, leurs peines sont communes,
et les pensées qu'ils ont à exprimer ne concernent ni
des désordres particuliers, ni tel collège royal plutôt
que tel autre.

(1) Ce mémoire est de l'illustre P. Lacordaire, alors aumônier
de l'un des collèges de Paris. Il s'en déclara l'auteur, après le
sac de l'archevêché de Paris, où le manuscrit avait été retrouvé.

« Persuadés que les malheurs de la religion dans l'Université tiennent à des *causes générales*, les sous-signés écarteront donc toute question locale et personnelle. Ils se borneront à signaler l'état religieux et moral des collèges royaux de Paris, se souvenant toutefois, dans leur exposé, des barrières mille fois sacrées que le ministère dont ils sont honorés leur interdit de franchir.

« Renfermés dans ces limites, ils ont l'honneur de soumettre à Votre Grandeur les faits généraux qui suivent, comme vrais en eux-mêmes, et toutefois comme une peinture AFFAIBLIE du triste état de la religion dans leurs collèges.

« 1° Les aumôniers sont dans un abattement profond et dans un dégoût qu'aucun terme ne saurait exprimer, à cause de l'impuissance presque absolue de leur ministère, quoiqu'ils n'aient négligé ni soins, ni études, pour le rendre fructueux.

« 2° Les enfants qui leur sont confiés sont A PEINE entrés dans l'Université, que déjà les bons sentiments qu'ils ont puisés dans leurs familles commencent à s'altérer. Un ennui marqué les accompagne dans les exercices les plus simples, les plus nécessaires de la vie chrétienne, et c'est heureux si, aux approches de leur première communion, pendant quelques jours seulement, on peut les faire sortir de l'état machinal dont ils ont contracté l'habitude dans l'accomplissement de leurs devoirs religieux.

« 3° S'il en est quelques-uns qui demeurent fidèles à leurs premiers sentiments, ils chercheront à les cacher comme un secret funeste. On les verra affecter une légèreté qu'ils n'ont pas, et demander grâce en mille façons de valoir un peu mieux que leurs condisciples. Le respect humain fatigue ainsi ces âmes tendres par une persécution sourde et continuelle, quelquefois même plus ouverte. L'idée du bien no leur apparaît qu'avec celle de la honte. Ils n'osent prier qu'en fermant le livre de la prière ; le signe de la croix devient pour eux un acte de courage, et, dans une nombreuse assemblée de ces enfants, réunis pour adorer Dieu, un étranger ne discernerait pas toujours s'ils sont chrétiens avant d'avoir regardé l'autel.

« 4° Leur foi n'a pas encore péri; mais un peu plus tard, entre quatorze et quinze ans révolus, nos efforts deviennent inutiles ; nous perdons alors toute influence religieuse sur eux, en telle sorte que dans chaque collège, les classes réunies de mathématiques, philosophie, rhétorique et seconde, comptent à peine, sur quatre-vingt-dix ou cent, SEPT OU HUIT élèves qui remplissent leur devoir pascal.

« 5° Or, ce n'est ni l'indifférence, ni les passions seules qui les amènent à un oubli général et si précoce de leur Dieu, mais *une incrédulité positive*. Comment, en effet, croiraient-ils, en voyant tant de mépris pour la religion, en prêtant l'oreille, tous les jours de leur vie, à des discours si contradictoires, en ne trouvant de christianisme qu'à leur chapelle, et encore un christianisme vide, de pure forme et comme officiel ? Nous-mêmes, nous sentons périr sur nos lèvres, quand nous leur parlons, la sainte hardiesse de la foi; nous ne sommes plus devant eux des ministres de J.-C., mais de simples maîtres de philosophie. Nos prétentions se bornent à jeter quelques doutes dans leur âme, à leur faire penser qu'après tout il serait peut-être bien possible que l'Evangile fût l'ouvrage de Dieu, et nous avons le malheur de ne pas même toujours laisser à leur esprit cette dernière ressource contre les préjugés antireligieux.

« 6° Les voilà donc à quinze ans, sans règle de leurs pensées, sans frein pour leurs actions, si ce n'est une discipline extérieure qu'ils abhorrent, et des maîtres qu'ils traitent comme des mercenaires. La crainte des châtiments et l'intérêt de leur avenir donnent seuls à l'esprit de révolte dont ils sont imbus, quelques apparences de soumission, et, fatigués d'une vie que la religion n'adoucit en rien, ils regardent le collège comme une prison et leur jeunesse comme un temps de malheur.

« 7° Enfin, quand le cours de leurs études est achevé, faut-il dire combien il en est dont la foi se soit conservée et qui la mettent en pratique ? Il en est environ chaque année UN par collège !

« Ainsi, un aumônier qui consacrera huit années de sa vie à l'Université, peut espérer tout au plus de faire, dans ce laps de temps, HUIT à DIX chrétiens... Ainsi, un enfant envoyé dans une de nos maisons, composée de quatre cents élèves, pour y passer les huit années scolaires, n'a que huit ou dix chances favorables à la conservation de la foi ; tout le reste est contre lui, c'est-à-dire que, sur *quatre cents* chances, il y en a TROIS CENT QUATRE-VINGT-DIX qui le menacent d'être un homme sans religion. Tel est le chiffre qui exprime, dans l'Université, l'espérance ; tel est le résulat final de tous nos travaux. Il peut encore se vérifier en remarquant, dans les écoles spéciales de tout genre, le petit nombre de jeunes gens qui pratiquent leur religion. Ce petit nombre même, sauf quelques exceptions, n'est pas sorti des maisons de l'Université....

« Nous attestons toutes ces choses, Monseigneur ; c'est à regret, toutefois, que nous les avons dites et que nous avons peint sous des couleurs si peu favorables, des enfants qui nous sont devenus chers dès le jour qu'ils nous ont été confiés. Mais, indépendamment de vos ordres, qui nous en faisaient un devoir, nous nous consolons de cette triste nécessité, en pensant que nous leur donnons aujourd'hui la plus grande preuve d'attachement qu'ils aient encore reçue de nous ; et d'ailleurs, qui ne reconnaîtrait que ces enfants sont bien plus à plaindre qu'à condamner?

« Il est vrai que le découragement semble justifié, lorsque l'on considère que dans tous les temps, sous tous les régimes, après des réformes multipliées, l'Université actuelle a toujours porté les mêmes fruits. Quelques-uns d'entre nous ont passé leur jeunesse dans son sein ; ils ont vu autrefois, comme ses élèves, ce qu'ils voient aujourd'hui comme ses fonctionnaires, et ils ne se sont jamais souvenus de leur éducation qu'avec une ingratitude sans bornes, comme ils ne se rappelleront leur ministère actuel qu'avec douleur....

« Les soussignés s'arrêtent là... Ils ajoutent seulement qu'il ne leur est pas permis de croire que le christianisme, qui a tiré tant de peuples de l'ignorance et de la barbarie, ait été privé du don d'élever les générations dans la crainte de Dieu, et que, rendu à sa liberté légitime, il ne puisse encore accomplir sa noble et divine mission....

« Nous sommes avec respect, etc. »

(Suivent les signatures des neuf aumôniers.)

« Ces sentiments, madame, continuait l'abbé Taitois, sont les miens ; ces convictions, je les partage. Seulement, le rapport que vous venez de lire n'est bien réellement que l'*expression affaiblie* de la vérité. Il n'insiste point assez sur les causes réelles du mal, ni sur ses terribles conséquences. Il ne dit point assez ce qui peut-être n'était pas encore visible alors, mais ce qui a atteint aujourd'hui le dernier degré de l'évidence, à savoir que cette *incrédulité positive* dont on se plaint est le résultat de l'enseignement même, la conclusion obligée des doctrines des maîtres, à commencer par les sommités ; car c'est ouvertement et en plein soleil qu'on attaque, dans des livres classiques, dans des *manuels*, les bases mêmes de la religion et de la société ; car les formes nébuleuses dont on s'enveloppe pour le commun des lecteurs, tombent nécessairement devant l'enseignement plus précis des maîtres ; il ne dit point surtout que la conduite même des professeurs de toute classe et de tout âge est en général celle de gens sans religion, que beaucoup d'entre eux, surtout les célibataires et les jeunes gens, sont formellement impies ou au moins indifférents. Enfin, le rapport n'insiste pas assez sur la dépravation des mœurs, qui est la plaie, l'horrible plaie des établissements universitaires, et qui n'est, hélas ! que la conséquence nécessaire des doctrines qu'on y professe. Car s'il n'y a ni mystères, ni dogmes, ni révélation, ni Christ, ni Dieu distinct de la raison, ni ciel, ni enfer, qu'est-ce que la vertu ?

« Je m'arrête là, madame, et je pourrais multiplier les témoignages ; mais c'est assez, trop peut-être. Néanmoins, j'ai cru pouvoir dire tout cela à une mère chrétienne ; je compte assez sur votre discrétion pour supposer que vous n'abuserez point de ma confiance. Non que je ne désire au fond que ces tristes vérités soient connues de toute la France, et surtout des mères de famille ; mais ma position exige de la prudence, et la moindre indiscrétion pourrait nuire au peu de bien que je fais ici.

« Quant à votre fils, en particulier, vous comprenez, madame, que je ne puis rien spécifier. Je vous

ai signalé les dangers qui existent pour lui comme
pour tout autre ; priez Dieu pour qu'il en soit préservé.

« Je suis, madame, etc.   J. TAITOIS. aumon'. »

Rapprochons de cette lettre celle que Mme Desgrenats recevait presque en même temps du supérieur
du séminaire :

« Madame,

« Le témoignage que j'ai à vous rendre de votre fils
est toujours excellent. Henri est tout ce que nous pouvons désirer ; il sert de modèle à ses condisciples. Il
vient d'être élevé, par leur suffrage unanime, à la
dignité de *Président de la congrégation.* Cette congrégation est une association pieuse en l'honneur de
Marie. Nous avons toujours cru que la dévotion à
cette reine des Vierges est la meilleure sauvegarde de
la vertu des jeunes gens, et tous les jours l'expérience
nous apprend que nous ne nous sommes point trompés.

« Pour répondre à votre autre question, je vous
dirai que les dangers dont on vous a parlé sont loin
d'être aussi graves qu'on cherche à les peindre. Il est
malheureusement vrai que parfois une brebis galeuse
s'introduit dans la bergerie ; mais elle n'a pas le temps
d'y exercer ses ravages. Notre surveillance est assi-
due, notre sévérité inexorable. C'est pour nous une
affaire de conscience. Nous n'oublions pas que nous
avons en mains les espérances du clergé, et par conséquent l'avenir de la religion dans ce beau diocèse ;
à ce prix nous n'hésiterions pas à sacrifier dix innocents plutôt que d'épargner un seul coupable.
Mgr nous a donné sur ce point les ordres les plus for-
mels ; tout récemment encore, il nous a recommandé
d'être excessivement exigeant à l'égard des jeunes
gens qui nous viennent des collèges, surtout s'ils sont

déjà d'un certain âge, l'expérience démontrant qu'ils
sont presque tous gâtés. Je puis vous assurer du
reste, et sans sortir de la discrétion que mon titre
de confesseur m'impose, que les fautes contre les
mœurs sont à peu près inconnues ici, et que le danger de
la contagion est presque nul. La confession fréquente,
la communion de tous les mois pour la masse, de la
quinzaine pour un bon nombre, de la semaine même
pour quelques-uns sont les moyens que nous em-
ployons pour couper le mal dans sa racine. Ajoutez à
cela l'usage de la méditation, les prédications fréquentes, les saintes lectures, l'étude, le bon exemple, et
voyez s'il est possible à l'ennemi d'entrer ou du moins
de prendre pied dans l'âme de nos jeunes gens.

« L'écolier dont on vous a cité le témoignage a été
renvoyé d'ici cet hiver, comme *suspect*. Il sortait d'un
collège. Sa culpabilité n'a jamais été prouvée ; mais
sa légèreté, quelques paroles imprudentes, et je ne
sais quelle impudence imprimée sur sa face, ont suffi
pour déterminer à l'éloigner. Vous jugerez par là si
nous sommes sévères. Aujourd'hui il s'en venge, à
ce qu'il paraît ; il m'est revenu de différents côtés
qu'il répand les calomnies les plus odieuses sur le
compte de notre établissement. Nous ne nous en in-
quiétons pas ; forts de notre conscience, nous conti-
nuerons à suivre notre voie, remettant à Dieu le soin
du succès.

« Agréez, madame, etc...   BONNEFOI, prêt. sup'. »

Le lecteur peut juger de l'impression diverse que de
semblables nouvelles faisaient sur l'âme des deux
mères. Autant la confiance renaissait chez l'une, autant la terreur et les remords augmentaient chez l'autre. Mme Aubert avait espéré un moyen d'agir sur

l'esprit de son mari; elle s'empressa de mettre sous ses yeux la lettre de l'aumônier. Le vieux soldat ne s'en émut point. — Qu'est-ce que cela? dit-il avec indifférence; il en verra bien d'autres au régiment. T'imagines-tu que les écoliers soient tous de petits saints? Et les soldats donc? Tu te trompes diablement si tu as ces idées-là...

— Mais, mon ami, est-il nécessaire que ton fils soit corrompu si jeune?

— Il est bon qu'il vive et qu'il sache vivre. D'ailleurs, qui te dit qu'il partage la contagion commune?

— Nous avons mille raisons de le craindre. Il faudrait un miracle pour qu'il en fût autrement, et nous ne pouvons y compter. Ne vois-tu pas toi-même qu'il est bien changé à notre égard? N'as-tu pas remarqué, pendant les dernières vacances, quelle répugnance il a montrée pour l'église et la prière, lui qui priait tant et si bien autrefois? N'as-tu pas vu l'ennui bien marqué qui l'accompagnait dans les exercices religieux? Il est clair qu'il ne s'y prêtait que pour se débarrasser de mes importunités. Trois fois, pressé par mes supplications, et je devrais dire par mes larmes, il s'est approché du tribunal de la pénitence; mais il ne s'est point assis à la table sainte... Oui, un secret pressentiment me le dit, mon fils est gâté, et peut-être sans ressource.

— Ma foi! vogue la galère! que veux-tu? Le goût du mal passera; cela n'a qu'un temps, et mieux vaut peut-être qu'il en soit quitte à bonne heure. Dans mon temps, au lycée, on n'en voyait pas d'autre; on n'en est pas plus mauvais pour cela. Il faut que jeunesse se passe... Laisse-le! laisse-le! Un soldat — puisque tu en veux faire un soldat — n'est pas un capucin. Non, ce n'est pas un capucin. Il faut qu'il sache un peu son monde..., etc...

Et pour fortifier le capitaine dans son entêtement, il survint, peu de jours après, une nouvelle qui, par l'excès de joie qu'elle produisit en lui, le força à prendre la plume une seconde fois pour écrire à son ami le lieutenant.

« Morbleu ! Desgrenats, je suis rempli de satisfaction ; il est bon qu'il n'y ait pas rien que des rhumatismes et des sciatiques dans la vie. Mon fils est boursier. Mais bourse entière. Voilà qui va vous mettre la puce à l'oreille, gage ! Allons ! émoustillez-vous ! C'est toujours bien commode de voir son gamin faire tranquillement ses classes, sans qu'il vous en coûte un sou. Vous êtes soldat comme moi. Si vous voulez vous servir de mes protections, je vous les offre de bon cœur. C'est le chef de bataillon Signevaux et le vieux Soult. Celui-ci s'est souvenu de moi, à cause de l'affaire de Toulouse. Vous n'avez qu'à écrire que vous y étiez, et vous êtes sûr de tout obtenir. Hâtez-vous. Je vous le répète, c'est bien commode, surtout quand on a une procession d'enfants. — Je vous embrasse de tout cœur.   AUBERT. »

Sur quoi Desgrenats répondit :

« On m'avait déjà fait la même invitation, capitaine, et je vous dirai qui : c'était Nourrissot, de l'état-major de Paris.

« Je m'étais décidé à écrire : l'affaire même allait son train, quand ma femme s'est mise après moi comme une sangsue ; le petit s'est joint à elle, et force m'a été de lâcher prise. Je ne m'en repens pas. L'enfant est bien dans sa garnison : pourquoi ne pas s'y tenir, comme vous le disiez avec tant de raison ? Après cela, le tricorne ou le schako, c'est comme il voudra : je le laisse libre. Il est parfaitement bien là.

Le fait est qu'il s'y plaît, et qu'il s'y est diablement
changé : on ne le reconnaît plus. Le tapageur d'autrefois, l'enragé des enragés, est devenu un agneau : c'est
à n'y pas croire. Quant à vous, je vous félicite. C'est
toujours une bonne aubaine, comme vous le dites,
quand on a une catégorie d'enfants ; je sens cela à
merveille, malgré que le prix de notre pension ne soit
pas bien fort. Enfin, je prends part à votre joie. On
dit bien des choses de ces collèges-là ; mais il faut
espérer que votre Amédée saura s'en garer ; il a tant
de jugement et de vertu !

« Voilà tout ce que mon rhumatisme me permet de
vous dire aujourd'hui. Je souffre comme un martyr ;
mais heureusement que j'ai la paix dans ma famille ;
cela compense bien des douleurs. Bonsoir, capitaine :
mes amitiés chez vous.   Desgrenats. »

Tourmentée au dernier point, comme une poule qui
voit périr un de ses poussins, Mme Aubert redoublait
d'activité dans sa correspondance, s'adressait tour à
tour à son fils, au proviseur, à l'aumônier, variant son
style, usant de précautions, mettant enfin à contribu-
tion toute sa rhétorique et toutes les ressources de
son cœur maternel. Ou on ne lui répondait pas, ou
l'on tournait la difficulté. Son fils en particulier mettait
une profonde malice à dévier les questions de sa mère,
à jouer vis-à-vis d'elle le rôle d'un enfant resté
vertueux. Nous pourrions citer plusieurs fragments
de ses lettres, si nous ne craignions d'exciter le dégoût
du lecteur. Mais M. le proviseur s'ennuyait des
importunités de cette femme. A la fin, il écrivit au
capitaine lui-même :

« C'est à vous que je m'adresse, monsieur le capitaine, pour vous demander si vous partagez les solli-

citudes de Mme Aubert au sujet d'Amédée. Je vous
donne ma parole d'honneur que s'il en est ainsi, je
vous renverrai votre fils sans retard. Il m'est souverai-
nement pénible de m'entendre sans cesse répéter :
*Mon fils est en danger... Je vous rends responsable du
salut de mon fils...* Je ne suis responsable de rien ; je
remplis mon devoir, je surveille les élèves autant que
je le puis, et le reste ne dépend pas de moi. Vous
conviendrez qu'un capitaine serait bien malheureux,
s'il devait répondre devant l'*Être suprême* de la conduite privée de tous ses soldats. Amédée va comme
un autre, ne donne point de trop graves sujets de
mécontentement ; c'est tout ce que je puis vous dire.
Mais, encore une fois, si cela ne vous convient pas,
parlez : on vous renverra votre fils. Je demande pardon
à Mme Aubert, mais je ne suis point doué de la
faculté de lire dans les cœurs : il m'est donc impossible
de lui dire si le cœur de son fils est gâté ou non. Je ne
sais même au juste ce qu'elle entend par un cœur gâté.

  « Nos démarches ont réussi : vous avez la bourse
entière. Je vous en ferais mon compliment bien sincère, si je ne savais que cette faveur vous est à peine
agréable, et vous sera sans doute inutile. Comme vous
voudrez : assez d'autres se trouveront pour prendre
la place. J'ai, à l'heure qu'il est, plus de vingt demandes
pour pareil objet, et de la part de mères de famille
assez consciencieuses, je puis le dire à Mme Aubert.
D'après la manière dont cette nouvelle a été accueillie
chez vous, j'ai lieu de croire, Monsieur le capitaine,
qu'elle y a excité de l'effroi plutôt que de la reconnaissance. C'est même là le terme dont on s'est servi
avec moi. Ayez la bonté de me faire connaître vos
intentions sur ce point, afin que je puisse proposer
un autre sujet à la munificence du gouvernement.

« Nous devons avoir une retraite à la rentrée prochaine. Cela prouvera peut-être aux esprits prévenus que Dieu n'est pas tout à fait banni de nos murs. Veuillez l'annoncer à Mme Aubert pour rassurer, si faire se peut, une tendresse bien excusable, sans doute, mais portée à l'excès.

« Recevez, Monsieur, etc.   VERNISSON, prov. »

—

« Du diable! que je refuserais cette faveur, répondit *ab irato*, et sur-le-champ, le capitaine Aubert. Pas le moins du monde, monsieur le proviseur, et j'entends en profiter tout le long de l'aune. On ne ramasse pas tous les jours des cadeaux comme celui-là. Ma femme est une bigote : rien de plus. Je vous prie de regarder comme non avenu tout ce qu'elle vous dit. Elle s'est fourré dans la tête que son fils est déjà au vestibule de l'enfer; faites-moi l'honneur de croire que je n'entre pas dans ces bêtises-là. Je tiens à ce que mon fils soit honnête homme, et je pense bien que ce n'est pas chez vous qu'il désapprendra à l'être. Je vous remercie, pour mon compte, des peines que vous avez prises pour cette bourse : mais du diable, encore une fois, si je songe à la lâcher. Amédée retournera chez vous, comptez-y ; je ne porte pas cotillon et je suis le maître chez moi. C'est elle qui a voulu que son fils entrât au collège : il y restera, je vous en donne ma parole d'honneur.

« J'ai parlé de votre retraite à ma femme qui en a secoué la tête. Qu'elle s'affûte! nous irons notre train. Si on voulait écouter une femme, ce serait s'en rapporter au coq du clocher. Elles ne savent jamais ce qu'elles veulent. Je vous le répète, monsieur, mon fils ne sortira de chez vous qu'avec son titre de bachelier.

« Je vous remercie encore, etc...

« AUBERT, cap. en retraite. »

Mme Aubert avait donc perdu tout espoir. Elle eut le loisir de s'attrister d'avoir pensé au collège pour son fils. Chaque fois qu'elle relisait la longue lettre de l'aumônier, et qu'elle sondait en imagination l'abîme où son fils descendait, un frisson d'horreur figeait son sang dans ses veines. Oh! que de mères, aussi confiantes qu'elle d'abord, ont eu, comme elle, à gémir des tristes suites d'une semblable résolution!

Ce qu'il y avait de remarquable, c'est que Amédée n'interrompait point sa correspondance avec son ami. Ils sont jetés maintenant à une distance prodigieuse l'un de l'autre; ils n'ont en quelque sorte plus rien de commun, et peu de quinzaines se passent sans qu'ils s'écrivent. Nous ne citons que quelques lambeaux de cette active correspondance:

AMÉDÉE A HENRI.

« Grande nouvelle, cher ami, un de nos professeurs s'est pendu (1). Voilà qui t'aura l'air d'un conte de l'autre monde, et c'est pourtant la vérité. Le professeur de philosophie a été trouvé pendu en bonne et due forme. A la bonne heure! celui-là au moins a du courage. Il y a longtemps que, si je me fusse appelé Tenledos, j'en aurais fait autant. Pourquoi M.*** s'est-il pendu? C'est ce qui n'est pas très sûr. On a cherché à accréditer le bruit d'un accès de folie; mais bah! nous n'avons fait qu'en rire. Tout le monde sait que ce brave garçon s'était fourvoyé dans une intrigue; que... que.... Mais je parle à un séminariste: il faut être prudent. A-t-il bien, a-t-il mal fait de se pendre? Grave question qui agite en ce moment le collège. J'ai entendu deux professeurs la discuter avec chaleur: ils se

_____

(1) Historique.

payaient mutuellement d'assez bonnes raisons *Adhuc
sub judice lis est.* Quant à moi, si j'avais voix au chapitre, j'opinerais pour l'affirmative. Oui, il a bien fait
de se pendre, si la vie lui était à charge. Quand le
manteau est trop lourd, on en débarrasse ses épaules.
Ce professeur avait de l'esprit, des connaissances;
l'avenir même semblait s'ouvrir devant lui sous une
perspective assez riante; mais nul, à ce qu'il paraît,
ne soupçonnait le ver rongeur qui le tourmentait au-
dedans. D'après la version la plus accréditée, la jalousie, les déceptions l'auraient poussé à cet acte de désespoir : cela, ou autre chose, qu'importe ? Il a joué
avec la vie ; il a voulu lever le rideau, et voir ce qui se
passe par derrière : c'est une idée comme une autre.
Mais que sait-il aujourd'hui ? La lumière s'est-elle faite
à ses yeux ? ou bien les ténèbres se sont-elles épais-
sies davantage ? Il me semble que la vie est une sphère,
lumineuse d'un côté, ténébreuse de l'autre : avons-
nous le côté sombre ou le côté éclairé ? C'est ce que
je ne sais pas, c'est ce qu'il a voulu savoir.

« Tu me trouves bien changé, dis-tu dans ta dernière
lettre. Oui, mon ami, j'ai changé, et d'une manière qui
m'étonne moi-même. Je ne saurais même te dire comment s'est opérée la métamorphose. Tant est que les
doctrines dont on berçait mon enfance sont tombées
comme des rêves. Je n'y crois plus : comme je te l'écri-
vais d'après un homme qu'on nous loue et qu'on nous
vante sans cesse : *Mon ancienne conviction s'est écroulée pièce à pièce ; il en reste pourtant encore quelque chose dans mon esprit ; mais ce n'est qu'une religieuse et poétique ruine* (1).,... Comme un autre grand
philosophe encore, que l'on nous donne en prix, qu'on

_____

(1) V. Hugo, cité plus haut.

nous conseille d'étudier, je puis dire : *La divinité du christianisme une fois mise en doute à mes yeux, je sens qu'au fond de moi-même il n'y a plus rien qui soit debout : tout ce que j'ai cru sur moi-même, sur Dieu, sur ma destinée en cette vie et dans l'autre, je ne le crois plus* (1). Que veux-tu que je te dise? La nature m'a fait logicien : sans science et sans étude, je me sens irrésistiblement pressé de tirer les conséquences des principes qu'on nous pose, et sans moi et presque malgré moi, j'arrive à des conclusions qu'on voudrait peut être nous cacher, mais qui percent, à mes yeux, les voiles dont on cherche à les envelopper, comme l'éclair perce les nuages. Tout ce que j'entends ici, tout ce que je vois, tout ce que je respire, contredit, dément les idées dont on berçait mon adolescence. Penses-tu que je sois dupe de ces vaines apparences de respect dont on poursuit une religion décrépite? Je vois là les bandelettes de la momie... Quand le proviseur et les professeurs *tirent* en public *leur chapeau* au culte chrétien, exhument, une ou deux fois par semaine, leur *profond respect pour les formes religieuses*, s'imaginent-ils tromper les yeux clairvoyants de leurs élèves? Ce serait une grande erreur. Nous pénétrons parfaitement cette pensée qui cherche à couvrir d'un simulacre d'honneur une religion dont on rit au fond, de peur de trop effrayer les bonnes gens qui, comme ma mère, ont gardé la foi naïve de leur berceau. Cette vérité nous saute aux yeux. Si ces messieurs étaient sincèrement catholiques, enseigneraient-ils ce qu'ils enseignent? Vanteraient-ils ce qu'ils nous vantent? Ne donneraient-ils pas des marques réelles, constantes, de leur déférence

(1) Jouffroy, *Ouvr. posthume.*

pour les dogmes chrétiens? Est-ce être catholique
que de venir bâiller, rire, se tordre, lisser ses favoris
et lire Paul de Kock ou George Sand à la messe? Est-
ce être catholique que d'exalter sans cesse les ennemis
du catholicisme, et d'en rabaisser les défenseurs? Va,
mon ami, il y a des sourires qui sont des arguments
bien forts, et j'en ai vu que je n'oublierai jamais....
Adieu !   « AMÉDÉE. »

Henri Desgrenats fut profondément affligé en lisant
ces tristes aveux. Il s'effrayait de la rapidité avec laquelle son ami descendait dans le chemin de l'erreur.
Pour lui, à mesure qu'il avance dans sa voie, il sent
au contraire sa foi s'affermir et le jour se faire. Non
qu'il n'éprouve encore des combats ; mais la force lui
vient dans la lutte, et il se sent tous les jours plus
puissant pour affronter les dangers de ce monde. Déjà
son horizon s'agrandit. Une voix d'en haut semble
lui montrer un but éloigné encore, mais sublime. Un
de ces textes heureux, qui font quelquefois sur l'âme
bien disposée une impression si profonde, est venu
se graver en traits ineffaçables dans son esprit : c'est
ce mot de Tertullien : *Honor Dei est salus hominis.* Le
salut de l'homme est l'honneur de Dieu. Oui, l'Éternel, l'Infini, est glorifié du salut d'une âme. Dès lors
ces deux idées, la gloire de Dieu, le salut de l'homme,
se lient dans la pensée de Desgrenats et ne font plus
qu'un. Dans le même moment peut-être où son ami
le collégien s'impressionnait du texte fatal qui devait
hâter sa chute, M. Hardy, de qui Henri tenait le mot
que nous venons de citer, prenait par sa parole, par
ses exemples, un empire de plus en plus grand sur
l'esprit de son élève. Soit sympathie naturelle, soit
instinct révélateur, le jeune prêtre avait conçu un

attachement particulier pour cet enfant si heureusement corrigé ; et croyant deviner en lui une âme plus
que commune, il lui jetait en pâture quelques-unes de
ces idées qui germent pour l'avenir. M. Hardy était
tout à la fois le professeur et le confesseur de Henri ;
et cette double action combinée exerçait sur cette
jeune et généreuse intelligence un ascendant qu'il est
plus aisé de comprendre que de définir. Desgrenats
n'avait rien de caché pour son maître ; il venait en particulier lui confier tout ce qu'il recevait d'Amédée, et
quelque dangereuse que pût être une telle correspondance pour un séminariste, l'abbé Hardy avait cru
pouvoir l'autoriser, parce qu'il était bien sûr qu'elle
ne ferait que raffermir son élève dans la vertu.

C'était même lui qui avait éveillé dans le cœur de
Desgrenats, parfois fatigué des blasphèmes de son
ami, éveillé, dis-je, le désir de travailler au salut de
cette âme déviée. Il encourageait les élans de sa piété,
il secondait les mouvements de son amitié. Il l'enga-
geait surtout à prier, lui faisant ressortir en termes
énergiques la puissance de la prière, cet agent mystérieux, invisible, qui opère tant de choses et joue un
rôle si profond et si caché dans l'économie du monde.

— La prière, disait souvent ce bon prêtre à son
élève, est pour moi la clef de toutes les énigmes. Je
ne m'étonne de rien quand je mesure la puissance de
la prière. A chaque heure, pour qui veut voir, la nature
physique ou morale est bouleversée dans quelqu'une
de ses lois : on cherche à expliquer cela par des principes de pyschologie ou de physique ; c'est la manie
des savants. Moi, je ne fais qu'en rire. La cause est
ailleurs. Que la campagne désolée reprenne tout à
coup un autre aspect, ou que la Chine s'ébranle vers
la croix, je cours en chercher la raison dans la prière

obscure, mais fervente, de quelque âme inconnue.
C'est ma solution, à moi. Que de graves événements
n'ont eu lieu, que de grands fléaux n'ont été écartés
que quand le dernier *Ave Maria* d'une pauvre pay-
sanne ou d'une humble religieuse est venu faire
pencher la balance ! On a écrit de gros livres pour
expliquer des faits qui n'avaient point d'autre raison
que celle-là. Prière ! prière ! vertu magique ! La seule
chose à qui Dieu ait départi quelque puissance ici bas !
Car remarquez, mon ami, que nulle part Dieu n'a
rien promis à la science, à la fortune, au pouvoir : il
n'a nulle part attribué de valeur à ces choses si esti-
mées des hommes. Mais à la prière, il promet tout:
*Tout ce que vous demanderez, dit-il, vous sera accordé,
Demandez et vous recevrez...,* etc. Aussi ses apôtres
le savaient bien ; eux qui restèrent plus de trois ans
avec lui, sans savoir le premier mot des sciences
humaines, sans lui en demander même de nouvelles,
et qui ne lui adressèrent jamais d'autre requête que
celle-ci : *Seigneur, apprenez-nous à prier.* — Horace a
dit : *Ne s'étonner de rien, c'est presque la seule chose
qui puisse rendre et conserver l'homme heureux* (1). Le
païen avait raison. Ne vous étonnez de rien, Desgrenats ; et quand quelque grand événement ravit les
hommes de joie, dites-vous : Voilà donc le mot décisif qui est monté vers le ciel...

« Priez, enfant, priez pour ce malheureux jeune
homme. Ce doit être là votre argument principal. Ici la
logique ne peut rien, la prière peut tout. Ne comptez
guère sur vos arguments : on y répondra toujours ; on
n'y cédera jamais, ne fût-ce que par amour-propre. Les

(1) Nihil admirari prope res est una, Numici,
Solaque, quæ possit facere et servare beatum.
(Epist. lib. I, ep, 6.)

raisonnements prennent un homme en face; on s'y attend, on les pare. La prière est une influence invisible qui prend l'homme par où et quand il s'y attend le moins. Sans doute ce malheureux est gâté; chez lui comme chez tous, *c'est le cœur qui fait mal à la tête*; il ne raisonne que pour se justifier, il entasse des arguments auxquels il ne croit pas, mais qui fournissent à ses passions un semblant de raison. Non, vous ne gagnerez rien en raisonnant; la logique est une science profane, païenne d'origine; elle a une étonnante puissance pour abattre, elle n'en a point pour édifier. Oh! qui donc a été ramené, du vice surtout, par la logique? Personne. On ne peut jamais raisonner beaucoup, sans déraisonner un peu. *Le raisonnement éteint la foi, comme le vent la bougie* (1). Or, la foi seule convertit. Tous les raisonnements du monde, toute la logique d'Aristote, ne valent pas ce mot dit avec la simplicité du cœur : *Converte nos, Deus salutaris noster, et averte iram tuam a nobis.*

(1) Fénelon, *Lettres spirit.*

Cinquième année.

AMÉDÉE AUBERT A HENRI DESGRENATS.
Mon professeur de troisième.

« Mon professeur de troisième est faquin. La nature l'a créé pour cela. Sa taille est petite, mais bien prise ; une beauté féminine resplendit sur sa figure de vingt-six ans. On le surnomme Adonis. Sa peau blanche et rose a l'éclat du satin. On le suivrait à l'odeur des parfums dont il se frotte chaque matin. Ses dents bien rangées et plus blanches que l'ivoire forment le plus joli soutien imaginable à deux lèvres fines et rosées. Il a dans le regard la douceur d'une colombe, et dans le sourire un charme indéfinissable. Toute sa petite personne enfin est pleine de grâces et d'attrait.. Mais ce n'est point là qu'Adonis a placé sa coquetterie ; ce n'est point de ce principe que part cette ineffable satisfaction de lui-même qni rayonne sur tout son être. Adonis est ou se croit savant ; c'est sous le pédantisme scientifique qu'il cherche à cacher le tendre attachement que lui inspire sa beauté. Le dameret s'abrite derrière le bachelier ès-sciences. Consultez-le : il ignore s'il est beau, lui qui passe deux heures par jour au miroir ; mais ce qu'il sait fort bien, c'est qu'il est savant. Et en quoi, s'il vous plaît ? En mathématique, en géologie, en chimie. Ces grands mots hurlent avec cette jolie figure. Oui, mais c'est justement là qu'est le piquant : des mots épouvantables avec une physionomie charmante. Juge de l'effet, quand de ces lèvres si fines, si souriantes, tombent constamment des mots comme ceux-ci : *Sesquichlorure de chrôme*, ou encore *acide sulfoxi-phosphorovinique*, ou bien *perchlorhydrargyrate de bimercurammonium*, ou même, — respirons, s'il vous plaît, — *bichlorhydrate de bromhydraté de cinchonine bichlorée*. Quels barbarismes ! Mais voilà le langage de mon professeur de troisième. Il lit les bulletins de l'Académie des sciences, l'*Écho du monde savant*, les mémoires de l'Académie des inscriptions et belles-lettres. Il correspond avec l'Institut. Sa manie est de nous vanter la physique, et de maugréer la littérature. Il appelle les vers de Virgile des bulles de savon. Selon lui, ce pauvre Maron ne savait rien en physi-que. Il nous a fait tout un cours de géologie à l'occa-sion de la descente d'Enée aux enfers. A propos de la maison d'Assaracus, il nous a expliqué la composition du ciment romain. Fidèle au principe *Tout est dans tout*, il nous parle de gaz, de tartrate et de paratar-trate, quand le texte roule sur Nisus et Euryale. Mais ce que rien ne peut exprimer, c'est la fatuité d'*Adonis* ; il me rendrait la science horrible, si je ne savais que la science n'est point responsable de la sottise de ceux qui l'enseignent.

« Mon professeur est naturellement matérialiste. Il explique tout par les mathématiques et le gaz. Il affirme que la matière fait toujours reculer l'esprit, ou en d'autres termes, que tous les jours *Dieu recule d'un pas* (1). Il appelle la vie *un accident*, la pensée *un phé-nomène*. Il nous demandait un jour ce qu'il y a de plus excellent, de culminant dans le système universel : un malin s'avisa de dire la moutarde ; un autre, la

(1) *A chaque découverte Dieu reculait d'un pas*, etc... (Ferrari, *Vico et l'Italie*, p. 63.)

pensée ; un troisième, le Tonquin. — LE GAZ HYDRO-
GÈNE! Messieurs, répondit-il avec emphase, LE GAZ
HYDROGÈNE (1)! Il n'y a qu'Adonis au monde pour dire
de ces bêtises-là. Et sa jolie bouche s'y prête à merveille. Il me semble parfois qu'elle est faite exprès
pour cela. Mais, je le répète, au fond, ce n'est pas la
science, mais lui-même qu'Adonis adore. Il est fou
de sa petite personne. Il prononce le MOI avec un
charme infini. Tout son petit être passe dans ce petit
mot. Adonis ne prend que la moitié du grand système : le MOI est tout pour lui, le NON-MOI n'est rien.

« J'ai ri sous d'autres maîtres : sous celui-ci, je bâille.
Que Dieu protège nos mâchoires!...   AMÉDÉE. »

———

ISIDORE D'AURAY A HENRI DESGRENATS.

« Pardon, bon ami, du long retard que je mets à te
répondre, mais je travaille. Que ce mot ne t'étonne pas.
Je travaille! Note bien ceci et le prends au sérieux.
Mon enfance s'envole. Le chardonneret mue. Le papillon se transforme. Je n'ai fait jusqu'à présent que
sucer les fleurs de la vie ; il est temps que je songe
à composer un peu de miel. Le bon Père Gottlieb me
dit que c'est chose sérieuse que d'être homme : je
commence à le croire. Il me traite avec une douce
rudesse : il veut que je sache qu'on ne vit pas pour
rien. Et remarque bien qu'il me dit cela en allemand,
ce qui est infiniment terrible : cette langue allemande
ne rit jamais.

« Quand je lui montre mon étoile, il secoue la tête
avec gravité, et me dit de monter plus haut. Ce n'est,
selon lui, qu'un clou du trône : encore le croit-il
rouillé. Montons donc plus haut. Quand je dis au P.

(1) Historique.

Gottlieb que je crains de m'égarer, il me répond que dans ce vaste océan d'amour le moyen de se retrouver est de se perdre. *Qui perdiderit animam suam... salvam faciet eam* (1). Que répliquer à cela, surtout quand c'est dit en allemand?

« Oui, mon ami, le jour se fait : je sors du nid, je regarde autour de moi, et l'horizon est immense. As-tu vu quelquefois une mère provoquer ses oisillons à voler? Quel étonnement pour ces pauvres petits! J'en suis là. Il me dit des choses extraordinaires, ce cher Père Gottlieb; il me parle de vocation, de destinée à remplir, de sacerdoce à exercer; il me soutient que j'ai, comme mon étoile, une place marquée dans ce monde, et que Dieu me grondera, si je ne la remplis pas. Le Dieu que l'on me prêche ici n'est plus tout fait celui de ma mère, lequel m'envoyait des bonbons, faisait pleuvoir des pralines quand j'étais sage, ou bien me boudait et me faisait des menaces quand je n'étais pas obéissant. Celui-ci est plus sérieux. Il a fait le ciel et la terre pour moi, et moi pour lui. Je me dois à sa gloire; il m'a assigné une portion de son champ, qui est le monde, — *Ager autem est mundus* (2), — et je lui en dois compte. Mes yeux ne sont pas seulement faits pour mirer une étoile, ni ma bouche pour bâiller au soleil.

« Eh bien! soit. Marchons donc dans cette voie nouvelle qu'on nous trace. Pourquoi ne pourrions-nous pas ce que tant d'autres ont pu?

« C'est le P. Gottlieb qui m'apprend à parler allemand, et je fais de grands progrès sous lui. Ces bons Pères ont un talent singulier pour rendre aimables les choses les plus pénibles. Il m'a donné pour livre clas-

(1) Marc, VIII, 35,
(2) Matth., XIII, 38.

sique la vie de saint Stanislas de Kotska ; mais je
m'aperçois souvent qu'au lieu de la forme, c'est le
fond qui m'occupe. Oui, mon ami, je m'étonne des
grandes choses que Dieu a faites par ses saints, il
me prend une grande envie de les imiter. Je couve
même un projet, dont je te parlerai plus tard, s'il mûrit, et prie Dieu pour qu'il en soit ainsi.

« Il y a une chose qui m'attriste beaucoup, c'est
que nos bons Pères ont de nombreux ennemis en
Suisse (1). Tu ne te figures pas les bruits absurdes
qu'on fait courir sur leur compte. Dimanche dernier,
le P. Gottlieb m'a fait lire, pour ma leçon d'allemand,
un article de journal sur les jésuites de Fribourg
même ; eh bien ! jamais tu n'imaginerais les inventions
qu'on faisait sur eux. *Les jésuites ont un magasin
d'armes ; ils font faire l'exercice à leurs élèves tous les
dimanches, on tire au pistolet... On chante publique-
ment* Domine salvum fac regem nostrum Henricum ;
on traîne le buste de Louis-Philippe dans la boue..., et
mille autres contes de ce genre. L'idée me vint de
prier le P. Gottlieb de m'aider à traduire cet article, et
de me le laisser lire au réfectoire le dimanche suivant.
Jamais tels éclats de rire que ceux qui retentirent
pendant tout le dîner. On crut que c'était une farce
de mon invention ; il fallut que je montrasse le journal à ceux qui savent l'allemand, pour les convaincre
qu'on avait pu imprimer des choses pareilles (2).

« Il n'y aurait vraiment là que de quoi rire, s'il n'y

(1) Les événements l'ont prouvé. Du reste, personne ne doute
aujourd'hui que sous le nom de jésuitisme, c'est au catholicisme
même qu'on en voulait.

(2) Historique. On lisait ainsi le *Constitutionnel* à Saint-Acheul.
Les élèves de ce temps se souviennent encore des bons moments
que leur fit passer l'ancien patriarche du libéralisme voltairien.

avait pas de quoi pleurer. C'est triste de songer qu'on ne peut pas même faire librement le bien ici-bas. Mais sais-tu l'effet que cela produit sur moi ? Cela m'attache davantage à ces pieux et habiles instituteurs ; mon estime et mon affection pour eux grandissent des calomnies de leurs ennemis.

« .... Un mot de ma mère. Quelle joie, quand elle m'entendit lui débiter un joli compliment en bon allemand, puis entretenir sans gêne la conversation avec elle ! Elle se croyait en plein Munich. Pour récompense, j'irai voir son lieu natal, aux vacances... Tu viendras avec moi... Mère, père, patrie, enfance, j'aime tout cela encore, Henri ; mais ces affections me semblent plus calmes, plus profondes. Est-ce que je deviendrais déjà homme ? J'ai peur du Père Gottlieb.... et de son allemand....

« Écris-moi. Le bon Père est content de toi, et je ne dis pas cela pour te flatter, mais pour t'encourager. Oh! si tu connaissais le bon P. Gottlieb ! tu serais trop fier de son suffrage. Il m'appelle ta doublure, et je m'en estime déjà heureux...

« Courons vite dans notre étoile, pour nous dire bonsoir et nous embrasser. Mais non, montons plus haut. C'est là, dans ce plus haut, dans cet océan sans fond et sans bords que je t'étreins de toute la puissance de mes bras et de mon cœur.   « ISIDORE. »

— Barbare ! barbare ! pourquoi m'appelle-t-elle barbare ? se disait le vieil abbé Prudent en essuyant ses lunettes, qu'il remettait aussitôt sur son nez; s'il y a quelqu'un de barbare ici, c'est bien elle. Lequel est le plus cruel de celui qui indique le loup pour qu'on l'évite, ou de celui qui lui jette l'agneau ? Elle doit assez me connaître pour savoir que je ne prends point de plaisir à la tourmenter sans fruit. Je vois bien que c'est sa tête cassée de mari qui s'obstine. Mais aussi n'a-t-elle pas eu son petit grain d'ambition ? Aujourd'hui, Dieu l'en punit. Poussons donc notre pointe jusqu'au bout. Parfois, il me prend envie de lui envoyer mon cahier tout entier, mais elle ne le lirait pas, et lui encore moins ; cet amas de blasphèmes impudents f ait l'effet d'un fumier, il faut qu'on se bouche le nez. Choisissons donc, ou plutôt prenons au hasard, et forçons-la de lire.

CHRISTIANISME. CATHOLICISME.

« La civilisation a fait passer le sceptre de l'autorité
« aux mains de la raison... La mission du christianis-
« me semble avoir été d'achever l'éducation de l'hu-
« manité et de la rendre capable de connaître la vérité
« sans figure, et de l'accepter sans autre autorité que
« sa propre évidence. Cette œuvre terminée dans un
« esprit, il est NÉCESSAIRE que le christianisme s'en re-
« tire (1). »

—

« *Le chœur des rois morts.* — O Christ! ô Christ!
« pourquoi nous as-tu trompés ? O Christ! pourquoi
« nous as-tu menti ? Depuis mille ans, nous nous
« roulons dans nos caveaux pour chercher la porte
« de ton Ciel. Nous ne trouvons que la toile que l'a-
« raignée tend sur nos têtes...

« *Le Christ.* — Le ciel est vide ; je suis seul au fir-
« mament. L'un après l'autre, tous les anges ont plié
« leurs ailes, comme l'aigle quand il est devenu vieux.
« Ma mère Marie est morte, et mon père Jéhovah
« m'a dit, sur son chevet : Christ, mon âge est venu.
« J'ai vécu assez de siècles de siècles... J'ai froid...,

(1) Jouffroy, *Mél. philos.*, p. 391.

« je suis las..., j'ai soif. Ma vieillesse est trop grande,
« je ne vois même plus ton auréole. Va! ton père est
« mort. Et le firmament a secoué son Dieu de sa
« branche, comme le figuier ses feuilles (1)... »

———

« L'Église catholique, ou l'indépendance de la re-
« ligion, est un développement naturel de l'ambition,
« de l'orgueil humain... Deux mauvais principes dans
« elle nuisent au respect des libertés légitimes : le
« premier, c'est la dénégation des droits de la raison
« individuelle...; le second, c'est le droit de coaction
« qu'elle s'arroge (2). »

———

« Son clergé favorisa le despotisme; il consacra
« des principes généraux à cette cause, et déduisit
« du droit divin la ruine de tous les droits (3). »

———

« Au bout de mille ans, LA CROIX opprima l'huma-
« nité au lieu de la secourir (4). »

———

« Le catholicisme a voulu frapper d'immobilité la
« science humaine...; il a voulu que les sociétés res-
« tassent immobiles ; sur tous les points, on le trouve
« excommuniant le génie de l'homme, immolant l'es-
« prit à la forme, le présent au passé; mais une fois
« qu'on est dans l'ornière, on y reste seul (5). »

———

« Le jour où l'esprit d'examen, c'est-à-dire l'esprit
« philosophique, a pris possession et s'est fait recon-

(1) Quinet, *Ahasvérus*, p. 324, etc.
(2) Guizot, *Essai sur l'hist. de France*, p. 304.
(3) Id., *Hist. de la civil. en Europe*, v° leçon.
(4) Roux-Ferrand, prof. d'hist. à Nîmes, 1832. Son cours imprimé, analysé par l'*Ami de la religion*, t. LXXXIV, p. 158.
(5) Lherminier, *Lettres à un Berlinois*, VIII.

« naître comme une puissance indépendante au sein du
« christianisme, ce jour-là, le catholicisme a péri (1). »

———

« Les révolutions l'ont frappé de mort (2). »

———

« Peut-être assisterons-nous à ses funérailles (3). »

———

« Ne viendra-t-il pas une autre époque où... une
« croyance nouvelle, héritière et fille du christianisme,
« en reproduira les dogmes, mais sous des formes
« qui conviendront mieux que les précédentes à la
« manière dont le monde voit aujourd'hui les choses?
« C'est un doute qu'exprimait, au siècle dernier, un
« écrivain dont les paroles méritent d'autant plus l'at-
« tention, qu'elles sont pleines d'une PLUS SAGE et PLUS
« HAUTE philosophie. Lessing l'a exposé dans un écrit
« de peu d'étendue... Ce doute de Lessing a été, dans
« le même temps, partagé par bien des penseurs... De
« nos jours, enfin, il s'est à peu près converti en certi-
« tude.... Il semble que nous ne sommes pas loin du
« moment où commencera pour nous cette ère nou-
« velle de la pensée... Que si quelques esprits se lais-
« sent encore saisir et ramener à la foi par le senti-
« ment, de telles conversions sont rares et difficiles;
« il est un autre moyen de conviction plus général et
« plus sûr : c'est l'instruction libre et franche, c'est
« l'enseignement populaire des sciences PHYSIQUES et
« morales. Voilà la vraie prédication qui convient en
« ce siècle aux classes inférieures (4). »

(1) Charma, *Essai sur les bases et les dév. de la morale*, p. 440.
(2) Nisard, *Mél. de littérat. Voyage à Liège.*
(3) (M.) Dubois, *Disc. pour la distrib. des prix. Ami de la religion*, 4 août 1831.
(4) Damiron, *Essai sur l'hist. de la philos. au* XIXe *siècle*, éd.
de 1828, t. I, p. 269, 270, 275.

« Baader et Gœrres font la veillée du catholicisme,
« et se consument à ranimer ce souffle. Ce n'est plus
« une religion, ce n'est plus une philosophie, ce n'est
« plus une poésie; c'est le débris de tout cela ensemble,
« une science sans nom, une foi sans nom, une POUS-
« SIÈRE DIVINE. Pour cette poussière, creusez un grand
« tombeau (1). »

« Le cardinal et le quaker sont ÉGALEMENT chrétiens.
« Car le catholicisme ne remonte pas au Christ. Le
« catholicisme n'est qu'une forme. Je ne puis en
« indiquer l'inventeur: cette invention n'appartient à
« personne, tout y a contribué (2). »

« Le catholicisme n'est qu'un débris ; ce fut jadis
« une belle plante qui souriait au soleil et purifiait
« l'atmosphère, et maintenant elle jonche la terre,
« DESSÉCHÉE ET PUTRIDE (3). »

« Vainement on a entrepris de ranimer au fond des
« cœurs la croyance aux anciennes doctrines, et de
« faire renaître le vieux temple de ses ruines disper-
« sées... Après avoir recommencé l'œuvre impie, les
« nouveaux Juliens sont obligés de se déclarer, comme
« lui, vaincus ; car Dieu n'a pas voulu que l'humanité
« fût semblable à l'animal impur qui se nourrit une
« seconde fois de ce qu'il a vomi : Sicut canis qui redit
« ad vomitum (4). »

« Le catholicisme a-t-il suivi l'esprit humain ? Non:
« il s'est jeté de côté, puis il a réprouvé, maudit le

(1) Quinet, Revue des Deux-Mondes, 3e série, t. I, p. 361.
(2) Lherminier, Cours au collège de France, 1834, analysé par
l'Ami de la relig., t. LXXXVI, p. 66.
(3) Joguet, prof. d'hist. à Nancy, Siècle, 18 mai 1839.
(4) Gatien Arnoult, Doctr. philos., p. 65.

« spectacle auquel il a été condamné ... Que fait-il? Il
« vit, il respire, mais enchaîné sur sa base par une
« insurmontable torpeur ; il occupe, il oppresse encore
« une partie du monde, mais il ne vivifie plus la
« terre ; c'est la décrépitude d'un grand corps lent à
« mourir (1). »

« La foi (à son enseignement) n'est qu'une raison
« aveugle, ignorante, enveloppée (2). »

« La vérité (dans le dogme catholique) est restée
« pure, tant que la lutte engagée pour lui donner le
« pouvoir a subsisté ; mais après..., la paresse humaine
« l'a enveloppée de formules dont la mémoire s'est
« chargée, et qui ont dispensé l'intelligence de com-
« prendre ; l'oubli du sens a permis la corruption des
« formes..., en sorte qu'aujourd'hui cette doctrine,
« jadis pleine de vérité et de vie, ne présente plus à la
« bonne foi du scepticisme naissant, qu'un assemblage
« informe de vieux symboles mutilés, à travers
« lesquels le sens primitif ne perce plus, et de maximes
« despotiques ou superstitieuses, ajoutées par l'ambi-
« tion du pouvoir ou l'abrutissement du peuple (3). »

« A moitié de l'histoire romaine, je l'ai rencontré (le
« catholicisme) vieillissant et affaissé ; je n'ai pas voulu
« y toucher, car je me rappelle les nuits où je veillais
« une mère malade : *elle souffrait d'être immobile ;*
« elle demandait qu'on l'aidât à changer de place, et
« voulait se retourner. Les mains filiales hésitaient :
« comment remuer ces membres endoloris ?—Pauvre
« vieille mère du monde moderne, reniée, battue par

(1) Lherminier, *Lettres à un Berlinois*, VIII.
(2) Gatien Arnoult, *Doctr. philos.*, p. 422.
(3) Jouffroy, *Comment les dogmes finissent*, p. 4 et 5.

« son fils, ce n'est pas nous qui voudrions la blesser
« encore en montrant ses plaies. Sa faiblesse, c'est
« d'avoir voulu satisfaire à la fois les principes con-
« tradictoires de l'esprit humain... Elle a reçu de
« *toutes parts* une foule de croyances locales ; ayant
« embrassé *l'humanité entière* (et elle souffrait d'être
« IMMOBILE !) elle en a subi les *misères et les contradic-*
« *tions ;* elle a reçu les souillures du monde (1). »

———

« *Le Christ.* — Plus noir que le fiel de Pilate, le
« doute remplit ma coupe et mouille mes lèvres. Si
« je ne mettais pas le doigt dans ma plaie, ma bou-
« che ne saurait plus dire mon nom et le Christ ne
« croirait plus au Christ. Qui ai-je été ? qui suis-je ?
« que serai-je demain ? Verbe sans vie ou vie sans
« verbe, monde sans Dieu ou Dieu sans monde ?
« même néant... Tout est fini : mets-moi dans le
« sépulcre de mon père. Ainsi soit-il (2). »

———

« Ange Rachel, dit la vierge Marie en montrant son
« fils dans l'étable, ne voyez-vous point venir son père ?
« Est-il vrai qu'il m'abandonne pour une vierge mieux
« parée dans une étoile de printemps ? Dès demain
« je veux aller pour le chercher, m'asseoir avec mon
« voile sur le banc des barques des pêcheurs, à la croix
« des chemins..., dans les chapelles, à la porte des égli-
« ses... Par le plus haut escalier, je veux monter dans
« une cathédrale, sous une niche toute ouverte, pour
« crier aux quatre vents : Père, nous avons faim et soif,
« et je n'ai plus de lait ; apportez à votre enfant votre
« journée entière, de quoi vivre jusqu'à demain (3). »

(1) Michelet, *Hist. de Luther,* préf., p. 12 et suiv.
(2) Quinet, *Ahasvérus,* p. 537, 542.
(3) Id., *ibid.,* p. 78.

« Quand il n'y a point de gouvernement spirituel, vi-
« sible, constitué, et réclamant et exerçant le droit de
« dicter les opinions, alors l'idée d'une domination de
« l'ordre spirituel sur l'ordre temporel ne peut guère
« naître. *Tel est à peu près aujourd'hui l'état du*
« *monde* (1). »

⸻

« Pour si grande que soit la société chrétienne, elle
« n'est pourtant pas *surnaturelle* ni *privilégiée* dans
« l'ordre de l'humanité. Par la révolution française,
« *le verbe sera fait chair et il habitera parmi nous* ; il y
« aura triomphe éclatant et développement complet
« des principes du christianisme reconnus identiques
« à ceux de la révolution française, expliquée et inter-
« prétée... Dieu sera l'objet, non d'un culte symboli-
« que, passage de la matière à l'esprit, mais d'un culte
« en pur esprit, en vérité. La souveraineté du peuple
« remplacera l'affranchissement des communes. La
« femme, esclave sous le paganisme, affranchie par
« le christianisme, sera libre (2). »

⸻

« Quand un voyageur entre dans Rome, il entre-
« voit la grandeur de cette domination spirituelle, qui
« est TOMBÉE comme la première (3). »

⸻

— Ne m'en voulez pas, Madame, ajoutait le vieux
curé, si je mets tant d'insistance à vous démontrer
que l'enseignement universitaire est gâté dans sa
source. Les barbares, les voilà! ce sont ceux qui, à
l'abri d'un monopole odieux, ravagent ainsi les intelligences de nos enfants. Il doit vous paraître assez

⸻

(1) Guizot, *Hist. de la civilis. en Europe*, 5e leçon, p. 157 et
158, 3ᵉ édit.
(2) Gatien Arnoult, *Doctr. philos.*, p. 186, 403, etc.
(3) Villemain, *Nouv. Mél.*, t. II, p. 429.

visible que, pour messieurs les directeurs de l'enseignement, le christianisme n'est plus. Je vous ferais un volume de textes où il est dit que le catholicisme est usé, où la philosophie est appelée à le remplacer. « L'enthousiasme, dit le chef de tous, celui qui est à la « tête de l'enseignement philosophique, l'*enthousiasme*, « après avoir entrevu Dieu dans ce monde, CRÉE le « culte.... Mais l'enthousiasme et la loi ne sont pas, « et NE PEUVENT PAS être les derniers degrés du dévelop- « pement de l'intelligence humaine.... Heureuse de « voir les masses, le peuple, c'est-à-dire à peu près le « genre humain 'out entier, entre les bras du chris- « tianisme, la philosophie se contente (quelle bonté « d'âme !) de lui tendre doucement la main et de « l'aider à s'élever *plus haut encore* (1). » Ainsi, pour le grand-maître de l'enseignement, la religion est un simple produit de l'esprit humain, et n'est pas même le meilleur. La philosophie est bien au-dessus. Mais qu'est-ce que la philosophie? La philosophie existe-t-elle ? Écoutons, à ce sujet, le grand philosophe éclectique et son plus célèbre disciple :

« Lorsqu'une science, dit M. Cousin, est encore « dans l'enfance, et NE CROYEZ PAS QUE LA PHILOSOPHIE « EN SOIT SORTIE, le moyen de l'y retenir éternellement, « c'est de commencer par l'embrasser tout entière, et « de songer d'abord à un système général. Les *systè-* « *mes nous surpassent*, Messieurs, ou, si l'humanité « peut y atteindre, ce sera la conquête des temps et de « longues générations... Nous retrouvons toujours la « même source d'erreur : c'est toujours L'ORGUEIL *qui* « *nous égare, l'orgueil si peu fait pour l'homme* ! Connais-

(1) Cousin, *Introd. à l'hist de la philos.*, Ire leçon, p. 19, édit. de 1841; et IIe leçon, p 59.

« sons-nous mieux, et soyons moins téméraires (1)! »

« Et ailleurs :

« La philosophie est encore au maillot, pour ainsi
« dire... »

« Il a été démontré avec la dernière rigueur que les
« théories élevées depuis deux cents ans sur cette
« question : Y a-t-il réellement un monde extérieur
« distinct de nous et de nos pensées ? sont toutes
« essentiellement sceptiques ; que la diversité que l'on
« rencontre dans les opinions des philosophes tombe
« seulement sur les formes du scepticisme, mais que
« toutes le renferment plus ou moins explicitement, et
« qu'enfin LA PHILOSOPHIE MODERNE, fille de Descartes
« et mère de Hume, NE CROIT PAS, et n'a pas le droit de
« croire à l'existence du monde extérieur. »

« Et encore :

« MA FOI est que, dans un AVENIR INCONNU, l'esprit
« philosophique s'étendra, se développera, et que, tout
« comme il est LE PLUS HAUT et le dernier venu dans la
« pensée, de même il sera le dernier venu dans l'esprit
« humain et le POINT CULMINANT de l'histoire... Mais ce
« jour-là, Messieurs, *ce n'est pas demain qu'il luira sur*
« *le monde*. Messieurs, point de présomption ; car nous
« sommes, je vous le répète, nous sommes D'HIER (2). »

———

« La philosophie, dit à son tour le sceptique et
« mélancolique Jouffroy, comprend un très grand
« nombre de problèmes différents, qui ont été agités
« dans les temps anciens comme dans les temps mo-
« dernes. Or, prenez un quelconque de ces problèmes,

(1) Cousin, *Cours sur l'hist. de la philos. moderne*, 1816 et 1817.
(2) Id., *ibid*.

« vous trouverez que ce problème est aussi peu résolu
« de nos jours qu'il l'était du temps de Platon et d'Aris-
« tote. Trois ou quatre grandes opinions se disputent
« l'honneur de le résoudre au XIX° siècle comme dans
« l'antiquité : mais, *entre ces opinions, il n'y a rien de*
« *décidé.* Laquelle est la vérité ? *L'une d'elles, même,*
« *est-elle la vérité ?* C'EST CE QU'ON NE SAIT PAS. C'est ce
« que tous les efforts des philosophes n'ont pu déter-
« miner encore. Voilà où en sont TOUS les problèmes
« philosophiques, *sans aucune exception.* — Que suit-il
« de là, Messieurs? Il s'ensuit que sur aucun la vérité
« n'est trouvée. Et, si la vérité n'est trouvée sur aucun,
« qu'en résulte-t-il ? Qu'il n'y a aucune vérité reconnue
« en philosophie, ou, en d'autres termes, QUE LA
« SCIENCE PHILOSOPHIQUE N'EXISTE PAS ENCORE (1). »

   « Et c'est, Madame, avec cette philosophie, qui
n'existe pas encore, qu'on veut remplacer dès à présent
tout ce qui est! Quoi ! *aucune vérité n'est reconnue en*
philosophie, pas même l'existence *du monde extérieur,*
de Dieu, de l'âme, pas même la distinction du bien et
du mal, et on bat en brèche une doctrine qui établissait tout cela, pour lui substituer une théorie qui n'y
voit goutte, et qui n'a d'existence que dans *un avenir*
inconnu ? Eh! mais, que veut-on que fasse, en attendant, le monde, suspendu entre une religion qui n'est
plus et une philosophie qui n'est pas encore? L'anar-
chie universelle ne doit-elle pas naître d'un pareil état
de choses ?

   « Et tous ces dogmes, tous ces problèmes que la
philosophie n'a pas encore résolus, ni même abordés,
trouvaient leur solution la plus naturelle dans cette

----

   (1) Jouffroy, *Cours d'hist. de la philos. anc.,* 1828, 1ʳᵉ leçon;
Nouv. mél., p. 358, 359.

religion qu'on poursuit avec l'acharnement du sophisme
et du dédain. Écoutez là-dessus ce même philosophe,
Jouffroy, qui, élevé, comme vous le savez, par une mère
pieuse, semble avoir laissé dans ses pages même les
plus sceptiques la trace des luttes douloureuses de son
âme. Voici ce qu'il dit en propres termes :

« Il y a un petit livre qu'on fait apprendre aux en-
« fants, et sur lequel on les interroge à l'Église. Lisez
« ce petit livre, qui est le Catéchisme ; vous y trouve-
« rez une solution de toutes les questions que j'ai po-
« sées, de *toutes* sans exception. Demandez au chré-
« tien d'où vient l'espèce humaine : il le sait ; où elle
« va : il le sait ; comment elle va : il le sait. Demandez
« à ce pauvre enfant, qui de sa vie n'y a songé, pour-
« quoi il est ici-bas, et ce qu'il deviendra après sa
« mort, il vous fera une réponse sublime, qu'il ne com-
« prendra pas, mais qui n'en est pas moins admirable.
« Demandez-lui comment le monde a été créé et à
« quelle fin, pourquoi Dieu y a mis des animaux, des
« plantes ; comment la terre a été peuplée ; si c'est par
« une seule famille ou par plusieurs ; pourquoi les
« hommes parlent plusieurs langues ; pourquoi il souf-
« frent, pourquoi ils se battent, et comment tout cela
« finira : il le sait. Origine du monde, origine de l'es-
« pèce, question de races, destinée de l'homme en cette
« vie et en l'autre, rapports de l'homme avec Dieu,
« devoirs de l'homme envers ses semblables, droits
« de l'homme sur la création, il n'ignore de rien ; et,
« quand il sera grand, il n'hésitera pas davantage sur
« le droit naturel, sur le droit politique, sur le droit
« des gens ; car tout cela sort, tout cela découle avec
« clarté, et comme de soi-même, du christianisme.
« Voilà ce que j'appelle UNE GRANDE RELIGION ; je la re-

« connais à ce signe qu'elle ne laisse sans réponse
« aucune des questions qui intéressent l'humanité(1). »

« O étonnant philosophe ! et pourquoi donc consu-
mer votre vie, user un talent remarquable à discréditer
cette *grande religion* qui répond d'une manière si sa-
tisfaisante à toutes les *questions qui intéressent l'humanité ?* N'y a-t-il pas un effroyable aveuglement à ébranler ainsi cet antique et solide fondement de la société,
surtout avant d'avoir rien à mettre en place ? Car,
vous l'avouez vous-même, la philosophie n'a rien pu
encore, elle n'existe même pas. On ne comprend vraiment d'où peut venir un tel délire. Orgueil ! orgueil !
Et voilà ce que je crains, madame, c'est que ce déso-
lant scepticisme, qui a envahi l'enseignement philosophique, — car les doctrines descendent de haut en bas,
— n'ait aussi atteint ou du moins n'atteigne bientôt
votre fils, cette belle intelligence, qui a excité en nous
un si vif intérêt. Il est, hélas ! bien trop vraisemblable
que déjà le fléau ne l'a pas épargné. Je pourrais vous
démontrer que la littérature universitaire même est
infectée de cet esprit antireligieux, dont on semble
craindre que l'enfant ne soit pas assez tôt imbu. Je ne
parle pas de l'exemple des condisciples et surtout des
maîtres : l'exemple, cette puissance terrible, à laquelle
rien ne résiste ! J'espérerais pourtant encore que le
mal n'a fait qu'effleurer l'âme d'Amédée, et que sa foi
au moins est restée debout, malgré les attaques indi-
rectes qu'elle a subies, malgré l'exemple de maîtres
irréligieux, malgré la contagion dont, sans aucun doute,
il n'a pu se tenir exempt... Mais, pour tout au monde,
qu'il n'arrive point à cette classe dite de philosophie, où,
sous prétexte de donner aux jeunes gens la notion des

(1) *Mél. philos.*, 2ᵉ édit., p. 424, 425.

êtres, on renverse en eux toutes les idées reçues, où l'on détruit pièce à pièce l'édifice de la foi, pour ne rien laisser en place qu'un doute universel, qu'un malaise indéfinissable. Voilà la grâce que je vous demande pour lui, au nom de son Dieu, au nom de son âme.

« Et ne m'en voulez pas de l'insistance que je mets à vous éclairer sur les tendances du corps enseignant. Mon but n'est point de vous tourmenter, mais de vous forcer, en quelque sorte, par l'éclat de la lumière, à comprendre le danger où est exposé votre fils. J'ai quatre-vingts ans; je sens mes forces baisser, et un secret pressentiment m'annonce que mon terme est proche. Eh bien! je ne voudrais pas descendre dans la tombe avant d'avoir fait tous mes efforts pour sauver une âme qui a su mériter toute ma tendresse. C'est devant Dieu que je vous adjure. Sauvez, sauvez cet innocent.

« Du reste, c'est beaucoup moins à vous que je m'adresse qu'à M. Aubert. Je présume que vous n'hésiteriez guère, pour votre compte, à retirer votre fils de la position dangereuse où il se trouve. Je supplie donc M. Aubert d'écouter la voix d'un vieillard, son plus sincère ami; je le conjure au nom de mes cheveux blancs, au nom de J.-C. mort pour tous, au nom de son propre avenir, de ne pas laisser plus longtemps cet aimable enfant aux prises avec une corruption dont la meilleure volonté ne saurait le défendre. Les forces sont trop inégales. C'est peut-être la dernière fois que je vous écris. Oh! par pitié, ne dédaignez pas ma voix...   L'abbé PRUDENT. »

On ne peut douter que Mme Aubert s'empressa de communiquer cette suppliqueue si touchante à son mari Mais le capitaine se contenta de dire : Ce pauvre vieil-

lard radote; il est bien clair qu'il exagère au moins.
— Et la preuve qu'il n'attachait guère d'importance à
ces avertissements, c'est qu'il écrivit le jour même au
lieutenant la lettre suivante :

« Mes betteraves vont parfaitement, Desgrenats, et
je ne sais si vous en verriez de plus belles dans tout le
département du Nord. C'est de la graine de Valencien-
nes. J'en ai encore là à votre service. Croyez-moi,
changez vos semences. Cela est si beau, que j'ai une
envie de diable de monter une sucrerie ici; je parie
qu'elle ferait son affaire. — Quant à mes cochons, je
n'en puis dire autant : ils n'amendent pas, non plus que
mes moutons qui chargent ma gale. Ce n'est point là la
vraie race du Berry; je crois que j'ai été trompé. —
Mes deux pintades prospèrent. J'établis un colombier
pour des *fuyards*. J'ai vingt dindons faits pour voir.
Rien de si beau que ma basse-cour. — Cette année je
me mets à l'élève des bestiaux. Je sème cinq hectares
en trèfle, ray-grass, luzerne, sainfoin, etc... Il me faut
au moins trente jeunes bêtes à l'écurie! Viendrez-vous
me voir quand tout cela sera en train? Je veux vous
montrer les plus belles bêtes du pays. Je les tirerai de
la montagne. — J'ai enfin gagné mon procès pour la
place à fumier : cela me coûte plus de huit cents francs
de frais. — Ma femme et mes enfants vont bien. Amédée est toujours gentil et prend des formes. Le proviseur n'en dit que du bien, auquel du reste ma femme
ne croit pas, convaincue qu'elle est que tous les collégiens sont perdus par le fait. — Cette bourse-là me
fait du bien : je suis fâché que vous n'en ayiez point
sollicité une. Cela met singulièrement au large. J'ai fait
remercier le vieux Soult, qui s'est très bien souvenu de
moi. — J'oubliais de vous dire que si vous vouliez une

bonne bête, vous n'auriez qu'à m'écrire. J'en sais une
de cinq ans, très forte et très douce, dans le prix de
800 francs. Tout à vous et aux vôtres.   AUBERT. »

Voilà comment des hommes, droits d'ailleurs, peuvent s'aveugler sur leurs intérêts les plus chers. A
l'heure où nous parlons, il y a en France des milliers
de pères de famille dont les fils périssent ainsi victimes d'un enseignement irréligieux, sans qu'ils en aient
le moindre souci. Le capitaine Aubert n'est-il pas le
type parfait de ces badauds de ville ou de campagne,
qui estiment fort la morale, honorent la religion, seraient affligés de voir leurs fils suivre la pente du vice,
et néanmoins les jettent sans pitié à des maîtres dont
ils ne prennent pas même la peine d'étudier les doctrines et la conduite? Honnêtes gobe-mouches, qui se re-
posent sur un enseignement athée du soin de leur faire
des enfants religieux! Candides citoyens, qui croient
aux certificats honorables que l'Université se délivre
à elle-même! Pauvres aveugles, qui ferment les yeux
aux progrès croissants du vice, aux symptômes de
désorganisation sociale, et ne souffrent pas qu'on leur
en indique la source ; qui se bouchent l'oreille au seul
nom de jésuite ou de capucin, et applaudissent au son
des cymbales universitaires !

Il y a longtemps que nous le répétons : Les honnêtes gens perdront la France !

HENRI DESGRENATS A AMÉDÉE AUBERT.

« Bien que tu dises, quoi que tu fasses, ami, je ne
puis croire à la vérité de tes paroles. Ton cœur dément
ta plume : tu te calomnies. Le besoin de faire du romantisme est peut-être ta seule maladie. Cette *ancienne conviction qui s'écroule*, cette *religieuse et poéti-*

que ruine, m'ont bien l'air de mots à effet. Non : tu crois encore ; on ne dépouille pas ainsi la foi de son berceau...

« La mienne grandit chaque jour. Je sens s'affermir en moi les principes que j'avais d'abord reçus avec la simplicité de l'enfant, mais qui, bien loin de perdre, gagnent chaque jour à être quelque peu illuminés par la science. Mes convictions ne sont déjà plus le simple acquiescement d'un cœur naïf, mais quelque chose de plus ferme, de plus réfléchi, qui se mêle à toutes les pensées de mon esprit, à tous les projets de ma volonté, à tous les événements de ma vie. L'existence de l'homme n'est plus pour moi un *fait isolé, dû à des causes aveugles*, comme tu me le dis dans ta dernière lettre ; mais un accident providentiel, un anneau de la grande chaîne qui relie le temps à l'éternité. Dieu ayant créé le monde pour son *honneur, et l'honneur de Dieu étant dans le salut de l'homme*, je sens qu'une puissance irrésistible, la loi première de mon être, m'oblige à me rapprocher de cette fin sublime, c'est-à-dire à travailler de mon mieux à la gloire de cet Être tout-puissant, qui a bien voulu me départir l'existence. Aussi ai-je bien résolu d'y tendre de toutes mes forces. Comme toi, mais dans un autre sens, j'ai dépouillé les langes du berceau ; mes rêves sont tombés ; de puériles ardeurs ont fait place à des goûts plus sérieux... Un jour je te dirai cela plus au long.

« Tout ici, du reste, contribue à nous élever aux pensées sérieuses. Tu sais aussi bien que moi avec quelle vivacité le goût de la lecture se fait sentir dans la jeunesse. Eh bien ! cette passion, comme toute autre, peut perdre ou sauver. Tu me sembles attacher une grande importance à la liberté illimitée que vous avez de lire : à moi, elle me semble fatale. Je n'aime pas cette facilité

de tâter de tous les mets, quand je sais qu'il y en a une
foule d'empoisonnés. Je ne lis pas un livre sans l'appro-
bation de mon professeur, ou plutôt je ne lis que ceux
qu'il me remet lui-même, et je puis te dire avec vérité
que je n'en lis point sans devenir meilleur. M. Hardy a
pour principe de noter tout ce qui le frappe : je suis son
exemple. Mes extraits sont déjà considérables : je t'en
donnerai un jour quelque échantillon.

« Je te ferais sourire, sans doute, si je te disais le sujet habituel de mes lectures : c'est la *Vie des Saints*. Là,
je vois le cœur humain sous son beau côté, dans sa
lutte incessante contre la nature corrompue, dans ses
glorieux efforts pour retourner à sa source. J'y apprends,
mon cher ami, à apprécier la valeur de mon âme, la
hauteur de ma destinée, et j'en deviens chaque jour,
ce me semble, un peu plus fort contre moi-même. Oui,
cette lecture fortifie; elle donne à l'âme de la virilité.
Puisque cette vie est un combat, enflammons-nous par
des récits de victoire; un jeune soldat gagne son courage à entendre les exploits de ses vétérans. Tout le
monde peut puiser dans ces nobles annales, où nos
aînés dans la gloire ont laissé les traces de leurs combats et le souvenir de leurs triomphes : il n'est pas
d'âge, pas de carrière, pas de condition qui ne puisse
trouver là ses modèles. Souvent je me répète à moi-
même les paroles que s'adressait un grand saint : *Ne
pourras-tu pas ce que tant d'autres ont pu ?*

« Au réfectoire, on lit maintenant l'histoire de l'É-
glise. Autre théâtre de lutte, entre l'esprit de Dieu et
l'esprit de l'homme. Duel prodigieux qui commença le
jour où le péché entra dans le monde, et qui ne finira
qu'à la consommation des siècles. Je ne puis te consi-
gner ici, même rapidement, les réflexions que cette lecture fait naître en moi. Quelque chose me dit qu'une

époque se prépare où cette lutte prendra un grand caractère, et où peut-être.... nous serons appelés à y prendre part...

« Le dimanche, on nous lit, à dîner, les *Annales de la propagation de la foi*, recueil sublime qui est en possession d'éveiller en moi les sensations les plus puissantes. Je t'avoue avec simplicité qu'il fait souvent couler mes larmes. Oui, oui, il me semble que c'est là que luit mon étoile; un doigt tout-puissant m'a marqué le but sur ces plages lointaines; je n'entends pas sans frémir d'émotion ces noms si barbares à l'oreille, mais si doux à mon cœur. Il me semble que ce sont de vieux amis que je dois aller revoir, tous ces peuples qui commencent seulement à sortir de leur long sommeil... Mon Dieu ! est-ce une illumination de votre grâce, ou un rêve de ma pensée?

« Combien de fois, Amédée, refaisant notre avenir sur le moule du passé, je me suis figuré que nous partions tous deux pour ces terres éloignées!... Nous avions la même vocation, nous portions la même livrée ; nous combattions les mêmes combats, et nous tombions sur le même champ d'honneur. C'était bien un rêve, n'est-ce pas? Mais ce rêve me faisait du bien, et je le mouillais de mes larmes. Oh! pourquoi faut-il que ce ne soit qu'un rêve ? Mais qui sait? La Providence se joue souvent des prévisions de l'homme, et j'aime avec le grand Apôtre *à espérer contre toute espérance*... Pardonne-moi cela.

« Adieu.   HENRI. »

———

AMÉDÉE AUBERT A HENRI DESGRENATS.

« Je ne ris point de tes goûts : mais j'ai les miens. L'heure du despotisme est passée : celle de la liberté a sonné pour tous. Libre à toi de rester dans les

langes où t'enveloppa ta mère : il y a des gens qui
aiment à éterniser leur enfance. J'ai cru comme toi,
plus que toi peut-être ; tout un système de foi ingénue
s'était établi dans ma tête. Je ne demandais rien de
plus ; je ne songeais point à briser ces liens ; ils me
plaisaient, au contraire, et ce n'est qu'avec une répugnance marquée que je mis le cou hors du nid. Les
événements l'ont voulu ainsi, et voilà que tout a croulé
de haut en bas, comme un vieil édifice vermoulu dont
tous les étais manquent à la fois. Des hommes qu'on
me vante, qu'on me dit supérieurs en lumières, que je
sais entourés de considération, et qui sont chargés
par état de préparer les jeunes générations, c'est-à-
dire l'avenir et les destinées de la France, ces hommes,
dis-je, je les ai vus accueillir d'un rire silencieux et
expressif les préjugés de mon berceau. Ce que je
croyais, ils ne le croient pas ; ce que je pratiquais, ils
le dédaignent ; les doctrines qu'ils m'enseignent sont
juste aux antipodes de celles que je suçai avec le lait ;
les livres qu'ils me mettent en main sont précisément
l'opposé de mon catéchisme : que veux-tu ? A qui dois-
je croire ? A cette bonne femme qu'on nomme ma
mère ? ou à tant de savants, de philosophes et d'aca-
démiciens ?

« J'imagine, Henri, que nous sommes le jouet d'une
grande comédie : les hommes ou les événements se
moquent de nous. Je ne comprends pas, du reste, ces
respects affectés pour un culte qu'on méprise. Y a-t-il
ou n'y a-t-il pas une religion ? S'il y en a une, qu'on la
pratique et qu'on l'enseigne ; s'il n'y en a pas, qu'on
le dise nettement. Je ne veux point de moyen terme.
La nature me fit logicien ; tant pis pour ceux qui m'enseignent, si ma voie m'égare. L'anathème en retom-
bera sur leur tête.

« Je suis élève de troisième: on me met en mains, comme livre classique, le *Siècle de Louis XIV* (1). J'y vois le grand génie du dernier siècle traiter de superstitions les pratiques auxquelles fut accoutumée mon enfance. Tout ce que l'on me dit, tout ce que l'on fait sous mes yeux, concorde avec cette opinion. Un aumônier est planté à côté de nous comme une espèce d'enseigne à l'adresse de ceux qui éprouvent encore le besoin, c'est-à-dire la faiblesse de croire; mais partout j'entends traiter de *petits esprits*, de *têtes faibles*, de *gens arriérés*, ceux qui restent fidèles aux pratiques religieuses; en cent endroits, les livres que je suis forcé d'étudier insultent, par des blasphèmes évidents, ou — ce qui est pire — par un dédain visible, à ce culte dont on avait fait pour moi la chose importante ; je vois enfin d'un côté les grands maîtres, les littérateurs vantés, les professeurs du Collège de France, les inspecteurs généraux, tout ce que l'Université compte d'hommes éminents dans son sein; de l'autre, les curés de village, les rustres en sabots, les enfants et les vieilles femmes: et tu veux que j'hésite ? que je me range du côté de ceux-ci? surtout quand je me sens — pourquoi ne l'avouerais-je pas ? — chatouillé par des goûts qui ne s'accommodent pas de ce joug pesant, façonné par la superstition?

« Je ne trouve point à redire au sujet de tes lectures. Nous, nous cherchons pâture ailleurs. Au réfectoire, on nous lit l'*Histoire de France*, par ce savant et original Michelet, ouvrage rempli d'esprit, de vues neuves, mais, ma foi, où les blasphèmes au christianisme ne sont pas épargnés. C'est-à-dire que ce n'est

(1) *Le Siècle de Louis XIV*, par Voltaire, est classique, pour la troisième et la quatrième, dans l'Université et dans les pensionnats qui en dépendent.

qu'un long et piquant pamphlet contre l'Église catholique. Quand on a lu cela, il n'y a plus rien debout dans l'esprit de tout l'échafaudage de la religion, ou le peu qui en reste est tellement transformé, défiguré, qu'il devient ridicule. Nos maîtres estiment singulièrement cette œuvre, et mon professeur assure qu'elle fera révolution en histoire.

« Quant à nos lectures particulières, elles sont ce qu'il nous plaît. Il y a bien un article du règlement qui défend d'avoir des livres qui n'aient point été déclarés au proviseur : mais c'est pure plaisanterie. Nous lisons ce que bon nous semble. Nous avons un surveillant si commode! J'ai lu cet été *Lélia* et *Indiana*, par George Sand. C'est magnifique. Quelquefois, pour me dérider, je lis un roman de Paul de Kock, ou de Pigault-Lebrun, ou de maître Balzac, ou du premier venu enfin. Il y a là-dedans des peintures inavouables : qui en doute? Mais mes idées ont bien changé. La pudeur est bonne pour les enfants : le rouge va bien à leur peau blanche. Mais, comme dit le surveillant, un front d'homme ne doit jamais changer de couleur.

« Malgré tout le mérite des écrivains de ce siècle, je me sens cependant plus particulièrement entraîné vers ceux du siècle dernier. Je partage l'opinion de nos maîtres sur ce point : le XVIIIᵉ siècle a sa place à part dans l'histoire.

« On se tromperait d'une manière étrange, écrit no-
« tre inspecteur général, M. Matter, en les accusant
« (les philosophes du dernier siècle) d'hostilités gra-
« tuites (contre la religion) ou d'erreurs volontaires...
« *Ils cherchent le vrai; ils le cherchent avec bonne foi...*
« On a résumé cette polémique, en l'appelant, d'un
« côté, *la ligue des philosophes contre le trône et l'autel;*
« d'un autre côté, *la ligue de l'autel et du trône contre la*

« *philosophie :* c'était formuler le débat avec plus de
« symétrie que de profondeur. Ce débat était entre
« des INSTITUTIONS CADUQUES et des mœurs nouvelles....
« Or, ce siècle, dont Voltaire était l'incarnation, a su,
« en justice et politique, faire ce qui était dans sa mis-
« sion, puisque, mieux qu'aucun autre, il a su mettre
« en lumière *tous les principes les plus purs*, principes
« sur lesquels les esprits *les plus avancés* de notre siè-
« cle (entends-tu?) vivent encore, et *qui, souvent, les*
« *épouvantent par la pureté même qui les distingue ;* prin-
« cipes dont l'application n'est possible qu'avec des
« mains fortes et sincères ; mais principes dont il faut
« sans cesse préparer l'application par le perfectionne-
« ment des institutions et des doctrines morales (1). »

  « Écoute encore l'écrivain profond, M. Guizot :

« L'esprit humain, véritable souverain du XVIIIᵉ siè-
« cle... (l'esprit de Dieu n'y était plus) a possédé un
« pouvoir à peu près absolu.... Son élan était TRÈS
« BEAU, TRÈS BON, TRÈS UTILE, et, s'il fallait se résumer,
« exprimer une opinion définitive, je me hâterais de
« dire que le XVIIIᵉ siècle me paraît un des plus grands
« siècles de l'histoire, celui peut-être qui a rendu à l'hu-
« manité LES PLUS GRANDS SERVICES, qui lui a fait faire le
« plus de progrès, et les progrès les plus généraux. Ap-
« pelé à prononcer dans sa cause comme ministère pu-
« blic, si je puis me servir de cette expression, c'est en
« sa faveur que je donnerais mes conclusions (2). »

  « Sa gloire, a dit un autre écrivain distingué, c'est
« d'avoir voulu rompre avec la tradition et de s'être
« insurgé contre LES MENSONGES ET L'IDIOTISME *d'une*
« *vieille autorité* (3). »

  (1) Matter, *Hist. de l'Eglise chrétienne*, t. IV, p. 380 et suiv.
  (2) Guizot, *Hist. de la civilis. en Europe*, XIVᵉ leçon, p. 426.
  (3) Lherminier, *Influence de la philos. du* XVIIIᵉ *siècle sur la phi-*

« Tu vois clairement que c'est du christianisme qu'il s'agit ici. Je souligne ce qu'on m'a fait souligner ; car ce n'est pas moi qui ai recueilli ces textes ; notre bon professeur nous épargne cette peine.

« Les philosophes du xviiie siècle, ajoute un profes-
« seur de Toulouse assez en renom, avaient été char-
« gés d'être les exécuteurs de la vengeance divine ;
« véritable fléaux de Dieu, ils ont accompli leur mis-
« sion terrible avec ferveur et dévouement. Gloire à
« eux et reconnaissance ! Que la *sincérité* de leur zèle
« leur obtienne pardon de *quelques* excès devant CELUI
« qui les avait envoyés (1), et de la part des hommes,
« indulgence respectueuse. Comme Moïse, ces sages
« ont fait leur œuvre en délivrant Israël de la tyrannie
« d'Égypte, en le faisant sortir de la terre et de la mai-
« son de servitude (2). »

« Voilà mes autorités, mon bon ami, et je t'en cite-
rais bien d'autres. Tu vois qu'elles valent au moins celle de l'abbé Prudent. En tout cas, je ne suis point obligé d'être plus sage que mes maîtres. Je ne te fais point un crime de suivre les conseils et les exemples des tiens : laisse-moi suivre aussi ceux que le hasard et les événements ont préposés à ma conduite. Du reste, comme ils le disent eux-mêmes, ils ne préten-
dent point nous imposer leurs doctrines, mais seule-
ment nous montrer les deux faces des choses : libre à nous de choisir, quand notre raison aura grandi.

« Je me propose de lire, avant la fin du semestre,

los. du xixe siècle, p. 127, et *Revue des Deux-Mondes*, t. VI, p. 571 et suiv.

(1) Se figure-t-on Dieu envoyant les philosophes *athées* du dernier siècle ? Sans doute pour blasphémer ses attributs et nier son existence !

(2) Galien Arnoult, *Doctr. philos.*, p. 63.

les *Confessions*, l'*Emile* et la *Nouvelle Héloïse*, de J.-J. Rousseau. « Ce sont des ouvrages, dit M. Gatien « Arnoult, qui exaltent l'âme et où l'on respire la poé- « sie LA PLUS PURE (1). » Rousseau me plaît surtout à cause de la teinte mélancolique qu'il a répandue dans ses ouvrages. « C'est, comme dit M. Vernisson, le « Jouffroy du xviiie siècle. »

« J'ai lu le *Candide*, l'*Homme aux quarante écus*, etc., de Voltaire. Il y a là-dedans un esprit infini. Il faut répéter avec M. Lherminier :

« Avoir été Voltaire est une des plus grandes gloi- « res qui puissent échoir à un homme. Le génie de la « philosophie doit être content de son représen- « tant (2). »

« En deux mots, mon cher Henri, je marche sur les traces de ceux à qui mes parents ont confié mon édu- cation. Tant que l'abbé Prudent fut mon guide je lui fus fidèle. Aujourd'hui, autres leçons, autres mœurs.

« Tu vois que je te parle avec franchise, comme tu m'en as manifesté le désir. La similitude des opinions n'est point nécessaire pour cimenter l'amitié. Nous n'en resterons pas moins unis d'affection, malgré la divergence de nos pensées : séparés par la tête, nous nous rapprocherons par le cœur. C'est ainsi que je me dis et me dirai à jamais ton AMÉDÉE. »

(1) Id., *Cours de philosophie*, 1842.
(2) *Influence de la philosophie*.

Sixième année.

AMÉDÉE AUBERT A HENRI DESGRENATS

Une exécution.

« Pendant que vous courbez paisiblement la tête sous le joug, cher ami, nous, nous faisons valoir nos droits. L'homme est né libre, et nul n'a d'empire sur lui que celui qu'il veut bien lui-même concéder. Cette indépendance native fait même toute la dignité humaine ; on nous l'a dit, on nous le répète, et nous y croyons. Ne t'étonne donc pas que nous ayons essayé d'appliquer ce principe.

« Notre surveillant de l'année derrrière a été changé. C'était grand dommage ; on l'aimait à cause de sa complaisance. Au lieu de se briser contre la volonté des élèves, il avait compris que le meilleur était de s'accommoder aux goûts de ses subordonnés. Véritable roi constitutionnel, il flairait le vent des majorités et s'y laissait aller. Dans un collège, on ne règne qu'à ce prix. C'est du surveillant surtout qu'il est vrai de dire qu'*il règne et ne gouverne pas*.

« On nous a enlevé ce brave soliveau : pourquoi ? Ce n'est pas pour le faire avancer, car il est au même titre dans un collège moins important que celui-ci. Il y avait donc quelque raison occulte, et cette raison, la voici : on accusait son indolence ; quelques mères s'étaient plaintes de la facilité avec laquelle il procurait de *mauvais* livres aux élèves. Tout ces faits sont vrais, je les atteste comme certains ; mais ce qui n'est pas moins indubitable, c'est que nous sommes libres, c'est que s'il nous plaît d'abuser de notre liberté, rien au monde ne peut s'y opposer. « Si un peuple veut se faire du mal, a dit l'illustre Rousseau, nul n'a le droit de l'en empêcher (1). » Pourquoi n'en dirait-on pas autant de l'individu ? Si je veux jeter ma bourse ou ma personne dans la rivière, n'en suis-je pas libre ? Je viens ici pour m'instruire, si cela me convient, et non pour porter des fers.

« Mais M. Vernisson tient à ne point trop heurter l'opinion : il faut des élèves avant tout, car l'*Université est une caisse* (2).

« Donc le brave surveillant Taitout a été éconduit.

« Et à sa place on nous a donné... un jésuite ! Laisse-moi d'abord te peindre cet homme.

« Il est long, maigre, osseux. L'ascétisme a enfoncé ses yeux, cavé ses joues ; ses épaules forment promontoire. Il a l'air du carême en marche. Sa voix voilée ne manque pas de douceur. Il porte un scapulaire et une médaille miraculeuse. Il récite son *Angelus*. Il est de la confrérie du *Sacré-Cœur*. On le voit prier à la messe avec un air confit en dévotion. Il semble croire : je crois vraiment qu'il croit. Sa mère est pieuse, son frère est prêtre, sa sœur est religieuse. A quoi songeait ce pauvre diable de s'enfourner dans l'Université ? La piété n'y a plus de place. Il a pris, je crois, la porte du collège pour celle d'un couvent, ou M. Vernisson pour le bon Rollin : quelle méprise ! En récréation, il parle de Dieu quelquefois, et même de Jésus-Christ, et même de Marie. Il a toujours une *Imitation de Jésus-Christ* dans sa poche, et il a essayé plus d'une

(1) *Contr. soc.*, liv. II, chap. 3.
(2) Le *National*, 7 sept. 1842.

fois de nous en lire des versets. Du reste, il n'est pas
méchant ; je le crois même droit et sensé, et, dans sa
conduite avec nous, il ne me paraît que juste. Mais
bigot au milieu d'un collège ! ô l'anachronisme ! mieux
vaudrait qu'il eût vingt autres vices que celui-là. Il s'est
cru dans un noviciat de petits capucins, et voilà son
tort. On l'appelle *Tignasse de Loyola*, ou frère *lai* (laid),
ou *Sec et laid*. On a le choix. En vain l'a-t-on tenté à
l'endroit où les autres étaient si accessibles : il s'est
montré inexorable. Plus de mauvais exemples, plus de
mauvais livres ; hum ! on l'a sifflé d'abord ; il n'en a
tenu compte. On l'a caricaturé ; il a ri plus fort que les
autres. On a fait bruit et tempête ; il est resté ferme
comme le rocher. Et tout cela pendant vingt jours ! Il
était temps de lui prouver qu'il n'était ici qu'un commis à gages, et qu'il est d'un commis de servir ceux
qui le paient. Donc le jour fut fixé pour lui donner une
correction, c'est-à-dire pour le mettre à la porte.

« Les collégiens n'ont pour punir ni tribunaux, ni
geôle, ni carcan ; mais ils ont des dictionnaires ; terrible
puissance ! A une heure convenue, on éteint cinq quinquets sur six ; celui qui reste est le plus fumeux, et n'é-
claire que très faiblement la salle. *Sec et laid* recommande de rallumer : *Salluste* l'atteint au nez. Il ne
s'émeut pas et insiste : trois *Horace* lui tapent sur
l'oreille. Il les laisse rouler à ses pieds et élève la voix :
un *Noël* latin-français est toute la réponse. Histoire du
Lutrin ! Il interpelle un ou deux rhétoriciens par leurs
noms ; c'est le signal attendu ; aussitôt une grêle de
livres lui tombent dessus : Prosodies, Gradus, Tites-
Lives, Burnoufs, Planches, *Conciones,* tout lui vient de
tous les points de l'horizon. Un Tibulle heurte en l'air
un Boileau, un Scarron maître Michelet. Tacite et
Thiers tombent l'un à côté de l'autre : quel rappro-

chement! Paul de Kock arrête un Homère au passage ;
Victor Hugo voyage côte à côte avec un Virgile;
Quinet avec Don Quichotte; jamais pêle-mêle plus
bizarre; on eût dit la question des anciens et des
modernes réveillée avec un acharnement nouveau.
Mais le jésuite tenait ferme. En vain les cris : *A bas
Loyola! à bas le moine en frac! hors le capucin!* reten-
tissent et accompagnent chaque bordée: *Sec et laid*,
cramponné à sa chaire, boulonné sur ses longues
flûtes, défie toute la littérature ancienne et moderne ;
il ne cédera pas : *Si fractus illabatur orbis, Impavidum
ferient ruinæ.* Cette solidité irrite les émeutiers. On
éteint le dernier quinquet; on se rue sur la chaire; on
en extrait le moine, et, malgré son opiniâtre résistance,
on le met à la porte (1).

« Quand le proviseur arrive, les quinquets sont
rallumés, et chaque écolier est à sa besogne.

« Voilà, mon cher ami, comment le peuple souverain fait valoir ses droits. C'est ainsi qu'on se débarrasse d'un serviteur incommode ou d'un roi imbécile.
On parle de révolte: sottise! Si le peuple est souverain,
le mot de révolte n'existe pas. Je suis logicien, moi.
Pourquoi nous vante-t-on tant les sublimes efforts
d'un peuple pour reconquérir sa liberté? Nous ne faisons que tirer les conséquences des principes. Ecoute
plutôt ce que dit de nos révolutionnaires fameux un
philosophe universitaire que je t'ai déjà cité:

« Tous ensemble, papes, rois, seigneurs ou nobles,
« prêtres, parlement, philosophes, tiers-état, tous
« tant qu'ils restaient, fuient, tombent, roulent et sont
« dispersés, comme les feuilles d'automne par le vent
« d'hiver, au souffle de ces hommes terribles, dont la

(1) Historique dans chaque collège à peu près.

« NAÏVETÉ (1) brutale n'avait pas craint d'inscrire sur
« un drapeau de mort: Tremblez ! voilà les bouchers.
« Scènes sublimes (2) de désolation et de meurtre !
« Ceux qui les firent apparaissent aujourd'hui comme
« des géants, fléaux de Dieu, dieux eux-mêmes, détrui-
« sant la vieille France, comme jadis l'antique Illion.
« Silence donc à qui ose les accuser et les calomnier,
« les disant ignorants, faibles, ineptes ! Silence ! car
« ne craignez-vous pas qu'ils ne s'en indignent au
« fond de leurs tombeaux, et qu'un seul mouvement
« de leurs ombres ne suffise pour faire ouvrir le sol et
« vous engloutir ! Tel est le géant enseveli sous
« l'Etna... En ce temps-là..., vous savez qu'il y eut un
« homme contre qui toutes les malédictions se sont
« tournées, et qu'on s'imagine généralement avoir pesé
« sur la France, comme un ange du mal, Robes-
« pierre ... Que ce jugement ... t vrai ou faux, peu
« importe (3)... »

    « Et un autre :

    « Le massacre des prisons (en septembre 1792) *fut*
« *juste, fut nécessaire, fut indispensable;* mais ce fût
« toujours un massacre, et, comme tel, il contriste
« l'âme de tout ami de l'humanité. Dans une circons-
« tance semblable, nous agirions de même ; nous détour-
« nerions la tête, mais *nous frapperions,* et, tout en dé-
« plorant la nécessité cruelle qui armerait nos bras,
« NOUS PLONGERIONS IMPITOYABLEMENT NOS GLAIVES DANS LA
« POITRINE *de ceux qui auraient dilapidé la fortune pu-*

---

(1) Le naïf Marat ! le naïf Danton ! le naïf Collot-d'Herbois ! le
naïf Robespierre !...
    (2) Les massacres de septembre ! les noyades de la Loire ! etc.
    (3) Gatien Arnoult, *Doctr. philosoph.*, p. 189 et 247. Id., dans
son cours.

« *blique, trahi le peuple* ou fait couler son sang (1). »

« Il est grand, tu le vois, de faire des révolutions. Nous nous y exerçons. L'heure viendra peut-être où nous travaillerons sur un plus vaste champ. Nous n'avons pas oublié que ce sont nos aînés, les élèves de l'école polytechnique, qui décidèrent le mouvement de Juillet. La fortune pourra nous ménager une occasion d'imiter leurs hauts faits. Commençons par un surveil-lant jésuite, nous finirons peut-être par quelque roi idiot.

« *Sec et laid* nous reviendra, dit-on. Gare à lui, en ce cas! Il y laissera sa peau.   « Ton AMÉDÉE. »

Rapprochons de cette lettre celle que Desgrenats écrivait à son vieux curé :

« 15 novembre.

« Triomphe! monsieur et vénérable ami; M. Hardy nous reste, et, qui plus est, il suit ses élèves en se-conde. C'est pour moi une joie que je ne puis assez vous exprimer. Un bruit avait couru que l'intention de Monseigneur était de le placer dans un poste important de la ville diocésaine; il paraît que Sa Grandeur a cédé au désir de notre supérieur et nous le laisse encore au moins cette année. Nous en sommes heu-reux. Tous les professeurs sont aimés ici, mais lui plus que tous les autres. Je sens, moi, en particulier, mon affection et mon estime pour lui grandir chaque jour.

« Nous voilà donc en pleine littérature, cette fois. Avec un guide pareil surtout, il n'est pas possible de rester amarrés au rivage. Nous voguons à pleines voi-

---

(1) Laponneraie, *Cours public d'hist. de France*, t. Iᵉʳ, p. 18 et 19. Nous recommandons la lecture attentive de ces citations à tout homme sérieux et ami de l'ordre. Comment s'étonner après cela des sanguinaires projets de l'école démagogique, et des échos qu'elle éveille au sein de la jeunesse universitaire?

les. Je vous ai souvent ouï dire que le grand défaut de
la méthode actuelle était de ne pas habituer assez l'enfant à penser et à écrire par lui-même. Cette idée est
aussi celle de M. Hardy. Il prétend qu'en donnant au
jeune homme un canevas tracé d'avance, on l'empri-
sonne, pour ainsi dire, on lui met des entraves aux
pieds; que ce plan obligé circonscrit et embarrasse
l'élève qui a du talent, et n'aide guère celui qui n'en a
pas. — Mon devoir, dit-il, n'est point de vous donner
des idées, mais de corriger, de rectifier les vôtres.
L'affaire du jardinier n'est pas de faire croître des
feuilles ni des fleurs, — droit que Dieu s'est réservé, —
mais d'émonder et de diriger le jeune arbre. Voilà votre sujet : travaillez ; répandez votre sève ; dites ce qui
vous vient à l'esprit ; et moi, à mon tour, je corrigerai :
je dirai à l'un : *Vous êtes prolixe;* à l'autre : *Vous êtes
obscur;* à un troisième : *Vous êtes boursouflé,* etc. —
Voilà deux fois que nous composons de la sorte, et nous
nous en trouvons bien. C'est un plaisir singulier d'errer ainsi à son gré, de puiser dans son propre fond. D'a-
bord, on travaille beaucoup plus et avec bien plus de
goût ; ensuite on a le plaisir de pouvoir s'attribuer le
peu de bien que l'on fait. Et si je dis ceci, c'est avec un
parfait désintéressement, car je n'ai eu que des places
médiocres ; mais j'espère mieux réussir une autre fois.

« Du reste, vous dirai-je, monsieur le curé, que je
sens diminuer chaque jour en moi ce désir ardent de
l'emporter sur mes rivaux? Sous ce rapport, M. Hardy
m'a complètement convaincu. Depuis longtemps il ne
cesse de nous répéter que ce motif d'émulation est indigne d'un chrétien. — La gloire de Dieu, dit-il à qui
veut l'entendre, voilà le but de toute la création. C'est
Dieu seul qu'on doit se proposer pour terme à ses travaux.... Il est dangereux de se comparer à ses sem-

blables : *nous sommes ce que nous sommes :* l'essentiel
n'est pas de courir plus vite les uns que les autres,
mais de courir où et comme Dieu veut... La faiblesse
d'un rival n'ajoute rien à notre mérite... Puisque la
gloire de Dieu est tout, n'est-il pas aussi bon que Dieu
soit glorifié par un autre que par nous ?... Ce que l'a-
mour-propre s'attribue de nos succès n'est-il pas toujours un larcin fait au Maître suprême ?... — Aussi
condamne-t-il positivement la coutume de donner des
places et de distribuer des prix. C'est, selon lui, une
idée païenne, dont l'effet le plus commun est de gonfler
d'amour-propre ceux qui ont le dessus, d'humilier et
de décourager ceux qui ont le dessous. La gloire de
Dieu, la conscience du devoir rempli, devraient être le
seul mobile, comme la seule récompense de l'écolier
chrétien. N'est-il pas absurde, ajoute M. Hardy, que
nous, prêtres, nous prêchions l'humilité chrétienne
d'un côté, tandis que de l'autre nous stimulons l'orgueil ? Dans quelle étrange perplexité ne place-t-on
pas l'élève à qui l'on dit au tribunal de la pénitence et
en chaire : *Soyez le dernier de tous,* et en classe : *Soyez
le premier de tous* ? C'est si difficile à concilier ! Aussi
voit-on des rivalités, des jalousies, des haines même
s'éveiller entre les cœurs les mieux faits pour s'aimer.
Souvent le découragement suit la défaite ; presque
toujours l'orgueil gâte le succès. M. Hardy voudrait
donc qu'on laissât cette coutume païenne à l'Université, qui semble prendre à tâche de continuer toutes
les traditions de l'antiquité profane. Il juge de tels
moyens indignes de l'éducation cléricale. Il ne veut pas
que celui qui se propose d'être, par état, le ministre
de la volonté de Dieu, cherche ailleurs que dans cette
sublime destinée des motifs d'émulation.

« Je ne vous parle de tout ceci, monsieur, que parce

que je sais que ce sont là vos idées. Il y a longtemps que vous me les avez exprimées pour la première fois.

« Une autre opinion, qui vous est aussi commune avec notre cher professeur, c'est celle qui concerne les livres classiques. C'est ici surtout que M. Hardy s'attriste, et qu'il s'exprime avec une chaleur qui porte la conviction dans l'âme. — N'est-ce pas une idée maudite, s'écrie-t-il, que de plonger pendant six ou sept longues années des élèves du sanctuaire dans ce cloaque infect du paganisme ? Y a-t-il sens commun à occuper des chrétiens, des prêtres futurs, des mille absurdités qu'un grossier polythéisme enfanta ? Quoi ! on ne trouve rien de mieux que les intrigues de Jupiter, les disputes des dieux de l'Olympe, à mettre sous les yeux, à confier à la mémoire de ceux qui doivent un jour prêcher les grandeurs de Dieu et les vertus de Marie ? Quel affreux contresens ! Ce paganisme hideux, cette théogonie dégoûtante, cette mythologie impudique, que l'Evangile vint renverser, les futurs ministres de l'Evangile sont forcés de les étudier, de les admirer, au moins dans l'art qui les orna ! — Mais dira-t-on, c'est la forme seulement qu'on cherche, c'est la langue admirable dans laquelle ces folies ont été écrites ! — Soit ! reprend M. Hardy, mais n'est-ce rien que d'avoir consumé à étudier des choses qu'on doit oublier, un temps qui serait si utilement employé à apprendre des choses dont on doit toujours se souvenir ? N'oublions pas que saint Augustin regretta amèrement les larmes qu'il avait données aux malheurs de Didon, c'est-à-dire aux beaux vers de Virgile (1) Et encore, si l'on n'avait rien à substituer à ces prétendus chefs-d'œuvre ! Mais la littérature chrétienne

_____

(1) *Confess.*, lib. I, c. XIII.

est-elle donc restée stérile ? En grec, les Basile, les
Grégoire, les Chrysostome ; en latin, les Lactance, les
Minutius-Félix, les Tertullien, les Jérôme, les Augustin, les Bernard, n'ont-ils rien laissé qui soit digne
d'attention ? Et si l'on ne peut mettre ces Pères en
entier dans les mains des jeunes lévites, ne pourrait-
on en donner quelques ouvrages ou de longs extraits ?
Là, du moins, l'étudiant ecclésiastique trouverait des
idées conformes à celles qu'il reçut au catéchisme ; il
y développerait sa première éducation chrétienne ; il
entrerait dans le cercle dont il ne doit plus sortir ; il
se familiariserait avec le style et la pensée de ces
docteurs illustres, et, comme les souvenirs classiques
sont ordinairement les plus durables, ce serait là qu'il
puiserait souvent, plus tard, les sujets de ses sermons
et ses plus beaux mouvements d'éloquence.

« Quand on objecte à M. Hardy que le langage des
Pères est loin d'égaler en pureté et en élégance celui
des auteurs païens, il s'indigne. — Et d'abord, répond-
il, qu'importe un peu plus ou un peu moins d'élégance,
quand il s'agit avant tout d'idées et d'instruction ?
Pour l'usage qu'un prêtre fait du latin, est-il donc si
important qu'il en ait saisi les nuances les plus fines ?
En second lieu, il est faux, très faux, selon lui, que
le grec ou le latin des Pères soit si à dédaigner. La
langue des païens est celle des passions ; celle des
Pères est le langage de la raison. Le christianisme,
apportant tout un ordre d'idées nouvelles, dut se
créer une langue appropriée à ses besoins ; quelle
merveille si, renversant l'échafaudage de l'erreur, il ne
parla point comme l'erreur avait parlé ? Visiblement,
chez les païens, tout tend à la forme ; le vide ou la
fausseté de l'idée a besoin d'être déguisé sous la
pompe des mots. Dans le christianisme, au contraire,

13

l'idée est tout : le langage n'est plus qu'un accessoire, une espèce de vêtement simple et transparent qui doit laisser saillir la pensée. L'erreur seule a besoin d'orne- ments : la vérité est belle par elle-même. Aussi remar- que-t-on dans la langue païenne un vague, une indé- cision qui prête sans doute aux mouvements des passions, mais qui ôte toute sa précision à l'idée ; dans le christianisme, au contraire, la pensée est toujours arrêtée, et imprime à la langue une gravité, une dignité, en harmonie avec la grandeur même du sujet. Et vouloir comparer le latin de saint Augustin à celui de Cicéron, un hymne de saint Thomas à une ode d'Horace, c'est faire un anachronisme grossier, c'est comparer par exemple le Parthénon d'Athènes à une cathédrale gothique, c'est vouloir juger l'architec- ture chrétienne d'après les règles de Vitruve.

« Du reste, M. Hardy n'est point exclusif ; il n'en- tend pas qu'on rejette entièrement la littérature païenne. Mais il voudrait qu'elle n'occupât qu'une place secondaire, et il appelle de tous ses vœux l'époque bien rapprochée peut-être où l'épiscopat, dégagé enfin de ses occupations multipliées, pourra fixer son attention sur ce point si important et former un cours de classiques chrétiens à l'usage des aspi- rants au sacerdoce.

« Pardonnez-moi, monsieur le curé, ces détails bien longs peut-être ; je m'y suis laissé aller parce que j'ai cru qu'ils vous feraient plaisir, vu que ces idées sont les vôtres.

« Pour moi, je vous dirai que ces pensées entrent sans peine dans mon esprit, et que je goûte et com- prends bien mieux les passages des Pères, qu'on nous donne parfois, que ces brillantes mais stériles pages de Virgile ou d'Ovide. Tous les jours je sens se forti-

fier mon désir d'être prêtre. Vous avez bien voulu
m'encourager dans cette pensée ; priez Dieu, monsieur
le curé, pour qu'il la fasse mûrir, si elle est dans les
desseins de sa gloire. Plus ma première jeunesse a
été dissipée, mieux j'apprécie la grâce qui m'est faite
dans mon éducation actuelle. Oh ! que serais-je devenu
si j'avais eu le malheur d'être jeté, comme Amédée,
au sein d'une jeunesse corrompue, et entre les mains
de maîtres sans foi ! Toutes les lettres que je reçois de
lui me le font voir descendant chaque jour plus rapidement dans la voie de l'incrédulité. Je le plains de toute
mon âme, mais aussi je remercie Dieu bien vivement de
m'avoir préservé d'un abîme où j'aurais couru plus fort
que lui : *Misericordiæ Domini, quia non sumus consumpti.*

« Et toujours cette pensée m'obsède, celle-là que
mon professeur a fait naître dans mon esprit, et que
je vous confiais pendant mes dernières vacances : je
désire être missionnaire... Que Dieu me pardonne si
c'est présomption de ma part, mais ces rivages incon-
nus m'attirent sans cesse. J'y suis par la pensée, par
le désir, par l'espérance... Et voyez le prodige ! jamais
je n'ai aimé si vivement mon père, ma mère, ma famille,
et jamais je n'ai été si prêt à les quitter. Ce ne peut
être, je crois, que l'effet de la grâce. M. Hardy m'encourage. Il n'attend, je le sais, lui, que la permission
de ses supérieurs pour partir. Oh ! que ne puis-je
m'envoler avec lui !...

« Priez, en attendant, monsieur le curé, etc...

« HENRI »

Et pendant que ces idées germaient dans le cœur
d'Henri Desgrenats, un travail analogue se faisait dans
la tête d'Isidore d'Auray. Laissons-le peindre lui-même
les projets qui l'occupent.

ISIDORE D'AURAY A HENRI DESGRENATS.

« Fribourg.

« Et moi aussi, bon Henri, je suis littérateur. Tu n'as pas de quoi te vanter de ce titre, puisque ton petit *chardonneret* ose y prétendre ; va pour la littérature ! Et aussi pour la musique ! J'en déroule, des croches et des triples croches ! Mais cette musique, c'est de la magie. Cela vous transporte dans un monde inconnu, peuplé de fantaisies et de charmes... Je deviens rêveur. Bon gré malgré, quand j'ai mis la main sur ce piano, quand j'exécute tant bien que mal un morceau de Weber, d'Auber, de Meyerbeer..., mon imagination prend les rênes sur le cou, et m'emporte à travers l'espace. La folle ! elle fait de tous mes nerfs autant de cordes, de tout mon corps une lyre. Ce que j'entends alors, ce que je vois, c'est ce qu'il m'est impossible de dire. Puis, quand l'enthousiasme est passé, je reviens sur moi-même et je m'attriste...

« Je m'attriste d'être encore si enfant. Car c'est de la puérilité, ces joies que je goûte : mon enfance n'a fait que changer de face. Dis-moi, Henri, y a-t-il bien de la différence entre un papillon qu'on poursuit ou une note qui s'envole ?

« Quoi qu'en dise le P. Gottlieb, — nous avons toujours le P. Gottlieb, — je ne puis quitter ma douce étoile. J'y monte encore tous les soirs, et j'y ai fait récemment une découverte : c'est que notre monde, vu de là, n'est pas plus gros qu'un noyau de cerise dans une plaine d'une lieue de diamètre. Le bel atome ! Et c'est là-dessus qu'on fait tant de bruit ! qu'on s'agite si fort ! Te figures-tu ces animalcules microscopiques que nous foulons aux pieds, qui vivent par millions, et fort au large, dit-on, dans un pouce de terre ;

les vois-tu s'empresser à pourvoir aux besoins de la
vie, se croiser, se heurter, amasser leurs provisions
infinitésimales avec une ardeur soutenue; eh bien!
c'est l'image des hommes, vus de mon étoile. Sur ce
noyau de cerise, qu'on appelle le globe, une foule d'ê-
tres se tourmentent, se pressent, et pourquoi? Pour
un peu de métal, pour un coin de terre, pour un misérable plaisir. Les grands conquérants, les Alexandre,
les Napoléon, ont juste un cinquième, un dixième, peut-
être, de ce chétif noyau : la belle conquête! Les riches y
occupent une part à peu près invisible; les médiocres
n'y paraissent pas ; les pauvres s'y devinent. Et c'est à
se disputer un point imperceptible sur un noyau de
cerise que ces pauvres humains se tourmentent!...

« Le P. Gottlieb me priait l'autre jour, puisque je
m'obstine à monter dans l'étoile, de chercher à découvrir de là les biens de mon père. Le méchant!

« Oui, c'est folie que les choses de la terre. Et
encore ce noyau de cerise, visible au moins de mon
étoile, que devient-il dans l'immensité? Qu'est-il en
face de ces infinis, que la pensée seule devine? Et devant ces milliers de sphères et ces espaces illimités,
dont l'imagination s'épouvante? Et ces infinis eux-
mêmes, que sont-ils devant l'immensité de Dieu?
Moins encore qu'un noyau de cerise : rien! Cela
atterre, cela confond. Et c'est cet atome obscur, c'est
une imperceptible particule de cet atome, qu'on ose
comparer, que dis-je, préférer à Dieu? Non, il n'y a pas
de terme assez fort pour caractériser cette démence...

« Mais quand je songe que cet Être sans bornes
m'a créé pour sa gloire! qu'il a mis ses soins à m'or-
ner! que je suis infiniment plus grand à ses yeux que
ces mondes, ces espaces, ces soleils! qu'il a gravé
en moi son image! qu'il m'a confié une portion de sa

gloire ! Oh ! je me relève alors, je suis glorieux de mon
existence, et je dis à ces globes lumineux qui roulent
sur ma tête : Ne soyez pas si fiers, je vaux mieux que
vous : vous n'avez pas d'âme pour connaître Dieu, et
moi j'ai une intelligence pour l'adorer et une volonté
pour le servir ; vous périrez tous un jour, ô brillants
hochets ! et moi je suis immortel...

« La gloire de Dieu donc ! Elle seule, à jamais, à
toujours ! *Ad majorem Dei gloriam !* Devise sublime
que je trouve écrite sur la voûte du ciel en lettres majuscules, et que je voudrais voir gravée dans tous les
cœurs en lettres de feu. Évidemment l'illustre saint
Ignace l'avait reçue du ciel. Les jésuites en ont fait
leur mot d'ordre, et c'est là sans doute qu'ils puisent
ce zèle infatigable qui les caractérise. Et au fait, quelle
action si petite qui ne s'ennoblisse par là? Rien n'est
à dédaigner de ce qui doit vivre toute l'éternité, tandis que rien n'est grand, comme disait un saint, de
ce qui passe avec le temps : *Nihel magnum re, quod
parvum tempore* (1).

« Oh! ces bons Pères! que j'envie leur sort! Il me
semble qu'ils sont heureux au sein de leur vie morti-
fiée, riches au milieu de leur dénuement. Et puis quel
esprit de corps! quelle union ! La société de Jésus me
semble un arbre immense dont les racines plongent
dans la terre, dont la tête touche au ciel, et qui com-
munique jusqu'aux extrémités de ses branches une
sève vigoureuse et intarissable. J'aime surtout cet attachement filial de chaque membre à la mère commune..
Je comprends et j'admire cette préférence exclusive
donnée à tout ce qui porte le cachet de l'ordre. En effet,
historiens, grammairiens, poètes, ascétiques, anti-

---

(1) S. Eucher.

quaires, prosodistes, lexicographes, mathématiciens,
rhéteurs, érudits, ils ont de tout ; rien ne leur manque :
la société de Jésus suffit à ses besoins. Avec ses
douze mille écrivains, cela n'est pas étonnant. Il y a
de quoi prendre dans cette liste de savants qui ont
touché à tous les arts, à toutes les sciences, et ont donné
presque partout des chefs-d'œuvre. Il est permis d'aimer une famille qui compte tant de quartiers de no-
blesse, dont toute l'existence n'a été jusqu'à présent,
et ne sera jusqu'au bout, qu'une croisade contre
l'esprit d'erreur et d'impiété : glorieuse lignée de
chevaliers, qui a combattu pour tous les dogmes ;
troupe d'élite, toujours aux avant-postes ; véritables
gardes du corps de Jésus-Christ, qui ont le soin
spécial de sa personne et de sa gloire, et dont il faut
se débarrasser d'abord, si l'on veut atteindre jusqu'au
sanctuaire du Roi des rois. C'est par eux, c'est près
d'eux que j'ai appris à les aimer ; ceux qui les haïssent,
au contraire, ne les jugent que par ouï-dire ; et quelle
histoire que celle que l'irréligion a forgée contre eux !
Je voudrais que les nombreux ennemis qu'ils comptent en France, comme ailleurs, pussent les voir de
près, étudier, comme moi, leur manière d'agir, apprécier leur désintéressement, leur zèle, leur dévouement
à Dieu et au prochain, cette soif du salut des âmes qui
les tourmente, et surtout cette tendre et ingénieuse
charité, qui se fait à tous, s'accommode à tous les
goûts, se plie à tous les besoins, et triomphe de tous
les obstacles : à coup sûr, les préjugés tomberaient,
et le vœu unanime rendrait bientôt à ce corps illustre
ses droits de cité. — Il en a été ainsi de mon père. Tu
sais ou tu ne sais pas, que ce bon et excellent homme
avait cru simplement aux calomnies du philosophisme
et du journalisme voltairien ; il se figurait donc les

jésuites comme des monstres, roués à tous les crimes.
Or, voilà cinq ou six fois qu'il vient lui-même me
chercher à Fribourg, et qu'il a par conséquent occasion de voir les Pères. C'est inimaginable le changement qui s'est opéré en lui ! Il est aussi fou des
jésuites maintenant, qu'il en était ci-devant l'ennemi ;
il rompt à toute heure des lances en leur faveur, et à
ses incorrigibles adversaires, il ne cesse de répéter :
Mais allez donc les voir ! Allez donc les juger par vous-
même !...

« Je me réserve de te faire tenir pendant les vacances
un petit ouvrage que j'ai lu, *cum adstantium plausu*, à
notre dernière séance académique. C'est un coup d'œil
synoptique sur les travaux de la société, dans lequel
je cherche à établir que, dans les routes de la science,
de l'ascétisme et surtout de l'apostolat, elle est allée
plus loin que toutes les autres. Tu sens que ce n'est
encore qu'une œuvre en ébauche : je me propose de
l'achever plus tard, quand j'aurai le secours d'une plus
grande bibliothèque. Je m'amuse aussi, d'après le
conseil du P. Gottlieb, à recueillir les passages les
plus frappants, je veux dire les sentences les plus
expressives des auteurs de la société que je lis en particulier ou que j'entends lire en public. Eh bien ! il n'y
a pas de pensée neuve, originale, profonde, qui ne soit
sortie de la plume de quelqu'un de ces révérends
Pères. Un travail bien curieux serait de faire voir tout
ce que l'école philosophique leur a volé en fait d'idées.
Je l'entreprendrai peut-être quelque jour.

« En attendant, je te livre une bonne pensée que j'ai
lue dernièrement. C'est la comparaison la plus belle,
la plus juste peut-être, qui ait été écrite dans aucune
langue :

« A mesure que les lignes du cercle se rapprochent

« du centre, elles se rapprochent aussi les unes des
« autres ; ainsi, à mesure que les hommes sont plus
« près de leur centre, qui est Dieu, ils sont plus unis
« entre eux par la charité. »

« Cette maxime, citée par le P. S.-Jure, est d'un
vieux Père du désert (1). Elle vaut de l'or. C'est pour
cela, sans doute, que ces bons jésuites sont si près de
tous les hommes, de tous les pécheurs, de tous les
malheureux, de leurs ennemis même ; ils ne font plus
qu'un avec le centre universel.

« Je ne puis, comme tu le vois, comprimer mon
admiration et ma reconnaissance pour eux. Et puisque
le mot captif veut enfin sortir, je le laisserai aller, sûr
qu'il ne frappera qu'une oreille discrète et amie :

« *Je veux me faire jésuite !*

« C'est un parti pris. Tendresse filiale, joies du
monde, projets de l'adolescence, taisez-vous ! vous
êtes indignes d'occuper une âme créée pour l'éternité.
Il me faut une gerbe pour paraître devant Dieu. Laissez-
moi glaner où d'autres moissonnent. La plus petite
place dans la maison de mon père suffira à ma faiblesse. Vains caprices, rêves insensés, goûts futiles,
encore une fois, taisez-vous !

« Et toi, mon bon Henri, prie, prie encore, prie
toujours pour ton _____.   ISIDORE. »

La retraite du collège arriva enfin. Ce grand événement volait depuis longtemps de bouche en bouche.
Certains actes d'indiscipline de quelques douzaines
d'élèves, avaient fait une sensation pénible qu'il
importait de détruire. M. Vernisson, interpellé sur
ces odieux scandales, avait dit : Je vais prendre ma
revanche ; laissez faire ; la religion aura son tour. La

_____

(1) Voyez le P. S.-Jure, *Connaiss. et amour de J.-C.*, t. II, p 35.

rumeur annonçait un prédicateur de marque ; le journal de la préfecture en avait donné la nouvelle avec grand appareil. Cette phrase obligée terminait l'annonce : *Ainsi l'Université, confondant chaque jour les calomnies de ses ennemis, veut prouver qu'elle a fait une alliance sincère avec la religion, ou plutôt qu'elle ne s'est jamais séparée de cette seule base solide de l'instruction et de l'ordre public.* On ajoutait : *M. le proviseur a pris ses précautions pour que la chapelle contienne le plus de monde possible ; un grand nombre de places sont déjà réservées. S'adresser au portier.* Enfin, parmi les nouvelles du jour, on lisait : *Mgr l'évêque se propose, dit-on, de suivre les exercices de la retraite du collège ; on [espère même qu'il voudra bien en faire l'ouverture.*

Rien donc ne manquait à la solennité de *la mesure* que M. Vernisson jugeait propre à effacer de fâcheuses impressions. — « Il est parfois de bonne politique, écrivait-il à un ami, de faire un instant le plongeon..., *sauf le plus profond respect pour les formes religieuses,* comme dit ce cher M. Cousin... Si le culte s'en va, il est honnête *de lui tirer un coup de chapeau...* J'ai besoin d'un peu d'éclat pour affaiblir ce que des âmes timorées appellent un scandale... »

Au fait, *la mesure* fut bien accueillie en ville. Certaines mères, qui, après les esclandres dont nous avons parlé, ne songeaient à rien moins qu'à retirer leurs fils, reprirent haleine et courage. — Une retraite ! par un grand prédicateur ! cela ne peut manquer de faire effet. Nos enfants en deviendront meilleurs : les bons se raffermiront, les méchants se corrigeront... Attendons du moins.

On compte par centaines les bonnes mères de cette trempe-là. Indulgentes créatures, qui ne demandent

qu'à être trompées, qui diraient volontiers : Jetez-nous
de la poussière aux yeux : nous voudrions ne pas
voir...

Ecoutons maintenant Amédée Aubert nous initier à
la pensée des élèves sur ce chapitre. C'est toujours à
son ami Desgrenats qu'il écrit :

« Décembre. Collège de..

« Nous sommes en retraite jusqu'au cou, cher *jésuite,* crois-moi sur parole...; la farce est bonne ; nous
sommes tous les jours, par office, condamnés à entendre un rhéteur sur son tréteau. La pénitence est
dure. Je croyais notre proviseur habile, mais pas jusqu'à ce point : il joue son rôle de Tartuffe à merveille.
Ce bon proviseur, élève et ami de maître Cousin, panthéiste déclaré dans un ouvrage assez obscur, bien
connu, du reste, pour *son esprit progressif,* oui, ce
charmant proviseur nous donne une retraite. C'est
Voltaire communiant par-devant notaire ; je ne puis
m'empêcher de rire... et de m'indigner tout à la fois.
Cet habile spéculateur a cru bon de raffermir son collège ébranlé, de détruire l'effet de certaines plaintes
adressées à l'évêque, au recteur, au ministre peut-être
sur de petites *fredaines* que nous nous sommes per-
mises, nous, ses nourrissons imberbes ; et, pour cela,
il nous amène, à grand renfort de trompettes et de
cymbales, un prédicateur qui est lui-même une fa-
meuse cymbale, je t'assure. Quelle voix ! quelle gorge !
quel thorax ! Mais il en est des prédicateurs comme
de certaines denrées coloniales, ils sont d'autant meilleurs qu'ils viennent de plus loin. Celui-ci a été pêché
sur l'Aude ou sur la Gironde, je crois. Il tonne, il
gronde, il rugit, il roucoule ; il varie avec un art merveilleux ses intonations et ses chutes ; selon que le su-

jet y prête, sa voix a tour à tour la douceur d'une flûte,
l'aigreur d'une trompette, ou la violence d'un ouragan.

« Du reste, son physique est imposant. Son front
large et développé annonce l'intelligence. Ses yeux
noirs respirent la douceur, quand sa face sourit, ou la
fureur, quand sa voix menace. Sa figure est colorée
ou pâle, suivant le besoin des circonstances. Sa bouche a une expression singulière de bienveillance ou
d'amertume ; toute sa physionomie, bien que fortement arrêtée quand il est calme, revêt quand il déclame
une mobilité prodigieuse, qui lui permet de se confor-
mer à tous les sentiments qu'il s'agit de mettre en jeu.
Son geste surtout est digne, majestueux, et n'a point
l'air étudié.

« S'il est vrai que le mérite de l'orateur soit aux
trois quarts dans ses avantages extérieurs, la nature
fit cet homme pour la tribune. Ce style imagé, cette
voix vaste et souple, cette poitrine infatigable, cette
pantomime grave et solennelle, ce débit rapide, cette
gesticulation expressive, pourraient remuer des masses. Placez-le à la Convention, inspirez-le des passions
de l'époque, il eût dépassé Danton, peut-être égalé
Mirabeau ; il eût agité à son gré la sublime populace
de 93. Mais placé, comme il l'est, dans une chaire
chrétienne, il n'est plus que le porte-voix d'une religion
expirante, la *cymbale retentissante* d'un culte qui s'en
va. Le hasard s'est trompé : ces rudes poumons sont
arrivés cinquante ans trop tard, ou vingt ans trop tôt.

« Que te dirai-je maintenant du fond même de ses
instructions ? Elles réveillent parfois mes idées endor-
mies... ; elles me reportent à des jours qui sont loin,
à mon berceau. Vieux rêves que le vent a dispersés !
Qu'on va vite dans cette carrière ! Il me semblait que
mes anciennes croyances se levaient, comme ces os

de morts que réveilla jadis la voix d'un prophète. Mais ce n'était là qu'une première impression : elle passa rapidement. Bientôt je repris mon niveau : j'envisageai avec sang-froid cet appareil de dogmes qu'on tentait de ressusciter, et j'y vis — ce qu'il y a réellement — les restes d'une grandeur éteinte. A tous les arguments sur lesquels le savant rhéteur cherchait à étayer son édifice, j'opposais l'autorité et les textes de nos savants :

— « Le christianisme a fait son temps, c'est au « verbe social qu'appartient désormais l'avenir. Au « point des plus parfaits mélanges des races euro-« péennes, sous la forme de l'égalité dans la liberté, « *éclate* ce verbe social. Sa révélation est successive, « elle doit transporter le ciel sur la terre, et c'est à la « France qu'il appartient de faire *éclater* cette révéla-« tion nouvelle et de l'expliquer (1). »

— « Si nous sommes condamnés envers lui (le chris-« tianisme) à un HOMMAGE FORCÉ, qu'on peut appeler, si « l'on veut, du respect, mais qui, au fond, n'est qu'une « dépendance véritable, cette dépendance ne sera pas « de longue durée; IL EST USÉ, et la puissance de trans-« formation, passée de la matière dans l'homme, nous « prépare *une nouvelle religion qui doit tout éblouir*, « et ramener la paix que le monde a perdue (2)... »

— « L'Asie et l'Europe ont fait leur temps; elles ont « passé AVEC LEUR RELIGION; l'Amérique est encore « neuve, c'est à elle qu'est réservé le rôle (3) de donner

(1) Michelet, *Introd. à l'hist. univ.*
(2) Charma, *Essai sur les bases,* etc., p. 401.
(3) Un peu plus haut, réservé à la France.

« naissance *à la nouvelle religion*, qui conciliera le
« génie de l'Orient et celui de l'Occident (1). »

— « Qu'il y ait eu, *si l'on veut*, révélation ou mani-
« festation de l'idéal humain dans Adam, puis dans
« Christ, nous ne le discutons pas, nous l'accordons…
« De nos jours, la vérité, avec ses voiles et ses sym-
« boles, peut-elle entrer dans les esprits qui deman-
« dent une démonstration rationnelle et évidente? Il
« la fallait avec des images, peut-être *avec des illusions*,
« à des âmes qui n'avaient de sens que pour les figu-
« res et les mystères ; mais à celles chez lesquelles
« une autre faculté, la réflexion, s'est développée et
« exercée, il la faut simple et lumineuse ; l'évidence
« seule en fait la force (2). »

— « Le christianisme est le berceau de la philo-
« sophie moderne, et j'ai moi-même signalé plus d'une
« haute vérité cachée *sous le voile des images chré-*
« *tiennes*…. Mais il ne faut pas prétendre que jamais
« la raison n'essaie de se rendre compte de la vérité
« *sous une autre forme que celle-là*…. Ce serait s'op-
« poser à la marche nécessaire des choses (3). »

— « En attendant, il faut que le vieux monde
« s'efface, que nous voyions mourir tout ce que nous
« aimions, ce qui nous allaita tout petits, ce qui fut
« notre père et notre mère, ce qui nous charmait si
« doucement dans le berceau… C'est en vain que la
« vieille Eglise catholique élève toujours au Ciel ses
« tours suppliantes ; ce monde condamné s'en ira avec
« le monde romain, le monde grec, le monde oriental ;

(1) Edg. Quinet, *Génie des religions*, liv. I, p. 40.
(2) Damiron, *Essai sur l'hist. de la philos.*, t. I, p. 278.
(3) Cousin, *Fragm. philos.*, 2ᵉ édit. Préface, p. 51, 52.

« il mettra sa dépouille à côté de leurs dépouilles.
« Dieu lui accordera tout au plus, comme à Ezéchias,
« un tour de cadran... Mais il se transformera pour
« vivre encore (1). »

« Que vient donc nous crier ce Gascon de sa voix
tonnante? Tous ces dogmes, tous ces mystères dont il
cherche à nous infatuer, ne sont-ils pas des *mythes,*
des *symboles,* des *figures que le soleil de la philosophie
dissipera,* comme l'a dit excellemment Jouffroy, ou
plutôt que le soleil de la philosophie a déjà dissipés ?
Je reconnais encore dans ces tableaux animés que le
rhéteur nous trace, le pouvoir d'agacer les nerfs ; je
n'y trouve plus la puissance de convaincre la raison.

« N'est-il pas venu hier, par exemple, nous peindre,
nous ouvrir l'enfer? L'enfer ! au xixe siècle ! quel
anachronisme !

— « Le temps n'est plus aux rêves théologiques, ni
« à la superstition et à la rouille des vieilles croyances
« et des hommes à imagination aventureuse (2). »

— « La théologie, dit un savant que mon professeur
« estime singulièrement, la théologie, qui convenait
« peut-être dans l'enfance du monde, n'a plus aucun
« crédit. Les bonnes, pour faire obéir les enfants, leur
« disent que Croquemitaine va les mettre dans son
« sac, et l'enfant craintif se soumet. Les prêtres
« disaient aux hommes que s'ils ne pratiquaient pas la
« morale religieuse, le bon Dieu les livrerait au feu de
« l'enfer, et les hommes crédules obéissaient. Aujour-
« d'hui que le monde atteint sa majorité, il se rit

(1) Michelet, *Hist. de France,* t. II, p. 697.
(2) Gatien Arnoult, *Doctr. philos.,* p. 258.

« du diable, comme le jeune homme de Croque-
« mitaine (1)... »

« En résumé, Henri, cet homme me pèse ; sa présence me fatigue. Il réchauffe en moi une lutte qui
avait cessé. Je sens comme un trouble envahir les
puissances de mon âme. Quand je suis sous l'influence
de sa parole brûlante, quand j'arrête mes yeux sur
cette face enthousiaste, inspirée, il me semble que je
crois ; quand je repose ma pensée sur les graves
autorités que l'on me recommande, quand surtout je
vois le proviseur et les professeurs chuchoter, sourire,
comprimer un dédain trop visible, alors ce reste de
foi s'évanouit, et ma raison reprend son empire. Je
comprends du reste l'effet prodigieux que le christianisme, avec ses *symboles* effrayants, ses *mythes* terribles, devait faire sur des peuples enfants, sur des
intelligences crédules. Mais « IL EST USÉ ; » nous ne
sommes plus condamnés envers lui « *qu'à un hommage
forcé*, » et l'heure a sonné où, en fait de doctrines,
« l'évidence seule fait la force. »

« On parle de confession. Pour mon compte, je n'y
ai point de goût. Le grand génie du dernier siècle,
celui dont on a dit : « Avoir été Voltaire est une des
plus grandes gloires qui puissent échoir à un
homme (2), » cet écrivain universel dit dans un ouvrage qui fut deux ans entre mes mains : « Un des
« conjurés (dans les troubles de la Fronde) eut la BÊTISE
« de se confesser... ; » et ailleurs : « Un doyen de la
« Sainte-Chapelle, attaché au prince de Condé, offrit
« pour secours de faire MANŒUVRER tous les prêtres dans
« la confession. »

(1) Aug. Comte, *Cours d'astronomie*.
(2) Lherminier, cité plus haut.

« Il se peut que notre cher proviseur ait l'intention
de faire MANŒUVRER son prédicateur; mais, pour moi,
je n'aurai pas la BÊTISE de m'y prêter. Du reste, c'est
là l'opinion de tous les élèves « *chez lesquels une autre
faculté, la réflexion, s'est développée et exercée.* » Car,
ici, on retrouve les mêmes distinctions que dans la société : tous les petits, c'est-à-dire les intelligences naï-
ves et crédules, qui sont encore sous l'influence de
l'éducation maternelle, cèdent facilement à l'impression et vont par bandes au confessionnal. Mais ceux qui
ont déjà grandi, ceux qui ont respiré l'air de la liberté,
sont plus difficiles à convaincre. A partir de la troisième, en remontant, très peu ont cédé à l'invitation.
Cela paraît contrarier le proviseur, qui ne cessait
naguère de répéter en ville : *J'aurai une foule de
communions...* Il a pris la peine de nous réunir hier,
pour nous inviter à nous approcher du tribunal de la
pénitence. Un morne silence a accueilli son exhorta-
tion. Et comme il insistait, un philosophe lui a répondu : Nous sommes prêts à y suivre notre proviseur et nos professeurs... Ce qui veut dire : nous
n'irons pas. Le proviseur s'est tû.

« Demain, la retraite se termine, et j'en jouis
d'avance. Tout est ici sombre, triste, consterné. Il
semble qu'une poussière de tombeau remplisse l'atmosphère...

« Je suis, etc.   AMÉDÉE. »

Les *grands* tinrent parole. Un très petit nombre
s'approcha du tribunal de la pénitence, et quelques-
uns se vantèrent de n'y être allés que pour argumenter
avec le prédicateur. Comme historiens véridiques, nous
devons ajouter notre témoignage à celui d'Aubert, et
dire que le jeune prêtre qui prêchait cette retraite

était certainement à la hauteur de sa mission. Rien
ne fut négligé par lui de ce qui pouvait faire impression sur des jeunes gens ; mais sa parole *tombait sur
la pierre* : il *agaça les nerfs,* suivant l'expression d'A-
médée, mais ne convainquit point. Les aumôniers
avaient eu raison de le dire : ce n'étaient ni l'indifférence, ni les passions seules qui amenaient ces
résultats, mais une *incrédulité positive.* Et la preuve
en fut dans une démarche que vingt-cinq ou trente de
ces jeunes gens firent le dernier jour même de la
retraite.

Le prédicateur avait été, ce soir-là, encore plus
éloquent que de coutume. Il avait prié, il avait pressé
les rebelles d'ouvrir enfin leur cœur à l'inspiration de la
grâce. Les plus durs avaient dû donner des larmes à
ses supplications touchantes. Après l'instruction, on
frappe à sa porte. Il se réjouit à la vue de cette foule de
jeunes gens qui viennent sans doute se jeter à ses
genoux et dire : *Mon père, nous avons péché contre le
ciel....* L'erreur ne dura guère : le plus âgé de la troupe
prend la parole, et, après avoir formulé un fade compliment sur le zèle et le talent du prédicateur, il
s'excuse de n'avoir point cédé à ses invitations, et
conclut en disant, au nom de tous ses camarades :
Nous ne croyons plus (1)!

(1) Historique.

Septième année.

« Ma sciatique me tourmente bien comme un démon, mon cher lieutenant, écrivait le capitaine Aubert; ça mord comme un crabe. Je vous avoue que la vie est parfois insupportable.... Ajoutez à cela que j'ai encore deux ou trois procès avec ces enragés de voisins, qui ne me lâcheront qu'au cercueil, je crois....

« Ensuite, mon fils m'a l'air de prendre un mauvais pli. C'est un libertin, pour trancher le mot. Il m'a fait des fredaines pendables, pendant ces vacances. Je m'attendais sans doute à ce qu'il ferait un peu la vie; mais je ne croyais pas que ce serait si tôt ni si fort. La mère se désole. Je commence à voir que ses craintes étaient un peu fondées, ainsi que toutes les prophéties de son vieux curé.... Mais il est trop tard pour y remédier. Et puis cette bourse! Savez-vous que c'est énorme, une bourse! Je n'y suffirais pas sans cela, avec mon tas d'enfants et mes procès....

« Du reste, je saurai faire jouer la baguette. Je me souviens encore comment nous mettions à la raison nos mutins de conscrits. Une main de fer : c'était le système du vieux.

« Écrivez-moi ce que font vos vaches, si elles prospèrent, etc... AUBERT. »

———

Oui, en vérité, elle se morfondait, la pauvre mère, et ses deux yeux ne pouvaient plus lui suffire à épancher les larmes que ses malheurs faisaient naître. Ces *fredaines* dont parlait le capitaine n'avaient été ni plus ni moins que de beaux et bons scandales, dont les plus endurcis eussent à peine osé braver la responsabilité. *Il est trop tard! il est trop tard!* c'était toute la réponse que faisait le mari aux plaintes de sa malheureuse épouse. *Pourquoi y as-tu songé la première?* ajoutait-il, et on juge de quel poids ces mots-là retombaient sur ce cœur maternel. Elle frissonnait, la chère femme, en songeant à l'avenir : un pressentiment secret lui laissait entrevoir jusqu'où un esprit impie, flanqué d'un cœur vicié, peut entraîner un jeune homme et tout l'honneur d'une famille. Déjà même, ô surcroît de douleur! elle croyait s'apercevoir de l'influence qu'Amédée avait exercée sur ses sœurs. Elle avait saisi un jour, dans l'armoire de l'une d'elles, un ouvrage de George Sand et les *Confessions de Rousseau.* La jeune fille, il est vrai, n'avait pas eu le courage d'achever ces tristes lectures ; mais tout mal a son commencement. Et n'était-ce rien que d'avoir reçu, d'avoir ouvert un livre sans consulter sa mère?...

Que Dieu vienne en aide aux poignantes douleurs de cette pauvre mère !

Et l'autre, au contraire, ne goûte que des consolations. Son fils vient de lui découvrir, dans une lettre touchante, la résolution qu'il a prise de se consacrer aux missions étrangères. Cette nouvelle fit d'abord couler les larmes maternelles ; mais dans ces larmes, il y avait plus de joie que de tristesse. Une mère sans doute n'apprend pas sans émotion que son fils va être pour toujours enlevé à sa tendresse, qu'il pourra mourir sous la cangue chinoise ou sous le casse-tête du sauvage. Mais bientôt la foi reprenant son empire, Mme Desgrenats éprouva comme un saint transport de joie qu'elle exprima en ces termes :

«.... Comme tu voudras, mon fils, ou plutôt comme

il plaira à Dieu. Ici ou là, qu'importe, si nous faisons sa volonté? *Il est le maître : qu'il fasse selon son bon plaisir* (1)... Loin de moi la pensée de m'opposer le moins du monde à l'exécution de ses desseins... S'il me demande mon fils comme à Abraham, comme Abraham je saurai le donner... C'est avec une joie réelle, et peut-être un peu d'orgueil, que j'ai accueilli ta décision, ô mon enfant! Cher Henri, que le bon Dieu te bénisse! qu'il entretienne en toi ces saints désirs! qu'il les mène à maturité! J'unis mes prières aux tiennes dès ce moment dans cette vue, et, si les vœux ardents d'une mère ont quelque poids dans la balance du ciel, tu ne reculeras pas, mon fils, dans la noble carrière où tu vas t'engager. Et mon cœur maternel t'y suivra : en Chine ou en Amérique, en Guinée ou au Tong-King, je serai toujours avec toi ; trop heureuse du bien que tu y feras, trop fière d'avoir donné à Dieu un apôtre, et peut-être un martyr.... Je te presse contre mon cœur....   « TA MÈRE. »

Henri se sentit extrêmement soulagé à la lecture de ces lignes : il avait craint d'abord que sa mère ne combattît sa résolution. Ce généreux dévouement doubla le sien. Il lui tardait d'être libre pour exécuter son projet. Comme il avait continué de tenir son ami Aubert au courant de toutes ses pensées, il crut devoir aussi lui communiquer celle-là. Il en prit même occasion pour chercher à réveiller d'anciens sentiments déjà trop oubliés. Nous citerons les passages suivants de sa longue lettre :

« .... Cette nouvelle te jettera dans l'étonnement peut-être, cher et malheureux ami ; et pourtant, si les choses avaient suivi leur cours, c'est-à-dire si la fin

_____

(1) 2ᵉ Reg., c. 15.

eût répondu au commencement, ç'eût été à toi de
m'apprendre une pareille résolution, et à moi d'en être
ébahi. Vois donc quel espace quelques années ont
jeté entre nous ! Tu as perdu la foi, et chaque jour,
me dis-tu toi-même, tu en sens dépérir la dernière
étincelle ; et moi, dominé, emporté, pour ainsi dire,
malgré moi vers le but que cette foi nous propose, je
ne puis résister au besoin de faire à Dieu un entier
sacrifice... C'est comme un courant de feu, comme un
souffle irrésistible, qui ne me laisse ni repos ni cesse.
O bonté, ô justice divines ! que vos jugements sont
incompréhensibles !...

« .... Oui, je partirai, mon bon ami ; le dernier lien
qui m'eût retenu peut-être, l'amour de ma mère, s'est
brisé comme de lui-même : je suis libre ! Quand Dieu
veut, tout est facile. Pas une larme ne s'opposera à
mon départ ! Bien plus, celle même dont la voix, plus
forte que tous les câbles, eût amarré ma nacelle au
rivage, me pousse en pleine mer ; elle me fortifie dans
ma résolution, et peut-être me maudirait-elle, si je
venais à faiblir devant la grandeur de l'entreprise.
Visiblement, Dieu s'en mêle. Je partirai...

« .... Et toi, ô mon ami ! que vas-tu devenir ? Ma
longue et sincère amitié me donne le droit de te plaindre et de chercher encore une fois à t'ouvrir les yeux.
Amédée, de funestes doctrines t'égarent ; des exemples pervers t'entraînent. Qu'as-tu fait du Dieu de ta
jeunesse ? Enfant prodigue, que vas-tu chercher loin
de la maison paternelle ? Une heure viendra, et elle
n'est pas loin, où tu déploreras ta folie... Peut-être
sera-t-il trop tard. N'est-il pas vrai que tu n'as plus
la paix ? que déjà le trouble des passions t'agite ? Toi
qui annonçais des dispositions si belles pour la vertu,
as-tu pu te laisser prendre si vite aux attraits du vice ?

Comment l'or s'est-il obscurci, et a-t-il perdu son éclat ?
Je n'en sais rien ; mais je tremble quand j'y songe. Toi,
tu ne l'ignores pas ; tu sais par quelle pente rapide on
descend vers l'abîme : ta conscience, — et tu as beau
faire, ce juge terrible ne meurt pas, — ta conscience
t'indique le moment funeste où tu cédas pour la première fois ; elle te marque l'endroit, l'heure, l'occasion ;
jamais ce point livide ne s'effacera de tes souvenirs...

« .... Du reste, je fais la part des circonstances ; je
tiens compte de l'influence d'un enseignement impie,
ou plutôt païen, des sourires douteux, de l'indifférence
et peut-être de l'impiété de tes maîtres ; je tiens compte
surtout des mauvais exemples de tes condisciples, et
de l'espèce de conjuration qui se fait contre ta vertu.
Dieu, j'en ai confiance, s'en souviendra aussi. Mais
cela te justifie-t-il, même à tes yeux ? Et si cela explique tes chutes, cela rend-il raison de ton opiniâtreté
dans le mal ? Tu as perdu la foi, tu es tombé, soit :
relève-toi, du moins. Le remède est sous ta main : un
peu de bonne volonté, un peu de cette virilité qui semblait propre à ton caractère !... Dis avec le Prodigue,
honteux de son abaissement : *Je me lèverai, et j'irai
retrouver mon père...*

« Je t'en conjure, au nom de ton Dieu, au nom de
ton âme, au nom de ta mère. Tu ne saurais croire
combien ta conduite afflige celle qui t'a donné le jour.
O mon ami ! malheur à l'enfant qui contriste sa mère !
Elle avait mieux mérité de toi, cette femme excellente !
C'est avec des larmes qu'elle écrivait récemment à la
mienne : *Il devait faire ma consolation et il est ma
croix la plus lourde...*

« Quant à moi, je ne t'oublie pas et ne t'oublierai
jamais. Quel que soit le point de ce globe où Dieu me
place, je prierai pour toi. C'est en vue d'obtenir ton

retour à des sentiments meilleurs que j'offre à Dieu,
dès ce moment, mon sacrifice, etc.   HENRI. »

———

Quand l'impie, dit l'Écriture, *est arrivé au fond de
l'abîme, il méprise* (1). Le collégien en était-il déjà là?
On pourrait le croire d'après le cas qu'il fit des exhor-
tations de son ami. Il ne mit, toutefois, aucun intervalle à répondre, et sa réponse, la voici :

Mon professeur de rhétorique.

« Mon professeur est poète, ou croit l'être. Son
front se ride, ses cheveux frissonnent, ses lèvres se
serrent, son œil plonge : signes de l'enthousiasme.
Silence! laissez le *vates* se débattre avec l'esprit d'en
haut; ou plutôt faites du bruit, du tumulte même, il
n'y prendra garde : son âme est ailleurs, dans l'espace, dans l'infini. L'inspiration est subite, mais impérieuse, entraînante : creusez les profondeurs, su-
perposez les hauteurs, accumulez les infinis, il les
dépassera toujours. Ses narines s'écartent, son regard lance la flamme, ses veines se gonflent, sa bouche écume : c'est la sybille luttant contre la puissance
du dieu. — Mais non : chez M. Visenlair, cet enthousiasme est factice, purement factice. Cet homme ri-
maille. Il enfile des hémistiches. C'est un savetier. Il
commerce en vieux. Il radoube des rimes, recoud des
syllabes, gaspille des images, reteint des guenilles :
il vit de bribes, et quelles bribes! Toutes ces langueurs
usées, toutes ces larmes tant de fois pleurées, tous
ces soupirs tant soupirés, ces bocages, ces murmu-
res, ces abandons, ces regrets, ces mélancolies, tout
ce menu, tout ce fond de boutique qui traîne depuis
vingt ans dans les bas-fonds du Parnasse, ou s'épa-

————

(1) Proverb., c. xviii, v. 3.

nouit sur les quais, il le ramasse, il le rapièce, et le donne pour du neuf.

« Mon professeur traite l'ode et l'idylle. Ces deux extrêmes de l'art sont ses spécialités. Nous devinons à sa tenue laquelle s'élabore dans son cerveau. Pour l'ode, il s'ébouriffe, il horripile, il halète ; pour l'idylle, il s'affaisse, il sourit, il soupire ! Mais quel sourire vague et *pâle* ! quel soupir doux et mélancolique ! Car le genre de mon professeur est surtout le genre badin ; il exploite Anacréon, il écorche Tibulle ; il affirme que l'antiquité ne nous a laissé que cela d'un peu propre. Il trouve Virgile fade comme le chou. Parmi les modernes, il vante Boufflers, Chaulieu et surtout Parny. Parny est son idole. Il trouve Voltaire sans esprit, et surtout sans cœur. Quelle idée ! Il réduit toutes les passions à une seule, et cite là-dessus Properce, lord Byron et Mme Deshoulières. Toute sa classe se fait en vers, sur des vers ou à côté des vers, c'est-à-dire à l'envers, à tort et à travers. Chaque jour, il nous donne du crû, avec prologue et commentaire ; et quand les beaux passages arrivent, — et il n'y a presque rien autre chose, il s'anime, il s'emporte, il s'envole. Le commentaire a pour but de faire saillir les beautés. C'est mon meilleur moment : je n'ai que bâillé au prologue, et sommeillé durant la pièce : je m'assoupis au commentaire. Je trouve toujours l'exercice trop court.

« Mais où mon professeur puise-t-il cette intarissable verve? Dans l'idéal ? Non ; c'est un matérialiste. C'est la bouteille qui l'inspire. Il aime le Falerne au moins autant qu'Horace. Il invoque, et surtout il encense aussi neuf muses. Voici leurs noms : l'Anisette, l'Eau de noyau, le Curaçao, l'Eau de cerise, le Cognac, le Vespétro, le Grog, la Bière et le Punch. Voilà son Parnasse, ou plutôt son Hippocrène. C'est là que son

génie puise. Nous l'avons vu venir quelquefois rouge
comme cerise, et chancelant dans sa marche. Les
yeux lui sortaient de la tête. Était-ce le délire poétique qui avait produit ce désordre dans ses traits, ce
décousu dans ses idées? Hélas non ! c'était Bacchus,
aidé de l'une des neuf sœurs.

« Mon professeur croit être un poète, et n'est qu'un
ivrogne...

———

« Quant à ton projet, Henri, reprenait Amédée après
un tiret, c'est une idée comme une autre. Il y a en
Chine des choses curieuses à étudier, car cette terre
est encore inexplorée : tu pourras en tirer parti dans
l'intérêt de ta gloire ou de la science. Le fanatisme a
produit des merveilles ; il peut en produire encore.
Seulement, je ne te suivrai pas sur ces plages lointaines : ma foi est morte, comme tu le dis très bien'
et n'a pas envie de ressusciter. Je crois, avec un de nos
« maîtres, que l'éternité se rit de nous comme le vent,
« quand il s'amuse à travers les carrefours, avec
« l'herbe des faneurs qu'il a ramassée dans les clai-
rières (1). » Croire! quoi? S'il me prenait fantaisie de
croire, je ne saurais plus à quoi me prendre. Plus de
symbole debout avec ces gens-ci. J'attends, comme
eux, la religion de l'avenir. Ils ont démoli un à un tous
les dogmes du christianisme. Je te défie d'en citer un
qui n'ait contre lui quelque grave autorité, bien prô-
née, bien vantée, par ceux qui sont chargés de m'instruire. Or, *le disciple n'est pas au-dessus du maître.*
Pourquoi me fatiguerais-je à reconstruire l'édifice, à
restaurer tous ces dogmes si humiliants pour la raison,
si gênants pour la nature? Je serais bien sot, tandis
que la *raison* est si commode, et la nature si impé-

(1) Quinet, *Ahasvérus*, p. 324, etc.

rieuse ! S'il n'y a pas d'autre Dieu que le *Dieu-Nature-Humanité* de M. Cousin ; si *Jésus-Christ est un mythe*, comme le dit M. Jouffroy ; si le *dogme de la spiritualité de l'âme est une question prématurée*, suivant ce même Jouffroy ; si *l'enfer est un épouvantail dans le genre de Croquemitaine*, suivant M. A. Comte ; si *l'éternité se rit de nous*, au rapport de M. Quinet, qu'est-ce que le bien, qu'est-ce que le mal ? qu'est-ce que le vice ou la vertu ? Des mots, et rien de plus.

« Laissons donc, je te prie, les idées fixes, les dogmes arrêtés. Je vois à côté de moi, ici au collège, des juifs, des protestants ; il y a dix ans, j'aurais eu horreur d'un tel contact. Aujourd'hui, je vis avec eux en parfait accord. Ils ne tiennent pas plus à leur culte que moi au mien, et cela va à merveille. Pourquoi les condamnerais-je ? « A-t-on pris pour principe un culte
« qui n'est pas purement moral, dit un des membres
« les plus savants de l'Université, un culte qui peut,
« au besoin, réconcilier avec le Dieu auquel il est
« agréable, *à ce que l'on prétend* ; il n'y a pas de dif-
« férences assez considérables dans la manière ÉGA-
« LEMENT MÉCANIQUE de le servir, pour qu'il vaille la peine
« de préférer l'une à l'autre. Toutes ont le même prix,
« ou plutôt N'EN ONT AUCUN. C'est PURE GRIMACE que de
« regarder comme supérieur celui qui s'écarte du prin-
« cipe intellectuel de la pure adoration de Dieu, plus
« subtilement que celui auquel on reproche de s'a-
« baisser grossièrement jusqu'à flatter les sens (1). »

« Le protestantisme ! Il fut une heure où, sorti de la bouche de ma mère ou du vieux Prudent, ce mot me faisait tressaillir. Aujourd'hui, j'ai lu. Guidé par nos maîtres Michelet, Lherminier, Guizot, et vingt autres,

(1) Bouillier, *Théorie de Kant*, p. 156.

j'ai apprécié ce vaste mouvement de l'esprit humain.

« L'élan de la pensée, dit le dernier auteur que je
« viens de nommer, l'abolition du pouvoir absolu dans
« l'ordre spirituel, c'est bien là le caractère absolu
« de la réforme (1). » Voilà ce que j'adopte. Et comme
je n'aime pas les zigzags, je vais droit au but :
dépouillant, sur la parole de mes maîtres, tout ce vain
fatras de dogmes et de morale, je m'en tiens purement et simplement à ma raison propre, ou plutôt à
mes instincts ; mon seul Dieu, c'est le plaisir.

« *Enseignement païen !* dis-tu ! Oui, l'antiquité
païenne m'apparaît belle. Eh ! pourquoi la rejeter ? Elle
eut bien ses charmes. « Le principe de la liberté de
« penser, dit encore le profond auteur de l'*Histoire de*
« *la civilisation,* le principe de toute philosophie, la
« raison, se prenant elle-même pour point de départ
« et pour guide, est une idée essentiellement fille de
« l'antiquité, une idée que la société moderne tient
« de la Grèce et de Rome. Nous ne l'avons reçue
« évidemment ni du christianisme ni de la Germanie...
« C'est là le legs le plus précieux qu'ait fait l'anti-
« quité au monde moderne (2). »

Eh bien ! ce legs, je l'accepte. Que ma raison soit
mon guide. Or, ma raison m'enseigne avec Lucrèce,
avec Epicure, que la volupté est mon seul Dieu : pourquoi en chercherais-je un autre ? Pourquoi reviendrais-
je à ce que j'ai quitté ? « semblable, dit M. Gatien
Arnoult, à l'animal impur qui se nourrit une seconde
fois de ce qu'il a vomi ? » Souvent, au contraire, je me
prends à regretter que le paganisme, si indulgent
pour la nature, si commode pour les sens, ait succombé
devant cette absurde et tyrannique doctrine de la

(1) Guizot, *Hist. de la civilis. en Eur.*, xii° leçon, p . 360.
(2) Guizot *Hist. de la civil. en France,* leçon xxx, t, II. p, 409.

croix. On a trop médit des sociétés païennes. « Sortons
« de ces passions de circonstance, dit M. Lherminier,
« et nous verrons les sociétés païennes, riches et
« fortes par leurs doctrines et leurs vertus héroï-
« ques, épanouies, brillantes. Là l'humanité se déve-
« loppait avec vigueur et beauté ; elle composait, pour
« ainsi dire, un groupe harmonieux et magnifique,
« dont l'œil ne saurait se détacher : l'antiquité est la
« sculpture de l'histoire... Le mérite du paganisme
« est d'avoir dans l'homme exalté la force ; nous
« aurions besoin aujourd'hui de quelques vertus anti-
« ques et païennes... Il est donc inique de représen-
« ter les sociétés comme déchues et ravalées par
« l'empire du polythéisme. Le christianisme asser-
« vit l'humanité, mais il ne la constitua pas. Avant sa
« venue, le monde vivait ; il n'a pas commencé l'his-
« toire, pas plus qu'il ne la consommera (1). »

« Ne crois pas, du reste, ami, que je prenne à la
lettre ces phrases pompeuses. Non, ce n'est pas précisément le chat ou l'oignon d'Égypte que je regrette,
ni le palestre, ni les poulets sacrés, ni le dieu Priape ;
ce n'est pas là non plus ce qui tient au cœur de nos
maîtres ; car M. Lherminier sait aussi bien que moi
que s'il avait eu le malheur d'être esclave, — et il y en
avait, dans l'empire romain, CENT VINGT MILLIONS sur
six millions d'hommes libres, — son sort n'eût pas
été des plus doux, et qu'il se fût fort peu soucié, en
ce cas, de figurer dans le *groupe harmonieux*, et d'occuper son petit coin dans la *sculpture de l'histoire*.
Encore une fois, ce n'est pas le polythéisme avec ses
coutumes barbares, ses guerres d'extermination, sa
théogonie ridicule, ses pratiques superstitieuses, sa

(1) Lherminier, *Revue des Deux-Mondes*, t. VII, p. 742.

législation sanguinaire, et surtout cette horrible loi de l'esclavage, non, ce n'est pas cela que regrettent pré_cisément nos savants professeurs : plus d'un d'entre eux ont stigmatisé cet état de choses aussi ridicule qu'atroce. Mais ce qui plaît, mais ce qui charme, c'est ce doux culte des sens, c'est ce règne sans contrôle du matérialisme, c'est cette licence donnée à la raison et au plaisir. Nous ne nous y trompons pas, nous autres, nourrissons dociles mais intelligents de ces maîtres illustres; les mystères d'Eleusis, les mythes riants de Paphos, les idylles de Théocrite, les chants de Sapho la Lesbienne, voilà le beau côté de ces temps à jamais regrettables. Un professeur de philosophie a pu écrire : « Les réactions catholiques « enveloppèrent la science et l'art dans leurs proscrip- « tions ;... la littérature classique fut condamnée ; il « devint impossible de reproduire les MAGNIFIQUES « SCANDALES de l'Arétin et de Boccace (1). » Mais qu'étaient-ce que les scandales de Boccace et de l'Arétin, à côté des gentillesses du paganisme? Si ceux-là furent magnifiques, celles-ci durent être sublimes.

« Voilà aussi, mon cher ami, ce qui m'attache au polythéisme. Oui, je le regrette. M. Visenlair, qui a du bon sens à travers ses excentricités, nous fait assez bien ressortir jusqu'à quel point les anciens portèrent le culte de la beauté matérielle. La beauté, le plaisir! Épicure eut raison. Beauté, sois mon idole : plaisir, sois mon seul dieu !

« Pars donc : moi, je reste. AMÉDÉE. »

Vers ce temps-là s'éteignit l'abbé Prudent. Après

_____

(1) M. Ferrari, prof. de philos. à Strasbourg, *Vico et l'Italie*, p. 50, 85. — L'Arétin et Boccace, auteurs italiens tristement fameux par l'obscénité de leurs écrits.

avoir vécu de la vie des justes, il mourut de la mort
des saints. Il avait suivi de loin la chute d'Amédée
Aubert, et ce souci empoisonna ses derniers instants.
On l'entendit plusieurs fois, dans le délire qui précéda
sa mort, répéter tout bas : *Je le lui avais bien dit, à la
pauvre femme : son fils la tuera ! il la tuera ! il les tuera
tous !* On ne douta point que ce ne fût encore l'image
de ce malheureux étourdi qui préoccupât ses dernières
pensées. On trouva dans un tiroir de sa vieille table
de chêne un pli cacheté avec cette suscription : *A
madame Aubert.* Bien qu'il n'eût point donné d'ordre
précis à cet égard, on crut devoir envoyer le billet à son
adresse. Il contenait les lignes suivantes :

« J'ai remarqué, chère dame, que vous faites toutes
sortes d'efforts pour vous dissimuler les dangers que
court votre fils. Je ne suis pas dupe, ni vous non plus,
de cet instinct de la tendresse maternelle. Vous aimez
à cacher une plaie que vous ne pouvez guérir ; il serait
difficile de vous en vouloir. Mais le nom d'*aumônier*
revient souvent sous votre plume. Vous paraissez, —
vous paraissiez, veux-je dire, compter beaucoup sur
l'intervention de ce prêtre, qui est, du reste, rempli de
vertus et de talents, je le sais. Aujourd'hui, sans doute,
votre illusion est dissipée. Si elle ne l'était pas tout à
fait, je vous prierais de lire les lignes suivantes, tra-
cées par un homme qui marquera dans la chaire chrétienne, et qui fut, lui aussi, aumônier de collège.

« *Un aumônier de collège* »

« Rien n'est plus à plaindre qu'un aumônier de col-
« lège. En butte à la méfiance des maîtres laïques, in-
« connu des enfants qui ne l'aperçoivent qu'à l'autel,
« sans lien avec qui que ce soit, mais environné d'un
« esprit froid et contraint, il erre comme une ombre

« triste dans une maison d'étrangers. Ce n'est ni un
« père ni un professeur, ni un domestique, ni un prê-
« tre parlant à des hommes avec l'indépendance de la
« foi ; c'est quelque chose qui n'a pas de nom. Invisi-
« ble et nul pendant toute la semaine, il descend deux
« fois le dimanche dans une chapelle où on lui amène
« son troupeau. A peine y reconnaît-il quelques en-
« fants ; si, à force de bonté évangélique, il a rendu
« sensible à sa position cette jeunesse réunie un mo-
« ment pour l'entendre, on ne se moque pas de lui :
« on le laissera passer avec une sorte de pitié chari-
« table, et pourvu qu'il ne soit pas trop long, les élèves
« s'en iront contents. En voilà pour huit jours, car je
« ne parle pas de l'office du jeudi, qui ne coûte qu'une
« demi-heure de patience aux victimes de la messe
« universitaire. Dans l'intervalle, le pauvre prêtre en-
« voie arracher quelques enfants à leurs études, pour
« leur dire : *La paix soit avec vous* ! Je suis de ceux
« qui cherchent les brebis perdues d'Israël pour leur
« donner la vie : *Ego sum qui loquor tecum.* Voulez-
« vous me recevoir ou faut-il que je m'en aille ? Les
« enfants répondent ce qu'il leur plaît à cet étranger
« qui leur parle, et ils s'en vont. Ainsi se succèdent
« les jours et les années. Je ne dis rien des tracasse-
« ries de détail, des humiliations préparées à dessein,
« de tout ce qui tient au hasard des choses et des per-
« sonnes ; je m'attache à la situation telle qu'elle est
« en soi, et je n'en connais pas qui joigne à un si pro-
« fond dénuement des consolations humaines, une si
« grande privation des joies divines. Le dernier curé
« de village est chez lui ; personne ne vient de force à
« sa messe ; il connaît son troupeau ; il a vu mourir les
« pères et naître les fils, il a fait du bien à quelqu'un
« dans ce nombre d'hommes au milieu desquels il vit ;

« mais à qui un aumônier de collège a-t-il fait du bien ?
« Il assiste comme un témoin du Ciel à la corruption
« de ce qu'il y a de plus aimable au monde ; et si par
« hasard il sauve du vice quelque enfant plus heureux,
« il le voit disparaître au bout de peu de jours, et n'ose
« pas même le regretter, tant son innocence avait be-
« soin de fuir (1). »

« Voilà, chère dame, ajoutait le vieillard, un portrait
tracé de main de maître. Vous voyez qu'il n'y a plus
guère moyen de se faire illusion. Espérez-vous donc
que votre fils sera *cet enfant plus heureux?* On m'aurait bien trompé alors ; car j'ai ouï dire qu'il est loin de
vous consoler.

« Je m'en vais. Je sens un affaissement général dans
tout mon être ; peu de jours certainement me séparent
de la tombe. Eh bien ! à ce moment solennel où déjà l'esprit est comme illuminé des clartés de l'autre monde,
je vous dis de nouveau avec larmes : Arrachez votre fils,
s'il en est temps encore, aux dangers d'une éducation
impie. L'enseignement universitaire le perdra... Le monopole perdra la France...   « L'abbé PRUDENT. »

Mais il n'était plus temps : *l'enseignement impie* avait
pénétré profondément l'âme du jeune Aubert ; chez lui
le mal était sans remède. A la différence de l'immense
majorité de ses condisciples, qui, prenant les choses plus
légèrement, n'étaient incrédules et libertins que par imitation ou par entraînement, Amédée avait percé l'é-
corce, et, guidé par ce besoin inné de se rendre raison de
tout, il avait voulu scruter la doctrine et procéder logiquement. La plaie n'en était que plus profonde. En effet,
par la miséricorde divine, la jeunesse qui peuple aujour-

(1) L'abbé Lacordaire, ancien aumônier du collège Henri IV,
à Paris.

d'hui nos collèges échappe encore sous un rapport aux
théories perfides des maîtres de la doctrine ; grâce à son
insouciance, elle veut bien se passer de Dieu et suivre
ses instincts ; mais elle n'a cependant ni le temps ni la volonté de se pervertir totalement le sens par la lecture ap-
profondie des ouvrages que ses docteurs lui donnent en
pâture. Ce qui fait qu'au-dessus d'un cœur gâté, il reste
parfois chez elle un esprit droit, qui, plus tard, corrigé
par le temps, averti par l'infortune, suffit à en ramener
un bon nombre dans la voie droite. Mais Aubert, avec le
mauvais exemple, avait sucé la doctrine ; il raisonnait ;
le libertinage n'était plus pour lui le simple fait d'une
nature lâche ou fougueuse, mais le fruit d'une conviction, le résultat d'une étude. Il avait lu beaucoup plus
avant que ses condisciples dans cette théorie panthéiste
qui, sous les nuages où elle s'enveloppe, ne tend à
rien moins qu'à saper toute religion et tout ordre public par la base. Il portait dans le vice un calcul qui
faisait trembler pour son avenir.

Henri avait cru devoir lui apprendre la mort du
vieux prêtre ; peut-être se flattait-il que cet événement
ferait sur son ami une salutaire impression, en lui
rappelant les souvenirs de sa vertueuse adolescence.
Voici ce qu'Aubert lui répondit :

« Le prêtre ! ! quelle sensation étrange ce mot excite
en moi ! Il fut un temps où c'était du respect ; plus tard
ce fut de l'indifférence ; aujourd'hui, c'est de la haine.

« Que m'importe ton vieux prêtre ? qu'il vive ou qu'il
meure, cela ne me touche. Je me rappelle avec tristesse
les langes dont il enveloppa mon enfance, et peu s'en
faut que je ne jette une malédiction à sa mémoire.

« Le prêtre, qu'est-ce donc que cette ombre noire,
errant à travers les ruines du temple détruit, éternel
ennemi du plaisir, oiseau de sinistre augure, chat-

huant de l'édifice moderne, obstacle vivant du progrès
social? Écoutons nos maîtres :

LE PAPE, L'ÉVÊQUE, LE PRÊTRE.

« Le pape est une copie du grand lama (1). »

« Procurer à l'unité une domination mystique, voilà
« le thème des prêtres qui se succédèrent au Vatican...
« Mais tout s'altéra dans l'exécution... Le génie, l'au-
« dace, la licence, la ruse, l'ambition, la perfidie, se
« mêlèrent par d'étranges combinaisons, et de gran-
« des comédies furent données au monde (2)... »

« La cour romaine a toujours été représentée par les
« historiens comme la plus corrompue de toutes (3). »

« Elle est implacable contre tout ce qui est nouveau ;
« le génie, surtout dans le sein de l'Eglise de France,
« lui cause toutes les transes de la peur et tous les
« déchirements de l'envie. Ces cardinaux italiens, qui,
« de temps à autre, se donnent un maître, sont iné-
« puisables en ruses et en rancunes contre tout ce
« qui tient à la France (4). »

« Il y a deux siècles, l'aspect du Vatican et de Rome
« eût peut-être excité mon indignation ; mais en visi-
« tant, il y a bientôt deux ans, la ville maîtresse, où
« je cherchais surtout l'antiquité, je n'ai trouvé dans
« mon cœur que de la pitié pour les derniers restes
« de la théocratie romaine, pour cette agonie qui
« s'ignore et qui s'exaspère, pour ce sacerdoce dégé-

(1) Ferarri, extr. de *Vico et l'Italie*, p. 383.
(2) Lherminier, *Revue des Deux-Mondes*, 3· série, t. III, p. 278.
(3) Guillaume Libri, *Revue des Deux-Mondes*, 2· série, t. I, p.
399. *Hist. des mathém.*, t. II, p. 262.
(4) Lherminier, *Revue des Deux-Mondes*, t. VII, p. 744;

« néré, qui ne se réveille de sa léthargique mollesse
« que dans le désir de maudire de temps à autre et d'op-
« primer autour de lui l'intelligence et la liberté (1). »

« Voyez, soyez convaincus, la papauté a-t-elle un
« souffle de vie ? Dans notre pays, le génie la dédai-
« gne, il se tait... Mais s'il m'était donné de vous mon-
« trer la secrète indignation qui oppresse cette âme
« fière, vous apercevriez les montagnes de mépris qui
« s'y entassent (2). »

« La papauté est « une puissance d'imagination,
« une IDOLE adorée au loin, mais faible et vulnérable
« dans son temple : des ruines sur des ruines (3). »

« Quand me sera-t-il donné de revenir rêver sur les
« ruines de la cité endormie, sur les débris de deux
« religions, dont l'une est morte et dont l'autre ne peut
« relever ses temples qui tombent (4) ! »

« Quand un voyageur entre dans Rome, il entrevoit
« la grandeur de cette domination spirituelle, *qui est*
« *tombée* comme la première (5). »

« *L'hiérarchie* (sic) sacerdotale, gouvernement d'un
« CULTE FAUX rendu à Dieu, est la constitution d'une
« Église dans laquelle le fétichisme est exercé et reçu
« comme une religion.... Certaines formes de l'Église
« présentent en effet un *fétichisme si varié et si méca-*
« *nique*, qu'il semble devoir écarter toute moralité,

(1) Lherminier, *Revue des Deux Mondes* p. 733.
(2) Id., *Cours au Collège de France*, 1834.
(3) Villemain, *Scène hist. au IXᵉ siècle. Revue des Deux-Mondes*, 2ᵉ série, t. II p. 75.
(4) Désiré Nisard, *Mél. de littérature*, t. I, p. 38 et 39.
(5) Villemain, *Nouv. mél.*, p. 429.

« même toute religion, et se rapprocher beaucoup du
« paganisme... Quant à sa constitution, elle est et reste
« toujours despotique (1). »

—

« Au milieu d'une domination anarchique et sauvage,
« le clergé seul se présente au nom d'une force mo-
« rale... Ce fut le secret de sa puissance ; il en pouvait
« faire et EN FAISAIT CHAQUE JOUR DES USAGES COUPABLES
« et qui devaient être FUNESTES A L'AVENIR ; mais dans
« le présent cette puissance était salutaire (2). »

—

« L'autorité épiscopale a substitué les petites pra-
« tiques à la morale, l'adoration des fétiches à l'adora-
« tion de Dieu ; le jeûne, le froc, le fouet, à la vertu...
« Elle s'est incarné l'esprit des docteurs et des phari-
« siens ; elle a *menti* en face de l'Évangile en faisant
« un Dieu de vengeance, un Dieu qui, comme Saturne,
« dévorait ses enfants...

« La haine et la colère, ces péchés mortels des
« hommes, sont devenues les attributs de la Divinité.
« L'autorité ecclésiastique a des armes : ELLE TUE, ELLE
« BRULE, DAMNE ET MAUDIT (3). »

—

« L'enseignement des prêtres, froid, dogmatique,
« terrible, ne se grave que dans la mémoire, et Jésus-
« Christ nous apprend que la religion ne veut être gra-
« vée que dans le cœur (4). »

—

« ... Et la cause de tant de maux, où la trouver ? Dans
« l'absence de la religion. Et l'absence de la religion,

(1) Bouillier, *Théorie de Kant*, p. 82.
(2) Guizot. *Essais sur l'hist. de France*, 4ᵉ édit., p. 217.
(3) Aimé Martin, *De l'éducation des mères de famille*, ch. *Du christianisme des premiers siècles et du christianisme d'aujourd'hui.*
Ouvrage couronné par l'Acad. française et donné en prix dans
l'Université.
(4) Ib., *ibid.*

« d'où vient-elle ? *De l'ignorance du sacerdoce, de son*
« *éloignement de la lumière*, et de l'instruction STUPIDE
« qu'il persiste à recevoir et à donner (1). »

« Le prêtre romain qui croit toute religion, et ceci
« est de grande conséquence, est nécessairement en-
« nemi des hommes, puisque le genre humain, et *ceci*
« *est article de foi*, est ennemi de Dieu, né dans le
« péché et PRÉDESTINÉ AU FEU ÉTERNEL (2). »

« Le prêtre? C'est un malheureux... qui, pour évi-
« ter le sacrilège, *doit se faire athée ;* qui, pour éviter
« le scandale, doit se faire hypocrite ; qui, pour avoir
« voulu s'élever plus haut que les anges, est retombé
« PLUS BAS QUE LES DÉMONS (3). »

« L'Orient, avec ses esclaves et ses harems, n'offre
« rien de plus dégradant pour l'humanité que la Basse-
« Bretagne. Là, le père, la mère et les enfants man-
« gent *dans l'auge* de leurs pourceaux... *Tel est le*
« *peuple qui a des églises, des évêques, des prêtres* (4). »

« Il y a sans doute des hommes qui honorent le sa-
« cerdoce actuel, mais ceux-là n'ont pas assez de lar-
« mes pour pleurer ce qui se passe dans l'Église...
« LA CORRUPTION EST ENCORE LE FAIT GÉNÉRAL DU CLERGÉ.
« Cette corruption, pour être plus circonspecte et plus
« décente, sous l'active surveillance de l'opinion, n'est
« pas moins profonde depuis les plus bas degrés jus-
« qu'aux plus hauts... La cour pontificale elle-même a
« été mal corrigée par le protestantisme et la révolu-
« tion... La foi est dans la conscience de bien peu de
« ceux qui la servent... ; c'est parcequ'ils ne croient pas
« aux dogm   *s'ils exploitent*, c'est parcequ'ils vivent

(1, 2, 3) Aimé Martin., ch. *Le prêtre romain.*
(4) Ib., p. 222.

« d'une hypocrisie de tous les jours, que tant de prê-
« tres ont une si déplorable conduite (1). »

« Combien qui gouvernent avec leurs propres
« moyens, qui sont la superstition et les pratiques
« dévotes... Ils font adorer la religion sous la figure
« de la superstition (2). »

« Voilà le prêtre, concluait Amédée, tel que nous le
peignent nos maîtres les plus savants. Et encore, si
je recueillais ici tout ce qu'ont écrit sur le moine, qui
est l'expression la plus complète du sacerdoce, les
Villemain (*Nouv. Mél.*), les Guizot (*Hist. de la civil.*),
les Michelet (*Hist. de France*), les Bouillier (*Théorie
de Kant*), les Matter (*Hist. de l'Egl. chrét.*), les Libri
(*Hist. des Mathém.*), etc., etc., je ne finirais pas. Tu
verrais alors, Henri, le sacerdoce apparaître comme
une tache sur l'histoire, comme une souillure de l'humanité ; tu le verrais à toutes les époques infiltrer à
la société les vices dont il est imbu, et toi-même tu
ne pourrais t'empêcher de lui jeter l'anathème.

« La mort du vieux prêtre qui façonna au joug notre
imbécile enfance me ferait plaisir, si je voyais qu'il
laissât une place vide dans les rangs ; mais comme je
sais que le sacerdoce, chancre de l'humanité, croît toujours sous la faux de la mort, je ne m'en réjouis ni ne
m'en attriste.

« Pardonne-moi ma franchise, encore une fois. Je
sais que tu aimerais mieux ne rien recevoir de moi
que de n'avoir pas le fond de ma pensée. Je te dis ce
que j'apprends, je te donne l'enseignement des maîtres.

« Adieu, cher *Chinois*, etc...   AMÉDÉE. »

_____

(1) Joguet, prof. d'histoire à Nancy, *Siècle*, 18 mai 1859.
(2) Désiré Nisard, *Mél. littér.*, t. I, p. 247.

Huitième année.

Le lecteur le voit, l'éducation universitaire d'Amédée avançait. La semence avait porté ses fruits; les savants, qui se chargent de préparer sous toutes les formes la pâtée du collégien, n'eussent point désavoué ce docile nourrisson. Comme il est des terres où aucun grain ne se perd, ainsi cette intelligence avide avait accueilli toutes les erreurs que les despotes de l'enseignement ont jugé à propos de semer par les airs, et on peut dire que chacune d'elles avait pris racine chez lui. Il est inutile de faire observer que c'était là à peu près tout ce qu'avaient valu au jeune Aubert huit années traînées sur les bancs du collège : il avait saisi au passage tout ce que les auteurs anciens ou modernes contiennent de saletés, de blasphèmes ou d'absurdités, tout ce que ses professeurs avaient lancé d'ironies amères ou de dédains calculés à l'endroit de la religion, et puis c'était tout. De latin, fort peu ; de grec, encore moins ; de français, presque pas. Par un malheureux hasard, la plupart de ses professeurs ayant l'habitude, comme en certain haut lieu, de parler de tout en classe excepté de l'objet même de la classe, ce n'étaient que digressions sans fin, qui sur la poésie, qui sur la géologie, qui sur le gaz hydrogène, etc. Quant à l'histoire, il avait lu M. Burette, M. Michelet, M. Thiers, M. Matter : qu'on juge si le bagage était lourd! qu'on imagine surtout avec quelle justesse de coup d'œil il appréciait ce long drame qui se déroule dans l'histoire de l'humanité! Le fatalisme était sa doctrine ; il ne voyait, avec la plupart de ces graves historiens, dans le travail des siècles, qu'une combinaison des jeux du hasard ou les résultats forcés de je ne sais quelles causes occultes qui font que les événements se succèdent à peu près comme les plantes ; le genre humain lui semblait comme une grande arène où la ruse, l'habileté, la force, font en général la loi, où le succès justifie tout.

Tant était que le collégien de vingt ans doutait même de l'origine de l'espèce humaine.

Or, il avait exprimé son doute sous une forme assez bizarre. En tête d'un de ses livres classiques, de son dictionnaire, je crois, apparaissait un homme à demi formé, c'est-à-dire moitié homme, moitié animal, portant cette suscription : *Le premier des Aubert.* Au dessous on lisait, moulée en majuscules, cette belle phrase d'un savant universitaire, M. Ferrari : « *L'in-* « *telligence se développa et l'industrie naquit dans l'ins-* « *tant organique* où LA PATTE DE L'ANIMAL DEVINT LA MAIN « DE L'HOMME, *et la pensée commença sa carrière indéfi-* « *nie quand les cris inarticulés des bêtes se transfor-* « *mèrent dans la parole humaine.* »

Cependant tous ces vagues matériaux de scepticisme, de matérialisme, gisaient pêle-mêle dans cette tête bouleversée, et attendaient une espèce de fil conducteur. L'année de philosophie restait à faire. Il est superflu de répéter que la cervelle d'Aubert était surtout montée pour la philosophie. De tout temps il avait été travaillé du besoin de creuser dans la nature des choses ; rien n'avait d'autorité pour lui que sous la forme de syllogisme. Même pendant ses études littéraires, il saisissait comme d'instinct tout ce qu'on lui offrait sous le nom de philosophie d'histoire, et le gravait dans sa mémoire. Mais ce n'était là, encore une fois, que des matériaux incohérents. Il lui tardait de les coordonner. Les ravages affreux que le doute avait faits dans son âme n'avaient pu y éteindre entièrement la foi. Pendant ses vacances, en particulier, l'esprit de famille, les instructions et les larmes de sa mère, avaient réveillé le feu caché sous la cendre, et, quelles que soient la fougue des passions et l'insouciance de la jeunesse, on ne tue pas le remords du premier coup. Il lui tardait donc d'avoir enfin un système à opposer à un système, d'échafauder une théorie qui fît crouler *rationnellement* les insupportables souvenirs de sa conscience.

Ce moment arriva. Aubert se porta avec une ardeur démesurée à l'étude de la philosophie. Il se flattait même de pénétrer assez avant dans cette science, pour être capable de l'enseigner un jour. L'école normale devenait l'objet de ses vœux. Nul doute que s'il eût rencontré cette année quelqu'un de ces rares professeurs qui ont gardé la foi, il n'eût été facilement ramené à la vérité. Jamais Aubert ne se fût obstiné dans une voie que sa raison eût crue fausse. Malheureusement le jeune homme qui occupait la chaire de philosophie était élève de cette même école qu'on est convenu d'appeler Normale, et qu'il serait si juste d'appeler anormale; royaume privilégié de M. Cousin; grand laboratoire de l'éclectisme; source, ou au moins canal, de la plupart des erreurs qui obscurcissent aujourd'hui le monde philosophique. Très jeune encore, grave dans ses habitudes, régulier dans ses mœurs, ami de l'étude, doué de grands avantages physiques, le professeur de philosophie joignait à des connaissances variées une rare facilité d'élocution ; il avait tout ce qui peut séduire des jeunes gens, surtout de la trempe d'Amédée. Mais il était éclectique, c'est-dire *cousiniste* ; les nébuleuses et contradictoires théories que le grand-maître

de la philosophie a importées d'outre-Rhin, avaient
brui dans sa tête, et sans s'y arranger précisément, —
car, qui peut se flatter d'accorder M. Cousin avec lui-
même ? — elles y avaient suscité une multitude d'idées
et enfanté un système particulier, qui n'avait de commun avec celui du maître que la haine de toute autorité autre que la raison. *La raison se prenant pour
point de départ et pour guide,* comme dit M. Guizot,
c'était tout le programme du jeune professeur. Son talent, c'était de jeter quelques vérités à travers un fatras d'erreurs ; de protester du *plus grand respect pour
les formes religieuses,* tout en les sapant par la base.
Calme et froid en apparence, il semblait traiter les
questions avec impartialité, appelant tous les systèmes
à son tribunal, interrogeant toutes les écoles et faisant
à chacune sa part de vérité et d'erreur. Avec le dédain superbe qui caractérise l'éclectique, il semblait
néanmois modeste et ami du vrai ; il dissimulait, sous
un langage austère et sans passion, cette soif d'indépendance, cette haine de tout joug qui forme le trait
distinctif de la secte rationaliste. Chaque fois que son
sujet l'amenait à toucher la question religieuse, il ne
blasphémait pas, il ne souriait point ; sa figure gardait
la même impassibilité, son style la même réserve que
s'il se fût agi de la doctrine de Socrate ou de celle de
Zénon; Jésus-Christ, pour lui, marchait de pair avec
Carnéade ou Thalès ; il parlait de *l'école du Christ*
comme de celle d'Alexandrie. Indifférence cruelle, ironie profonde, plus blessante que les sorties excentri-
ques de certains déclamateurs haut placés sur leurs
chaires. Une hostilité ouverte est cent fois moins dangereuse que cette haine oblique; car l'injure violente
porte avec elle son contrepoids, tandis que le dédain
pédantesque reste sans contrepoids.

Au fond, cette espèce d'ennemis de l'Église est la
pire. La haine appelle l'amour ; l'attaque provoque les
représailles. Mais cette sèche et hautaine modération,
ce sang-froid cynique qui ne combat plus, parce qu'il
dit n'avoir affaire qu'à *des morts*, c'est bien le plus per-
fide venin qu'on puisse infuser dans de jeunes intelligences. En vain la religion reproduit ses merveilles,
sème ses bienfaits autour de nous, donne encore par
centaines des apôtres et des martyrs ; ces Tartuffes de
la philosophie s'obstinent à vous la dire morte, à faire
son oraison funèbre, à inventorier sa succession. Il en
est même qui s'étonnent qu'elle ait tant vécu, et
M. Tranchant — c'était le nom de notre philosophe
— était de ce nombre. Et les malheureux jeunes gens
qui subissent ces affirmations réitérées finissent trop
souvent par y croire.

Nous ne pouvons suivre notre élève à travers le
dédale qu'on lui fit parcourir pendant cette fatale année.
Nous avons entendu des hommes fort capables demander à quoi sert le cours de philosophie. Nous le de-
mandons comme eux : à quoi servent ces dissertations
nébuleuses sur la nature des êtres, ce salmigondis
sur les facultés de l'âme, ces définitions obscures, ces
logomachies interminables, tout ce fatras enfin qu'on
décore du nom de philosophie, et qui en est à peu
près le contrepied? Espérons qu'une heure viendra
où le bon sens public fera justice de ce temps perdu.
La vie de l'homme n'est pas si longue qu'il en consume impunément la plus belle partie à de si nuisibles
futilités. La philosophie n'a de valeur que comme
science de simple exposition, et c'est à la foi qu'elle
doit emprunter ses clartés. *La raison* tronquée, faible,
obscurcie, *se prenant pour point de départ et pour guide*,
est la source obligée de toutes les erreurs, et, par

conséquent, la mère de tous les crimes. Amédée saisit avec ardeur le point d'appui offert à ses goûts dépravés. Il dévora d'abord avec une sorte de fureur les traités philosophiques qu'on lui mit en mains ; il cherchait là-dedans, avec anxiété, s'il restait vraiment quelque base à cette vieille foi qui domina son enfance et qui tourmente encore sa jeunesse : point. Il recueille avec un soin assidu les principes des maîtres ; il presse leurs périodes nuageuses, leurs obscurités, pour en faire sortir la pensée finale ; partout il arrive au même résultat ; POINT D'ORDRE SURNATUREL. Tous à l'envi — les textes que nous avons cités plus haut en font foi — lui répètent que le christianisme est usé, qu'une ère nouvelle se prépare, mais éloignée encore et incertaine ; nulle part on ne lui parle de l'autre monde, de la fin de l'homme. Un des plus célèbres coryphées de l'école lui apprend que les questions les plus graves, comme celles de la spiritualité et de l'immortalité de l'âme, sont *prématurées*, quelques autres rient de l'éternité ; les dogmes les plus universellement répandus sont traités de *mythes*, de *fables* ; il entend enfin le chef de la secte altérer ou plutôt anéantir l'idée même de Dieu, en le confondant avec ses ouvrages. Que faire alors dans ce chaos ? S'il est Dieu, lui, ou portion de Dieu, que doit-il, que peut-il chercher hors de lui ?

En tout cas, il n'a point à craindre de se tromper. Le directeur de l'école philosophique lui apprend dès l'abord que l'erreur n'existe pas. Citons : on pourrait croire que nous calomnions :

« IL N'Y A PAS DE SYSTÈMES FAUX (1); mais beaucoup
« de systèmes incomplets, VRAIS en eux-mêmes,
« et vicieux dans leur prétention de contenir l'ab-

(1) Pas même l'athéisme.

15.

« solue vérité qui ne se trouve que dans tous (1). »

Et encore :

« L'erreur est un des éléments de la pensée, pris
« pour la pensée tout entière. L'erreur est une vérité
« incomplète prise pour une vérité absolue (2). IL N'Y
« A PAS D'AUTRE ERREUR POSSIBLE (3). »

Or, sa raison lui enseigne que le plaisir est le premier, l'unique bien de l'homme. Et quand sa raison ne
le lui dirait pas, qu'importe, si l'instinct le lui fait sentir? Car, en vérité, nous ne voyons plus à quoi sert la
raison dans le système panthéiste. Entre l'homme
qui raisonne et jouit et l'homme qui jouit et ne raisonne pas, nous n'apprécions pas la différence. Avec
le *Dieu-Nature-Humanité*, le bien et le mal n'existent
plus; le voleur et le volé, le tuant et le tué, le tyran et
l'esclave, font également partie du Grand-Tout, et nous
ne savons en quoi leurs rôles diffèrent : lequel vaut
le mieux, lequel vaut le moins? Les lois ne sont plus
que le droit du plus fort; l'art de s'y soustraire est le
lot du plus habile.

Telle fut la conclusion que tira et dut tirer Amédée
Aubert. Dès lors, il résolut de lâcher complètement
la bride à ses passions. Nous n'oserions dire jusqu'à
quel point l'irréligion gâta cette âme née sous de si
beaux auspices. Il est des tableaux que la pudeur la
plus vulgaire défend de tracer. Peut-être aussi quelques bonnes âmes nous accuseraient-elles d'exagération; car il y a encore dans ce beau pays de France
une foule d'honnêtes gens qui croient à la candeur uni-

---

(1) Cousin, *Fragm. philos.*, t. I, p. 48.

(2) Ainsi cette pensée : *Dieu n'est pas*, n'est qu'une vérité incomplète !

(3) Cousin, *Introd. à l'hist. de la philosophie*, 7e leçon, p. 154, 155.

versitaire, et se laissent prendre à ces mots ronflants, dont les chefs de l'école savent si habilement se servir.

Cependant, nous le répétons, l'élève ne faisait que pratiquer la doctrine des chefs. Si le grand nombre des jeunes gens, comme nous l'avons dit, ne tirent point les conséquences extrêmes des doctrines qu'on leur inculque, il faut l'attribuer à une nature meilleure, à une première éducation plus solide, à l'influence extérieure du catholicisme, peut-être à l'inconséquence, mais surtout à cet instinct inné qui ne permet point de faire tout le mal qu'on voudrait. Malheureusement, Amédée n'était point de cette catégorie. Une inflexible logique le poussait jusqu'au dernier terme. Écoutons-le dans une lettre qu'il écrit à son ami Desgrenats :

« Mars.

« Triomphe! L'édifice a croulé : Dieu même a disparu. Le résultat dépasse mon espérance. Si, jusqu'à présent, j'ai paru rire avec toi des dogmes chrétiens, ce n'était — grâce pour le terme! — que du bout des lèvres. Aujourd'hui, c'est avec conscience, avec le calme de la certitude, que je jouis de la liberté après laquelle je soupirais. Déjà bien des croyances étaient déblayées. Je riais de la « BÊTISE » de ceux qui se confessent; je prenais en pitié la crédulité de ceux qui vont recevoir le Dieu-Pain. Je savais, d'après l'illustre Michelet, « que c'est au neuvième siècle que Paschase Ratbert « enseigna, LE PREMIER, d'une manière explicite, cette « merveilleuse POÉSIE d'un Dieu enfermé dans un pain, « l'esprit dans la matière, l'infini dans l'atome (1); » je sentais que « rien d'absurde comme la prière (2); » je n'ignorais pas que tous les cultes sont également

(1) Michelet, Hist. de France, t. I, p. 888.
(2) Le prof. de philos. au collège de Nancy, 1839.

bons, c'est-à-dire de « PURES GRIMACES; » toutes les idées
de mon berceau enfin étaient déjà déflorées, flétries,
jetées au rebut. Mais la base de tout cela restait, Dieu.
Car enfin, s'il y a un Dieu, il faut en admettre les attributs; et de ces attributs, une fois posés, dérivent
comme de source toutes les conséquences que le catholicisme en tire. Ce vieux Dieu *de la scolastique* me gê-
nait. Je savais bien de loin ce qu'en pensent les sages;
je voyais même de près ce qu'en opinaient nos professeurs; mais cela ne suffisait point à fixer ma propre opinion; ce Dieu de ma jeunesse me gardait toujours rancune; il se vengeait de mon dédain par des souvenirs,
par des reproches, qui troublaient tous mes plaisirs.

« Aujourd'hui, j'ai pénétré dans le sanctuaire de la
science. Le rideau est levé. Ces termes convenus, ce
langage à demi enveloppé, sous lesquels, *par respect
pour les formes religieuses*, les maîtres de l'éclectisme
voilent leur pensée, sont diaphanes pour moi. Le terme
de Dieu existe encore, Dieu n'est plus. Triomphe! encore une fois.

« Ecoute, mon cher ami, les axiomes posés par le
patriarche de l'école. Je te fais grâce des préliminaires
un peu embrouillés où l'auteur traite des idées, et je
m'arrête à ses conséquences. Elles sont dignes d'être
gravées en lettres d'or dans l'esprit de quiconque veut
raisonner et vivre en liberté :

« 1° La philosophie est donc la lumière de toutes les
« lumières, l'autorité des autorités. En effet, ceux qui
« veulent imposer à la philosophie et à la pensée une
« autorité supérieure, ne songent pas que de deux
« choses l'une : ou la pensée ne *comprend* pas cette
« autorité, et alors cette autorité est pour elle comme
« si elle n'était pas; ou elle la comprend, elle s'en fait
« une idée, et l'accepte à ce titre, et alors c'est elle-

« même qu'elle prend pour mesure, pour règle, pour
« autorité dernière (1). »

« Tu objecteras, peut-être, que pour accepter une
autorité, il n'est pas précisément nécessaire de la *comprendre*, mais seulement de savoir qu'elle existe et
qu'elle est digne de foi. C'est possible. Je n'argumente
pas là contre. Passons.

« 2° Les idées ne sont donc pas de purs mots ; ce ne
« sont pas non plus des êtres, ce sont des conceptions
« de la raison humaine ; et même la rigueur de l'ana-
« lyse force de les rapporter au *principe éternel* de la
« raison humaine, à la *raison absolue* ; c'est à cette
« raison *seule* qu'elles appartiennent ; elles ne sont que
« prêtées, en quelque sorte, à toutes les autres rai-
« sons (2). »

« D'où il suit que ma raison, ta raison, toutes les
raisons, empruntent leurs idées à la raison éternelle,
n'ont pas d'autres idées que celles qui leur viennent de
la raison éternelle ; en d'autres termes, que nous sommes des parties de Dieu. L'auteur, du reste, en convient assez clairement ; car il nous dit :

« 3° La vérité arrachée à la raison faillible de l'hom-
« me, il ne reste plus qu'à la rapporter à la raison NON
« ENCORE tombée dans l'humanité, à la raison univer-
« selle, absolue, infaillible, à la raison éternelle, à cette
« intelligence dont la nôtre, ou plutôt celle qui fait son
« apparition en nous, est UN FRAGMENT (3). »

« Notre intelligence, FRAGMENT de l'absolu, de l'infaillible ! de l'unité que l'on déclare ailleurs *indécomposable !* Je t'avoue, cher Henri, que je n'ai pas tout d'a-

(1) M. Cousin, *Cours de l'hist. de la philos.*, Introd., 1re leçon,
p. 24, édit. de 1841.
(2) Ibid., 5e leçon, p. 183, édit. de 1841.
(3) Ibid.

bord compris le mystère. Mais qu'importe ? J'y vois assez clairement que je suis partie de Dieu, c'est-à-dire Dieu moi-même, et cela peut me suffire.

« 4º Donc ce qui faisait le fond de notre raison fait
« le fond de la raison éternelle, c'est-à-dire une tripli-
« cité qui se résout en unité, et une unité qui se déve-
« loppe en triplicité. L'unité de cette triplicité est seule
« réelle, et, en même temps, cette unité périrait tout
« entière, sans un seul des trois éléments qui lui sont
« nécessaires ; ils ont donc tous la même valeur logique
« et constituent une unité INDÉCOMPOSABLE (1). Quelle
« est cette unité ? L'intelligence divine elle-même...
« Voilà le Dieu trois fois saint que reconnaît et adore
« le genre humain... Savez-vous, Messieurs, quelle
« est la théorie que je vous ai exposée ? Pas autre
« chose que le fonds même du christianisme. Le Dieu
« des chrétiens est triple et un tout ensemble, et les
« accusations qu'on élèverait contre la doctrine que
« j'enseigne doivent remonter jusqu'à la Trinité chré-
« tienne (2). »

« Ohé ! maître, ceci est pour la forme. Votre Dieu le Dieu des chrétiens ! J'en serais au désespoir. J'aurais bien perdu mon temps — et vous aussi — à faire tant de détours pour revenir au point de départ, c'est-à-dire pour ressembler « à l'animal impur qui se nourrit une seconde fois de ce qu'il a vomi. » Non, vraiment, votre Dieu n'est pas le Dieu des chrétiens. Dans le système du christianisme, la raison humaine n'est pas un *frag-ment* de la raison éternelle ; les idées humaines ne sont point les idées divines ; aucune raison créée n'ose se déclarer infaillible. Dans la théorie chrétienne enfin,

----

(1) Indécomposable, mais qui a autant de *fragments* qu'il y a de raisons individuelles !! Quel gâchis !

(2) *Cours d'hist. de la philos.*, p. 138, etc., édit. de 1841.

le fini est distingué de l'infini, la création est libre, et la Trinité est autre chose que *l'infini, le fini et le rapport du fini à l'infini*. Ne brouillons rien : laissons chaque chose à sa place.

« Du reste, il est aisé de comprendre, cher ami, que M. Cousin, fidèle à son système de ne point trop heurter l'opinion, fait tout ce qu'il peut pour voiler ses innovations philosophiques et dorer la pilule. Il nous l'a dit : *Sauf le plus profond respect pour les formes religieuses...* Ce mot-là dit beaucoup... Et encore le grand philosophe parle-t-il quelquefois à découvert :

« 5° La raison est le Dieu du genre humain (1). »

« Jamais, certes ! le christianisme n'avait dit cela. Voilà une parole qui doit terriblement heurter l'opinion chrétienne. Le célèbre éclectique a beau faire : on ne confondra jamais le Dieu un, éternel, immense, indépendant, que révèrent les chrétiens, avec son *Dieu-Nature-Humanité*, avec son *Dieu-Raison*. La distance est trop forte. Toutefois, j'admets, moi, son principe, la raison est Dieu. Je n'ai que faire du Dieu des chrétiens : laissons-le dormir.

« Ses idées (du genre humain), c'est Dieu même, continue M. Cousin (2). »

« Il n'y a plus à se gêner dès lors. Si nos idées sont Dieu même, nous n'avons plus à craindre de nous égarer. Quoi que nous pensions, quoi que nous fassions, nous sommes toujours des *fragments de la raison éternelle ; c'est à elle seule qu'appartiennent nos idées*, et, par conséquent, je pense, les actions qui en sont la suite. Que viens-tu donc alors me parler de crime, d'apostasie, de péché ? Tout cela, Henri, est sur le compte de

(1) *Fragm. philos.*, 2e édit., préf., p. 13.
(2) *Cours d'hist. de la philos.*, p. 17, 5e leçon.

mes idées, et mes idées sont sur le compte de Dieu.
Qu'il s'en lave ! ce n'est plus mon affaire.

« Oh ! mon ami, que cette doctrine est commode ! et
que cela compense bien son obscurité ! — Continuons
donc :

« Un Dieu qui nous est absolument incompréhen-
« sible est un Dieu qui n'existe pas pour nous... La
« mesure de la compréhensibilité de Dieu est préci-
« sément la mesure de la foi humaine... La foi, quelle
« que soit sa forme, quel que soit son objet, vulgaire
« ou sublime, la foi ne peut pas être autre chose que
« le consentement de la raison à ce que la raison com-
« prend comme vrai (1). »

« Ou je me trompe fort, ou cela veut dire que la foi
n'a pas d'objet absolu, indépendant de l'assentiment
de la raison, ou, en d'autres termes, que tout ce que la
raison comprend ou croit comprendre comme vrai,
est vrai, et que tout le reste est faux, ou du moins
est pour elle comme s'il n'existait pas. Ainsi, tu crois ;
le *oui* et moi le *non :* dès l'instant que nous croyons
comprendre comme vrai, nous sommes tous les deux
dans le droit chemin ; nul ne peut nous convaincre
d'erreur. Tu crois, par exemple, à la distinction du
bien et du mal, au péché, à l'enfer, à un Dieu juste, à
tout le catholicisme enfin : soit. Mais moi, je n'y crois
pas ; ma raison n'adhère point à ces dogmes qu'elle ne
comprend pas ; j'ai d'autres idées ; mais mes idées,
comme les tiennes, ne sont pas de purs mots ; ce ne sont
« pas des êtres, ce sont des conceptions de la raison
« humaine, et même la rigueur de l'analyse force de les
« rapporter au principe de la raison humaine, à la *rai-*
« *son absolue ;* c'est à *cette raison seule* qu'elles appar-

(1) *Cours d'histoire de la philosophie.*

« tiennent; elles ne sont que prêtées, en quelque
sorte, » à nos deux raisons (1).

« Conçoit-on, me diras-tu, *la raison éternelle* s'affir-
mant par ta bouche et se niant par la mienne? Cela
n'est pas aisé. Mais peu m'importe. Qu'il me suffise
de savoir, sur la parole de mon maître, que « les idées
sont Dieu. » Que je sois à tes yeux et aux yeux de
bien d'autres un impie, un athée, un libre penseur, je
m'en soucie peu : « mes idées sont Dieu ; je suis un frag-
« ment *de la raison éternelle, infaillible.* » Dès lors, Dieu
seul est responsable de mes idées, qui, du reste,
sont nécessaires comme lui ; encore une fois, qu'il
s'arrange !...

« Oh ! que le sein de ce Dieu est un doux oreiller !

« Non, non, monsieur Cousin, votre Dieu n'est pas
celui des chrétiens. Vous prendrez soin vous-même de
nous le dire :

« Donc mon Dieu n'est pas l'Univers-Dieu du pan-
« théisme ; il n'est pas non plus, j'en conviens, l'ab-
« straction de l'unité absolue, le Dieu mort DE LA SCO-
« LASTIQUE ; Dieu n'étant donné qu'en tant que cause
« absolue, à ce titre, selon moi, il ne peut pas ne pas
« produire. De sorte que la création cesse d'être inin-
« telligible et qu'il n'y a pas plus de Dieu sans monde
« que de monde sans Dieu.... Dans le système de Spi-
« nosa, la création est impossible ; dans le mien, elle
« est nécessa'. d (2). »

« Les chrétiens disent, au contraire, que Dieu a
« créé librement » que, maître absolu de ses ouvrages, il peut les réduire, quand bon lui semble, au
néant d'où ils sont sortis. La différence est grande. Car

(1) *Cours d'histoire de la philosophie,* 5ᵉ leçon. p. 12.
(2) *Fragm.philos.,* 3ᵉ édit., préf., p. 20.

vous niez, maître, que Dieu ait fait rien de rien :

« Donc Dieu crée : il tire le monde, non du néant,
« qui n'est pas, mais de lui, qui est l'existence absolue.
« Son caractère éminent étant une force créatrice abso-
« lue qui ne peut pas ne pas passer à l'acte, il suit, non
« que la création est possible, mais qu'elle est néces-
« saire ; il suit que Dieu créant sans cesse et infiniment,
« la création est inépuisable et se maintient constam-
« ment. Il y a plus : DIEU CRÉE AVEC LUI-MÊME ; donc il crée
« avec tous les caractères que nous lui avons reconnus
« et qui passent NÉCESSAIREMENT dans ses créations (1). »

« Oh ! merci, excellent homme ! Vous me faites Dieu :
je n'osais m'attendre à tant. Je puis, nous pouvons tous
répéter avec un noble orgueil, ce mot exquis d'un de
nos savants : « Notre âme est une portion de la divinité ! *Divinæ mentis particula* (2). » Me voilà donc,
moi, pauvre ver de terre, qui n'osais lever les yeux,
me voilà créature nécessaire, prise dans la substance même de Dieu, revêtu des caractères de Dieu,
c'est-à-dire, sans doute, de l'éternité, de l'immensité,
de l'indépendance... Chose incroyable ! moi qui nie
Dieu, je suis Dieu ! L'idée même de l'athéisme est prise
dans Dieu, car « *la rigueur de l'analyse force de la rapporter au principe éternel de la raison humaine à la raison absolue.* » L'un soutient qu'il y a un Dieu, et il a
raison ; l'autre affirme qu'il n'y en a point, et il a raison encore, car ils sont Dieu tous les deux, créés nécessairement avec la substance de Dieu, et revêtus de
tous les caractères de la Divinité. Oh ! encore une fois,
merci ! Mais pourquoi dire que votre Dieu est le Dieu
des chrétiens ? Qu'ont-ils de commun, ces deux Dieux ?

(1) *Introd. à l'hist. de la phil.*, p. 146, édit, de 1841.
(2) M. Berger, prof. de rhét. au coll. Charlemagne, *Disc. pour
la distribut. des prix*, 1842.

Du reste, vous vous êtes sans doute repenti d'avoir laissé tomber cette niaiserie de votre plume, car c'est à plusieurs fois que vous vous y prenez pour la contredire :

« Le Dieu de la conscience n'est pas un Dieu abstrait, un roi solitaire relégué par delà la création sur le trône désert d'une éternité silencieuse et d'une existence absolue qui ressemble au néant même de l'existence : c'est un Dieu à la fois vrai et réel, à la fois substance et cause, toujours substance et cause, *n'étant substance qu'en tant que cause*, c'est-à-dire étant cause absolue, un et plusieurs, éternité et temps, espace et nombre, essence et vie, INDIVISIBILITÉ et totalité, principe, fin et milieu, au sommet de l'être et *à son plus humble degré*, INFINI ET FINI tout ensemble, *triple infini* enfin, c'est-à-dire à la foi Dieu, Nature, Humanité. En effet, SI DIEU N'EST PAS TOUT, IL N'EST RIEN; s'il est absolument *indivisible en soi* (1), il est inaccessible et par conséquent incompréhensible, et son incompréhensibilité est pour nous sa destruction (2). »

« Voilà un terrible cliquetis de mots, j'en conviens, cher Henri; il était beaucoup plus court et plus net de dire Dieu est tout, ou plutôt Dieu n'est pas. Car la perfection et l'imperfection, le fini et l'infini s'excluent : on ne persuadera à personne que ce Dieu, forgé à grand' peine par les éclectiques, soit bien cet être infiniment parfait qui fut si longtemps au fond de la conscience humaine.

« Mais si ce Dieu qui est TOUT n'est pas l'*Univers-Dieu* du panthéisme, qu'est-il donc? Ah! M. Cousin!

(1) Et deux lignes plus haut il est *l'indivisibilité!!!*
(2) *Fragm. philos.*, préf. de la 1re édition, reproduite dans les édit. suiv., p. 40 de la 2e.

« En tout cas, le Dieu éclectique n'existe pas encore, mais le Dieu des chrétiens n'est plus. On nous cite là-dessus un mot charmant de notre grand-maître, qui répondait à un vigoureux interlocuteur : « Pour moi, je « pense que le catholicisme en a encore pour trois « cents ans dans le ventre; c'est pourquoi je lui ôte « mon chapeau et je continue la philosophie (1). » Trois cents ans! c'est beaucoup! mais qu'importe? Une religion qui doit mourir est déjà morte, et, comme tous les philosophes, nos maîtres sont plus habiles à détruire qu'à édifier. En attendant donc qu'ils aient mis quelque chose en place de la foi qu'ils ont détrônée, j'estime que le meilleur est de se livrer chacun à son instinct propre. Je ne crois plus à rien : voilà ma conclusion finale. Si elle est fausse, à eux la faute; si elle est coupable, qu'ils en portent la responsabilité.

« Encore une fois, suis ta voie, et laisse-moi suivre la mienne...   AMÉDÉE. »

Déjà depuis longtemps Henri Desgrenats n'entretenait plus qu'avec dégoût une correspondance qui paraissait atteindre un but tout à fait contraire à celui qu'il s'était proposé. Nous avons cru inutile de citer les lettres dans lesquelles il s'efforçait de retenir son ami sur la pente, en employant tour à tour le langage de la raison et celui du sentiment. Ces citations, intéressantes d'ailleurs, nous eussent mené trop loin. Toutefois, la correspondance eût été rompue depuis longtemps sans l'abbé Hardy, qui la suivait assidûment et l'encourageait, dans la pensée que peut-être le jeune incrédule s'en laisserait toucher, mais surtout

(1) Mot de M. Cousin à Pierre Leroux. Voyez l'article de ce dernier : *De la mutilation d'un écrit de Jouffroy*, dans la *Revue indépendante*.

dans la certitude qu'elle ne faisait que raffermir la foi
de son disciple, au lieu de l'ébranler. Cependant le
moment vint d'y mettre un terme. Le ton de persif-
flage qu'affectait Amédée prouvait assez l'inutilité des
efforts qu'on pourrait faire pour le convaincre. Cet
esprit railleur, qui fut, comme nous l'avons dit, tout
le génie de Voltaire et qu'il a transmis à son école, est
évidemment de toutes les dispositions la plus contraire
à la vérité. Il était inutile, dangereux peut-être, de
pousser plus loin une discussion qui donnait sujet à
de si affreux blasphèmes.

De son côté, Desgrenats avançait aussi rapidement
dans la vertu que son ci-devant ami descendait dans
la carrière du vice. Sa vocation était définitivement
arrêtée. Le sacerdoce, et le sacerdoce dans son expression la plus sublime, l'apostolat, était l'unique et ardent
objet de ses vœux. Il n'attendait plus que la fin de son
cours de philosophie pour se rendre au séminaire des
missions étrangères, en compagnie de l'abbé Hardy,
qui était depuis longtemps le directeur de ses pensées.

Une dernière fois pourtant, *motu proprio*, il écrivit
à Aubert pour faire valoir un argument; recueillant
dans une lettre longue et solide la preuve d'autorité,
il opposait aux noms des chefs du rationalisme moderne, ceux des grands hommes et des illustres écrivains dont la religion chrétienne s'honore. Mais la
source où Aubert avait puisé jusque-là tous ses arguments n'était point tarie en cet endroit. On sait avec
quel acharnement les coryphées de l'éclectisme s'attachent à dénigrer tout ce que le catholicisme peut offrir
de grands hommes. Il n'est pas une réputation glorieuse, pas un nom vénéré, qu'ils n'aient cherché à
rendre odieux ou ridicule. Comment ceux qui ont
blasphémé le maître épargneraient-ils les disciples ?

Aubert répondit par des citations. Il tenait plus que
jamais à démontrer à son ami qu'il n'inventait pas,
qu'il ne faisait que reproduire bien fidèlement l'enseignement de ses maîtres. Et certes ! on peut douter que
tant d'honnêtes pères de famille qui appuient, au moins
par leur silence et leur tolérance aveugle, le monopole
universitaire, sachent de quelle manière l'*Alma mater*
a traité les objets de leur foi et ses plus illustres défenseurs. Fort peu d'entre eux surtout ont pris la peine
de s'informer des livres qu'on met entre les mains de
leurs enfants. Nul doute que si le père Aubert, par
exemple, eût eu quelque idée de l'ouvrage classique que
son fils maniait cette année, il n'eût protesté dans son
bon sens contre la perfidie universitaire. Ce livre, adopté
officiellement par tous les collèges de France et de Na-
varre, se nomme *Manuel de philosophie*. Il a été rédigé
par un élève de l'école normale (1), sur le *programme
officiel de l'Université*. « L'esprit dans lequel ce livre
« est écrit, déclare l'auteur dès l'abord, est celui de la
« philosophie éclectique... qu'un illustre professeur,
« M. Cousin, aux opinions et aux jugements de qui
« nous aurons occasion de faire de fréquents appels
« en ce livre, est venu proclamer du haut de cette
« chaire de Sorbonne (2). L'éclectisme, ajoute-t-il, a
« deux sortes d'adversaires, à savoir : d'une part, et
« ce sont là ses ennemis naturels, les disciples du *théo-
« cratisme*, du *théocratisme fanatique* (lisez du catho-
« licisme) qui proscrit l'indépendance de la raison hu-
« maine et la soumet à un contrôle supérieur, qui n'est
« autre chose que *l'intervention de la raison divine en ce
« monde*, par l'intermédiaire de Dieu ici-bas, le pape.

(1) M. Mallet. *Ce Manuel* a été mis à l'index par décret du 5
vril 1849.

(2) *Manuel de philosophie*, p. III et IV.

« Mais il est peu redoutable et frappé d'impuis-
« sance (1). »

« J'ai donné plus d'extension que dans les précé-
« dentes éditions, dit le même auteur dans une de ses
« préfaces, aux indications d'auteurs à consulter, qui
« se trouvent à la fin de chaque chapitre. Toutefois,
« j'ai fait parmi ces auteurs un CHOIX SÉVÈRE, et je me
« suis *scrupuleusement* attaché à n'indiquer que des
« livres où les élèves trouveraient de SAINES ET BONNES
« DOCTRINES (2). »

Or, ces auteurs si *sévèrement choisis* sont, outre
MM. Cousin, Jouffroy et Damiron : Lucrèce, Spinosa,
Voltaire, d'Alembert, Condillac, Condorcet, Rousseau
(l'*Héloïse*, l'*Émile*, etc.), etc. On peut n'être pas un bigot, convenez-en, lecteur, et pourtant trouver quelque
peu à redire à ce *choix si sévère*. Un catholique sincère
— et il y en a parmi les pères de famille qui confient
leurs fils à l'Université — pourrait aussi, sans être
taxé d'exagération, ne pas goûter cette phrase du même
Manuel, choisie entre mille autres : « Les pratiques
« religieuses, *sous quelque forme qu'elles apparaissent*,
« sont l'expression plus ou moins parfaite, mais TOU-
« JOURS LÉGITIME, d'un des besoins les plus impérieux
« du cœur humain (3). » *Toujours légitime!* s'agit-il de
sacrifices humains à Teutatès, ou des infâmes mystères d'Éleusis !...

Un autre *manuel* de philosophie également bien
venu dans les écoles universitaires, et composé par
trois professeurs de l'école normale (4), repose encore
sur ce même fonds de rationalisme éclectique. Aubert

(1) *Manuel de philosophie*, pages 223, 224 et 238.
(2) Préf. de la 3ᵉ édit.
(3) *Manuel*, p. 137.
(4) MM. Jacques, Simon et Saisset.

l'étudiait, le préférait même à l'autre. On y proclame
« l'indépendance *absolue*, la suprématie *universelle* de
« la raison (1). » On lit : « La philosophie conservera
« toujours l'ambition de TOUT dominer; sa définition
« même renferme l'idée d'une suprématie universelle.
« Car il ne faut pas que le philosophe reçoive des lois,
« mais qu'il en donne (2). » On y lit encore : « Tout
« ce qui ne tombe pas sous notre entendement, tout
« ce qui excède la limite de nos facultés, est pour nous
« *comme s'il n'était pas*, et à notre égard *n'est rien* (3). »
Un des auteurs de ce *manuel* dit dans un autre ouvrage : « On ne peut croire dans sa pensée à la reli-
« gion et rester libre. Quiconque enchaîne sa raison à
« un système religieux l'enchaîne tout entière... La
« philosophie ne peut souffrir qu'on la limite en vertu
« d'une autorité passagère (4). »

O pères de famille catholiques, quand donc ouvrirez-
vous les yeux !

Desgrenats comptait donc embarrasser au moins
son adversaire par tant d'imposants témoignages, con-
signés dans les fastes de la religion. Il se trompait. Un
éclectique n'est embarrassé de rien. Il se trouva qu'en
résumé ces hommes illustres n'avaient eu ni science ni
vertu. Ainsi, M. Villemain, les jugeant en gros avec ce
ton de suffisance qui distingue l'école, déclarait d'abord :
« que les controverses des anciens Pères n'étaient
« que des problèmes et des subtilités mystiques.

(1) P. 5.
(2) P. 4 et 5.
(3) P. 6.
(4) M. Saisset, *Essais sur la philos. et la religion*, p. 10, 11,
13. Dans son ouvrage intitulé l'*École d'Alexandrie*, M. Saisset
nous dit encore : « Elle (la religion) ne peut être à la fois une
« église et une philosophie, et aucun mariage n'est possible entre
« la science et la religion. » (P. 184, 187.)

« (la divinité de J.-C. par exemple, la liberté humaine
« la grâce), où ils consumaient leurs talents et une
« force de sagacité qui suffirait aux plus sublimes
« conceptions (1). »

Puis en détail :

« L'intrépide, l'éloquent Athanase a souvent rempli
« ses ouvrages d'une scholastique subtile... Tel qu'un
« chef de parti, il ne s'expose que *pour le succès;* il
« cherche le *triomphe* et non le martyre (2). »

« Saint Basile et saint Grégoire de Nazianze, moins
« occupés des dogmes qu'Athanase, font souvent en-
« tendre *le langage simple et tout moral des chaires pro-*
« *testantes,* mais animé de cette grâce orientale et de cet
« *enthousiasme* dont brillait le christianisme naissant.

« Saint Grégoire de Nysse, mystique sans être *en-*
« *thousiaste,* HÉSITE entre Platon et l'Évangile, et la
« trace de ses *longues incertitudes* se retrouve dans
« *les abstractions philosophiques qui bigarrent sa théolo-*
« *gie.* Ce qui n'a pas empêché son frère saint Basile
« de l'avoir fait élire évêque de Nysse.

« Saint Hilaire arrive au christianisme *comme à un*
« *système de philosophie* (pas davantage!), et il donne
« au monde le monument curieux de la *licence où*
« *s'emportait l'épiscopat contre le pouvoir temporel.*

« Saint Jérôme, las de ne trouver en Orient que les
« vices et les querelles de l'Occident, s'enfuit dans un
« désert avec trois amis chrétiens et *enthousiastes*
« comme lui. Deux y étant morts, et le courage ou la
« force ayant manqué à l'autre, il lui écrivit avec une
« sorte de FÉROCITÉ RELIGIEUSE. »

M. Guizot avait déjà appelé ce Père « le plus em-

(1) *Nouv. Mél.,* t. II, p. 140, etc...
(2) *Ibid.*

16

« porté, le plus *enthousiaste* des Pères d'Occident (1). »

« Saint Augustin, au génie, à l'éloquence de qui le
« monde profane asservi, dégradé, *n'avait rien à*
« *offrir*, rien *qu'une tâche mesquine*, embrassa la reli-
« gion seule libre et conquérante, parce que le christia-
« nisme, au contraire, nourrissait son âme de *spécu-*
« *lations* sublimes, l'enivrait d'idéal, et lui promettait
« *cette jouissance si douce de régner sur les âmes* (2). »

« Le docteur africain, dit à son tour M. Michelet,
« fonda... ce *fatalisme* mystique, ce fatalisme reli-
« gieux qui devait se reproduire tant de fois au moyen
« âge, surtout dans l'Allemagne, où il fut proclamé
« par le saxon Gotteschalk, Tauler et tant d'autres,
« jusqu'à ce qu'il vainquît par Luther (3). »

Suivant M. Ampère, le même saint Augustin « domi-
« nait, régentait, violentait l'Église, entouré de séides
« jeunes, ardents, ignorants, qui ne savaient juger
« que par la doctrine du maître.... Ses opinions furent
« odieuses, inexorables, désolantes, contraires à la
« charité et à l'esprit de l'Évangile... Il est derrière
« l'hérésiarque de Genève, dont il diffère peu touchant
« la prédestination (4). »

Saint Prosper : « Son poème *In Ingratos* est un
« reflet livide de l'enfer, et les doctrines qu'il ren-
« ferme sont les mêmes que celles des jansénistes (5). »

Saint Bernard « est une âme malade, accablée de

_____

(1) *Hist. de la civil. en France*, 12ᵉ leçon, t. I, p. 408. On re-
marquera l'usage fréquent du mot *enthousiasme* dans le style
universitaire. Tout les prodiges de la foi s'expliquent par *l'enthousiasme*, comme toutes les erreurs et tous les crimes par le
jésuitisme.

(2) *Nouv. mél.*, t. II, p. 182, 204, etc...

(3) *Hist. de France*, t. I, 2ᵉ édit., etc...

(4) J.-J Ampère, *Hist. de la littér. franç.*

(5) Id., *ibid.*

« douleur en apprenant les progès d'Abeilard, les
« envahissements *de la logique sur la religion, la*
« *prosaïque victoire du raisonnement sur la foi*, et dans
« le sentiment de son infériorité devant son rival, le
« faisant condamner sans l'entendre, et hâtant ainsi
« la fin du restaurateur de la philosophie au moyen
« âge (1). »

Saint Martin : « Les pieuses fraudes ne lui coûtè-
« rent rien : *il trompa, il mentit*, il compromit sa répu-
« tation de sainteté ; pour nous, cette charité héroï-
« que est le signe auquel nous le reconnaissons pour
« un saint (2). »

Saint François est un maniaque « dont les folles re-
« présentations, les courses *furieuses* à travers l'Eu-
« rope, qu'on ne pouvait comparer qu'*aux bacchanales*
« ou aux pantomimes des prêtres de Cybèle, donnaient
« lieu, *on peut le croire*, à bien des excès. Elles ne fu-
« rent pas même exemptes du caractère sanguinaire
« qui avait marqué les représentations orgiastiques
« de l'antiquité. Le tout-puissant *génie dramatique*
« qui le poussait à l'imitation complète de Jésus, ne
« se contenta pas de le jouer dans sa vie et dans sa
« naissance : il lui fallut aussi la Passion. Dans ses
« dernières années, on le portait sur une charrette, par
« les rues et les carrefours, versant le sang par le
« côté, et imitant, par ses stigmates, ceux du Sei-
« gneur (3). »

Et ainsi du reste. Il n'est guère de ces noms respec-
tés sur lesquels quelque savant universitaire n'ait dé-
coché en passant un trait de satire ou de mépris. C'est
surtout contre les moines que le mauvais vouloir de

---

(1) Michelet, *Hist. de Fr.*, t. II, p. 289 et suivantes.
(2) Id., *ibid.*, t. I, p. 115, 117.
(3) Id., *ibid.*, t. II, p. 542.

cette hautaine école se fait mieux sentir. Et, au fait,
les instituts religieux, étant l'expression la plus avancée de la foi catholique, méritaient cette distinction.
On ne finirait pas si l'on voulait enregistrer toutes les
pages que les coryphées de l'enseignement ont écrites
contre ces belles créations, depuis les Bénédictins,
dont M. Michelet a osé dire : « IGNORANTS, ils ne sa-
« vaient pas même discuter un texte latin, » jusqu'aux Jésuites, qu'on a pris l'habitude de rendre
responsables de tous les crimes, de toutes les atro-
cités possibles. Et cette haine aveugle s'attache
également à tous les hommes qui, sans être prêtres
ni moines, ont prêté à la religion l'appui de leur puissance ou de leur dévouement. On rougit d'être, je ne dis
pas chrétien, mais Français, quand on voit de quelle
manière sont jugés ou plutôt défigurés les Clovis,
les Charles Martel, les Charlemagne, les saint Louis,
les Charles V, les Duguesclin, les Turenne, etc., unique-
ment, qu'on le remarque bien, parce que ces héros ont
été religieux de sentiments et de conduite. Bossuet
même, Fénelon, Pascal, etc..., ont leur part de ce dé-
luge de mépris et d'injures. Mais en revanche, tout ce
que le catholicisme a pu compter d'ennemis a droit à
un compliment, à une réhabilitation de la part de ces
maîtres de la jeunesse. Les empereurs romains, dont
le nom est synonyme de cruauté et de tous les vices, sont devenus de grands hommes. On le croirait
à peine : citons : « La plupart des empereurs provin-
« ciaux, de ces tyrans, *comme on les appelait*, furent de
« grands hommes... Les plus coupables comme hom-
« mes ne furent pas les plus odieux... L'administration
« de Tibère fut sage, économe ; celle de Claude, douce,
« indulgente. NÉRON, lui-même, fut regretté du peuple
« (de Rome, sans doute, qu'il fit brûler pour jouir de

« la vue d'un vaste incendie), et pendant longtemps son
« tombeau était toujours couronné de fleurs nouvelles,
« etc. (1)... » Julien l'apostat, Apollonius de Thyane,
Porphyre (*le pieux Porphyre*, comme dit M. Matter (2),
Simon, Ménandre, Cérinthe, Nicolaüs, Saturnin,
Marcion, Montan, Manès, puis Arius, Pélage, Mahomet et les hérétiques de tous les siècles; puis Wiclef,
Jean Huss; puis Luther, « le cygne harmonieux dont
« la voix devait charmer l'Allemagne et *dominer* les
« conciles..., par qui cette puissance pontificale, de-
« vant laquelle les empereurs d'Allemagne s'étaient
« humiliés à genoux, était *humiliée, jugée, condamnée*
« à son tour (3); » « ce moine, un homme à la plus
« haute puissance, une personne réelle et une idée,
« un homme complet de pensée et d'action (4); » puis
Henri VIII, « qui montra plus de pudeur que ses su-
« jets (5); » puis Calvin, « qui était à la fois Aaron et
« Moïse; » puis Spinosa, « ce sublime adorateur de
« la Divinité (6), » « qui n'eut d'autre tort que de s'ê-
« tre laissé trop absorber par le sentiment du souve-
« rain Être; quoique maudit par le clergé de trois re-
« ligions, *quelle vie fut plus pure et plus sainte* que la
« sienne? Son livre est un des plus beaux hommages
« rendus à la *souveraineté de la raison*. Je n'en renie
« ni l'esprit, ni les principes (7); » puis Bruno ; puis
Bayle le sceptique ; puis enfin toute l'école philosophique, et surtout Voltaire, Voltaire, le coryphée des en-

(1) Michelet, *Hist. de Fr.*, t. I. p. 87, etc...
(2) *Hist. de l'Égl. chrét.*, t. I, p. 107.
(3) *L'écho des écoles primaires*, composé sous la direction de
l'Université.
(4) Michelet, *Mémoires de Luther*, Introd., p. VI, etc...
(5) Ferrari, *Vico et l'Italie*, p. 47 et 48.
(6) Lherminier, *Cours au coll. de France*, 1837,
(7) M. Bouillier, *Cours de phil. à la fac. des lettres de Lyon*.

nemis du catholicisme, qui les résume dans sa personne ; tous ont eu leur part dans les éloges, dans la
tendresse des membres de l'école rationaliste, et se
présentent à l'imagination des jeunes gens, non plus
flétris par la voix des siècles, par tous les hommes au
cœur droit, mais entourés, au contraire, d'une véritable auréole, et indiqués comme les vengeurs de la
raison opprimée et *les ouvriers de l'humanité.*

Aubert n'en omit point. Il exhuma de tous les cours,
de tous les pamphlets, de toutes les histoires, les textes
à l'honneur de *ces grands hommes,* et en composa un
volumineux cahier qu'il adressa à son adversaire.
M. Tranchant voulut bien le parcourir et y ajouter
même quelques notes de sa main. On ajoute que le professeur fut fier de son élève, et prédit avec un sentiment d'orgueil qu'il ferait un jour parler de lui ; l'avenir justifia sa prophétie. Le cahier portait pour
épigraphe cette phrase singulière et trop juste de Jouffroy le sceptique :

« LA PHILOSOPHIE ET LE SENS COMMUN SONT TOUJOURS EN
« CONTRADICTION (1). »

A de semblables arguments, il n'y avait plus rien à
répondre. Desgrenats se tut, se contentant de pleurer
en secret sur le sort de son ami. Aubert ne faisait en
ceci que répéter ses leçons, et exprimer le suc de huit
années d'enseignement. Car, comme l'auteur du *Ma-*
nuel, M. Tranchant se faisait gloire de suivre l'éten-
dard éclectique, sous lequel, du reste, se rangent un
grand nombre des professeurs de philosophie des collèges et des facultés (2). Le lecteur est maintenant à

(1) *Mél. philos., De la philosophie et du sens commun,* p. 150.
(2) Nous renvoyons pour nouvelle preuve au *Manuel de philo-*
sophie à l'usage des collèges, par MM. Am. Jacques, J. Simon et
Em. Saisset, cité plus haut.

même de juger l'audacieux démenti que M. Cousin osait donner, au sein même de la Chambre des Pairs, aux accusations dirigées de toutes parts contre l'enseignement philosophique universitaire :

« J'ai besoin de répondre à la conscience de cette
« assemblée, en vous déclarant ici, avec la connais-
« sance intime des faits, qu'à l'heure où nous parlons,
« il ne s'enseigne dans AUCUNE classe de philosophie
« d'AUCUN collège de France, UNE SEULE proposition
« qui, DIRECTEMENT OU INDIRECTEMENT, puisse porter at-
« teinte à la religion catholique. J'ajoute, et je désire
« que mes paroles soient entendues hors de cette en-
« ceinte, j'ajoute que si UN SEUL professeur de philo-
« sophie de l'Université s'écartait UN SEUL INSTANT du
« respect profond et sincère qu'il doit à la religion ca-
« tholique, il y serait énergiquement rappelé (1). Mais,
« grâce à Dieu! (Quel Dieu? Le Dieu-Nature-Huma-
« nité?) ni M. le ministre, ni moi qui suis chargé, au
« conseil souverain, de l'enseignement philosophique,
« nous n'avons besoin de tant d'énergie ; nous trouvons
« partout un concours intelligent... *Pas une parole n'a*
« *été prononcée qui puisse inspirer la moindre inquié-*
« *tude aux pères de famille.* »

Quel front imperturbable ! Et comme il faut bien compter sur la crédulité de la France !

La correspondance entre les deux élèves finit là. Aussi bien, des deux côtés l'œuvre était achevée : chaque arbre avait produit son fruit.

---

(1) L'espace nous manque pour rappeler ici les noms des professeurs de philosophie dénoncés pour leurs doctrines anticatholiques, et soutenus et maintenus par l'Université.

TROISIÈME PARTIE

APRÈS

Sept années se passèrent pendant lesquelles les deux amis n'entendirent plus parler l'un de l'autre. Nous devons compte à nos lecteurs de ce qui leur advint, et nous serons aussi bref que possible.

D'abord, un mot de d'Auray. Son éducation classique s'acheva à Fribourg. Le P. Gottlieb ne le perdit pas un seul instant de vue, et réussit à conserver sur lui tout son ascendant. C'était bien sérieusement que le petit comte avait songé à revêtir la livrée de saint Ignace. Longtemps il mûrit son projet, avant d'oser s'en ouvrir à celui même qui avait tous les secrets de son cœur. Mais l'heure de la confidence vint enfin, et grand fut son étonnement de voir le bon P. Gottlieb faire un long signe négatif, accompagné même d'un de ces sourires à demi railleurs, par lesquels le Révérend répondait ordinairement aux propositions inadmissibles. D'Auray s'en attrista. Le spectacle qu'il avait depuis sept ans sous les yeux avait si bien séduit son imagination et ses goûts, qu'il ne lui semblait plus possible de trouver la paix hors de cette vie de dévouement et de sacrifice. Il insista avec ardeur, et presque avec larmes. Le Père lui répondit :

— Avez-vous oublié que nous sommes doués d'une longue vue, ou n'avez-vous plus confiance en nous? Votre place est ailleurs. La meilleure condition est celle où Dieu nous veut. La main qui a fait le cèdre et le brin d'herbe a fait le moine et l'homme du monde, et l'un et l'autre tiennent leur rang dans les desseins de la Providence. Dieu vous destine à vivre au milieu de vos semblables, et à leur donner l'exemple de la vertu. Voilà votre mission, votre apostolat; il ne sera pas, non plus que le nôtre, sans difficulté et sans mérite. Vous offrirez à un monde impie et corrompu le type presque inconnu de l'homme religieux et pur. Et ce sera grande et belle chose, si vous persévérez jusqu'au bout. Le sel doit se mêler aux aliments; l'arome préserve de la corruption. Vous serez le sel de la société, vous en serez l'arome, si vous avez l'art, le grand art de rester pieux près des impies, fervent près des indifférents, charitables près des philanthropes. Soyez donc bon sans faiblesse, indulgent sans mollesse, régulier sans raideur, réservé sans affectation, cordial sans familiarité, religieux sans rudesse, gai sans légèreté, édifiant sans ostentation, et vous aurez fait un miracle; vous aurez fait autant, plus de bien peut-être, que si vous eussiez revêtu notre habit. La vertu est l'habituée des cloîtres; on s'attend à la trouver là; elle est rare dans le monde, et elle y fait d'autant plus d'effet, qu'elle est pratiquée dans une plus sage mesure, c'est-à-dire qu'elle reste mieux la vertu. *Ad majorem Dei gloriam*, cette devise qui vous a si vivement impressionné, vous pouvez la garder et en faire la règle de votre vie. C'est peu que le monde voie la piété de loin: il faut qu'il la sente, qu'il la touche du doigt. Nous sommes dans un siècle positif; rien ne frappe que ce qui se voit. Le plus

méchant consent volontiers à admettre la vertu dans
les livres, dans les monastères; à cette distance-là,
elle ne gêne pas. Mais vue de près, elle étonne, elle
occupe; elle fait réfléchir; sa présence devient un appui
pour le faible, une lumière pour celui qui doute, un
remords pour le coupable. Vivez dans votre siècle
sans en être, ou plutôt prenez-lui ce qu'il a de bon,
son activité, ses progrès, et laissez-lui ce qu'il a de
mal, son dédain pour le passé et son insouciance pour
les choses éternelles. Il ne faudrait que quelques
hommes sachant allier les formes du monde aux principes de la vertu, l'art de vivre avec celui de faire le
bien, pour détruire une foule de préjugés funestes à la
religion, et rétablir peut-être l'empire de la vérité.
Gardez-vous surtout de cette inaction que quelques-
uns ont voulu transformer en vertu, mais qui n'est qu'un
vain masque pour la lâcheté, ou le fruit misérable d'une
rancune politique; mêlez-vous à tout; soyez conseiller
municipal, maire, député au besoin, persuadé qu'il n'y
a guère moins de culpabilité à laisser faire le mal qu'à
le commettre. *On n'allume point une lumière pour la
mettre sous le boisseau.* Dieu ne donne pas en vain le
talent, la fortune, la science, et surtout la bonne
volonté; son intention n'est pas qu'on enferme tout
cela dans un linceul, mais qu'on en tire parti dans
l'intérêt de sa gloire. Rappelez-vous qu'il vous deman-
dera un jour un compte sévère du talent qu'il vous
aura prêté, et que c'est de vous surtout qu'il a été dit:
Il a confié à chacun le soin de son prochain.

D'Auray écouta avec recueillement ces avis du religieux, et s'y conforma. Aujourd'hui, il est dans le
monde, tel que le P. Gottlieb l'y souhaitait : pieux,
chaste, ami de l'étude, mais aimable et gai, au point
de faire partout rechercher sa société. Il est marié

depuis un an avec une jeune femme digne de lui sous
tous les rapports. Suivant le conseil du Père, il s'est
mêlé au mouvement social. Il est maire de la bourgade
qu'il habite pendant l'été, et y donne l'exemple, non
seulement des vertus, mais des améliorations de tout
genre et des sages progrès. Ainsi, il s'efforce d'appliquer les meilleures méthodes d'agriculture, de corriger
les routines nuisibles, d'introduire de nouvelles cul-
tures ; le territoire semble, en quelque sorte, changer
de face depuis qu'il s'en occupe. Chemins, ponts, bâti-
ments publics, écoles, salle d'asile, ouvroir, il a tout
restauré, ou tout établi : partout son administration a
imprimé une direction meilleure. Dans la ville où il
passe l'hiver, il n'est pas une œuvre de bienfaisance
qu'il n'ait ou fondée ou soutenue. On lui doit l'établissement de l'admirable société de St-Vincent-de-Paul,
la fondation d'un cercle catholique, d'une société de
patronage pour les jeunes ouvriers, etc. Membre du
conseil général, il y plaide avec chaleur la cause de la
religion et de la morale publique, contre le mauvais
vouloir de la plupart de ses collègues, dont il obtient
au moins l'estime, s'il ne gagne pas leurs suffrages. Elec-
teur influent, il s'efforce de faire triompher la cause
de la liberté religieuse, de la liberté d'enseignement,
de ces droits sacrés et inaliénables que l'incurie de la
France a trop longtemps sacrifiés aux caprices du
pouvoir. Seul d'abord de son opinion, il n'en a pas
moins planté hardiment son drapeau ; et, chaque jour,
il a la gloire de voir revenir à lui quelques-uns de
ceux que les préjugés avaient aveuglés ou qu'une
lâche torpeur avait engourdis. Aujourd'hui, son *parti*
est déjà assez formidable pour faire l'appoint de la
majorité dans les élections. Si nous en croyons même
des personnes bien informées, on se propose de lui

offrir la candidature, et il a grande chance de succès. La cause de la religion et de la liberté comptera ainsi un défenseur de plus.

Honneur et reconnaissance au P. Gottlieb! Que ne nous a-t-il envoyé quelques citoyens de cette trempe! Il n'en faudrait que peu pour sauver la France!

*

Un journal d'une ville maritime publiait, en septembre 1848, la nouvelle suivante:

« Hier a mis à la voile le C**** partant pour Macao. Il a à bord un jeune prêtre du séminaire des Missions Etrangères, destiné à la périlleuse mission de Corée. Un incident singulier a signalé ce départ. La mère du courageux apôtre s'est tout à coup, et sans que personne s'y attendît, rencontrée sur le rivage. Le jeune prêtre en fut d'abord douloureusement ému, car il craignait la violence du coup pour une mère tendrement aimée, et dont il est lui-même l'enfant chéri. Mais la noble femme, digne émule de la mère des Macchabées, n'a point plié, n'a point faibli sous la grandeur du sacrifice. Elle s'est entretenue avec calme, pendant le court instant des préparatifs, avec celui qu'elle ne doit plus revoir. Au moment où le capitaine invitait le prêtre à entrer dans la chaloupe, la courageuse mère embrassa son fils pour la dernière fois, et avec une inexprimable tendresse; ses larmes qu'elle avait jusquelà contenues se firent jour et on l'entendit adresser à Dieu, le cœur ému, ces paroles bien dignes d'une mère chrétienne: « Seigneur, je vous le donne apôtre, ren- « dez-le moi martyr!... »

Presque dans le même temps, un autre journal de province contenait les lignes suivantes:

« La dernière session de notre cour d'assises a vu

17

figurer un de ces hommes qui semblent vraiment faits
pour inspirer une salutaire horreur du crime, en
montrant jusqu'à quel point il est donné aux meilleurs
naturels de descendre dans l'abîme du vice. Le notaire A*** comparaissait sous la triple accusation de
faux,et de tentative d'homicide.

De plus, les perquisitions faites à son domicile ont
démontré qu'il était un des chefs les plus influents
de cette démagogie sanguinaire qui travaille au ren-
versement de la société, et qu'il avait pris une part
très active aux derniers événements qui ont ensan-
glanté le sol de la France. Les débats, qui ont duré
trois jours, l'audition des témoins, les aveux de l'accusé, et surtout le cynisme qu'il a déployé, ont révélé
un degré d'immoralité heureusement encore rare dans
notre patrie. L'émotion de ceux qui ont eu le courage
de suivre cette triste affaire a été douloureuse et profonde. L'accusé, reconnu coupable sur tous les points,
a été condamné aux travaux forcés à perpétuité. Il a
entendu son arrêt avec calme. Seulement, à l'énoncé
de la peine, il s'est écrié avec feu: *Pourquoi pas la
mort? Je la réclame comme un bienfait.* C'est alors qu'il
a tenté de se suicider sous les yeux mêmes de ses
juges: un gendarme s'est trouvé à temps pour retenir
son bras. On ne sait comment il aura pu se procurer
le couteau dont il allait faire un si triste usage ; mais
on a retrouvé dans une de ses poches un billet qui semblait écrit depuis peu, et qui contenait ces mots:
« Pourquoi reculerais-je devant le suicide? Un des plus
grands penseurs de ce siècle a écrit :

    « Le corps tient à l'âme par des rapports trop in-
« times, il lui est trop nécessaire, comme instrument
« d'action, pour être traité avec indifférence ; non qu'en
« lui-même il ait des droits à des soins qui lui soient

« propres ; en lui-même, il n'est que physique. Effet de
« l'ordre, partie du monde, il y aurait sans doute de la
« folie, et par conséquent *quelque* mal, à le détruire
« SANS RAISON, à le mutiler PAR CAPRICE. Cependant,
« après tout, il n'y aurait pas CRIME et INJURE ; ce serait
« une atteinte à la nature, et non à un être moral (1). »

« Détruire *sans raison* ! mutiler *par caprice* ! ce
n'est certes point le cas où je me trouve... Quant à la
nature, qu'a-t-elle à voir ici ? Levons tout scrupule...
Le sort en est jeté... »

« Cet infortuné appartient, dit-on, à une très honnête
famille de ***. Le cours des débats a révélé que son
enfance fut vertueuse, et donnait lieu aux plus belles
espérances. On ajoute que sa pauvre mère est devenue
folle de désespoir. Interpellé par M. le président, s'il
n'avait rien à ajouter à sa défense, il a répondu, d'un
ton ému : « J'accuse les maîtres qui ont formé ma jeu-
« nesse ; j'accuse l'instruction que j'ai reçue... La peine
« de mes crimes peut retomber sur ma tête ; la respon-
« sabilité en est ailleurs... »

Pour compléter cet aveu, nous transcrirons ici quelques passages d'une lettre qu'il écrivait à un ami, de sa
prison même, la veille de son départ pour Toulon :

« ... Plus d'illusion possible : je suis tombé au fond
de l'abîme... J'entends river les fers de mes compa-
gnons de captivité ; tout à l'heure ce sera mon tour...
Demain, je pars enchaîné, cloué à une éternelle ignominie ; je vais ensevelir ma honte dans la boue, dans
une boue cent fois plus fétide que celle que pétrissent
les pieds des animaux...

« ... *Ami !*... Oh ! de grâce, ne prononce plus ce

(1) M. Cousin, *Essai sur l'hist. de la philos. au* XIXe *siècle*,
t. II, p. 257.

nom sacré : appliqué à un monstre comme moi, il re-
jaillirait sur toi comme un opprobre... Amitié, amour,
honneur, vertus, tout meurt, tout expire à la porte du
bagne. On y laisse tout, même l'espérance... Je t'en
supplie, désavoue-moi, renie-moi à jamais. C'est la
dernière faveur que je te demande. Cette seule pensée
que tu me plains, que mon malheur te pèse, me serait
une horrible torture, un bagne au milieu du bagne. Je
réclame ta haine, ton exécration : c'est la seule preuve
d'affection que tu puisses me donner.

« ... Demain, je pars ! côte à côte avec des hommes
que mon orgueil voyait naguère si loin de moi, avec la
lie de la société, avec des scélérats, dont je suis devenu
le digne émule. Me voilà rejeté du monde, proscrit de
Dieu, exécré de ma famille, en horreur à moi-même...
Est-il possible de creuser plus bas dans l'abîme de
l'ignominie ? Le bagne ! Ah ! la mort valait cent fois
mieux. Elle m'eût été un bienfait. Je ne la méritais pas.

« ... Je voudrais, ô toi qui m'as aimé ! que demain
tu fusses présent à mon départ. Je voudrais que ton
regard furieux, indigné, s'arrêtât sur moi, et que sa
puissance fût assez grande pour m'anéantir. Mais non ,
il y a trop de temps que la rougeur a déserté mon
front. Celui qui a méprisé la voix de sa mère ne saurait frémir sous le regard d'un ami...

« ... Quel espace j'ai parcouru ! quelle course ! quelle
chaîne d'iniquités ! Mais quand je la remonte, cette
chaîne, anneau par anneau, sais-tu où le premier chaî-
non s'en rattache ? Oh ! je veux le dire : je voudrais
le proclamer à la face du monde entier :

« L'ENSEIGNEMENT UNIVERSITAIRE M'A PERDU !

« Né droit, — et qui le sait mieux que toi? — j'ai-
mai, je pratiquai la vertu dans mon heureuse enfance.
Je cherchais Dieu, et je le trouvais, parce qu'il se ré-

vèle toujours à ceux qui le cherchent de bonne foi. Le
bien seul me plaisait, le vice me faisait horreur ; j'eusse
cent fois mieux aimé mourir que commettre un seul péché mortel.

« Comment tout cela s'est-il changé? O ma mère !
puisse la réponse à cette question ne pas empoisonner votre vie !...

« .... Le jour où je franchis le seuil du collège, ce
jour-là ma perte fut décidée. Qui me donnera une voix
retentissante pour crier aux pères, aux mères de famille : « Tremblez! prenez garde de jeter vos fils à
quelque nouveau Saturne.... Examinez, sondez le ter-
rain.... Ne vous fiez pas à de trompeuses apparences ;
car vous répondrez de vos enfants devant Dieu. Ah!
si un funeste hasard, si votre propre insouciance éga-
rait votre choix, que cette responsabilité serait terrible! Mesurez de l'œil la profondeur de l'abîme. »

« Tout, dans un mauvais collège, tend à séduire et
à corrompre. Un ange même y succomberait. Discours
perfides, exemples plus perfides encore, de la part
des condisciples ; impiété, indifférence, de la part des
maîtres; doute, scepticisme, erreur calculée, de la
part des doctrines ; abandon, froideur, sécheresse,
dans tout ce qui tient aux pratiques de la religion ; oh!
quelle âme y tiendrait! Et pourtant, je luttai, je pleu-
rai ; longtemps ma conscience résista ; mais, encore
une fois, comment vivre, comment ne pas étouffer
dans cette atmosphère viciée?

« .... Beaucoup, je le sais, ne vont pas aussi loin
que moi dans la voie du vice. Il en est qui sortent du
collège et restent *honnêtes gens*. Devant Dieu, ils ne valent pas mieux que moi ; devant le monde, ils sauvent
les apparences. Et c'est tout. La nature leur donna
des instincts moins violents, ou leur posa des bornes

plus difficiles à franchir, ou les fit moins logiciens que
moi. Peut-être trouvent-ils dans un rôle plus paisible
le compte de leurs passions.

« ... Mais lequel d'entre eux, *s'il a pris au sérieux
l'enseignement de ses maîtres*, se défendrait, le cas
échéant, de faire tout ce que j'ai fait? Qu'il se lève, et,
la main sur la conscience, qu'il réponde!

« *Le christianisme est usé... L'Église est une puissance aveugle, cruelle, despotique... Les prêtres sont
hypocrites et corrompus... La religion a fait tous les
maux de l'humanité... Ses dogmes sont ridicules; sa
morale, écrasante; ses rites, de pures grimaces.... La
médiation, la rédemption de Jésus-Christ sont des mythes,
des fables, des symboles... La raison est la lumière des
lumières, l'autorité des autorités.... Dieu est tout à la
fois Dieu, Nature, Humanité.... L'enfer est un conte
de vieille, une histoire de Croquemitaine... La spiritualité, l'immortalité de l'âme, sont des questions prématurées... Nos idées sont une émanation, un fragment de
la raison universelle, absolue, infaillible...*

« ... Voilà, entre mille autres, les paradoxes qu'on
nous vantait, dont on nous faisait autant d'axiomes de la
sagesse. J'y ai cru. Mon cœur gâté par l'exemple avait
besoin d'un point d'appui. Il le trouvait dans ces théories
sceptiques, panthéistes, athées. La distinction du bien
et du mal disparaissait nécessairement avec elles. Car,
si ma raison est *la lumière des lumières, l'unique autorité*, et qu'elle trouve absurde le joug de la morale
publique et des lois, qui peut y trouver à redire? Le
pouvoir le plus légitime, dès qu'il contredit mes passions, c'est-à-dire ma raison, n'est plus que le droit
du plus fort, une tyrannie odieuse. La raison divine
ayant disparu d'ici-bas, que peut réclamer de moi la
raison humaine? *Mon intelligence*, comme l'a dit le

grand-maître de la philosophie, *n'est-elle pas un* FRAGMENT *de la raison infaillible, de la raison éternelle* (1)? *La rigueur de l'analyse ne force-t-elle pas de rappeler mes idées au principe* ÉTERNEL *de la raison humaine, à la raison absolue?* Dès lors, quelles que soient ces idées, j'ai le droit de les suivre, car elles sont de Dieu, de Dieu *qui m'a créé avec lui-même, avec tous ses caractères, qui passent* NÉCESSAIREMENT *dans ses créations* (2).

« Et ailleurs, ce même M. Cousin n'a-t-il pas écrit :

« Ce n'est pas dans la volonté libre de Dieu qu'il
« faut chercher la raison de la distinction du bien et
« du mal, mais dans les essences des choses, DANS LA
« RAISON. Il faut dire que le bien n'est pas tel, parce
« qu'il plaît à Dieu ; mais qu'il plaît à Dieu parce
« qu'il est bien, et que par conséquent CE N'EST PAS DANS
« LES DOGMES RELIGIEUX qu'il faut chercher le titre pri
« mitif des vérités morales, *qu'elles se légitiment elles-
« mêmes,* et n'ont pas besoin d'une autre autorité que
« CELLE DE LA RAISON qui les aperçoit et les proclame (3). »

« J'ai cru cela : j'ai cru que tout ce que je voulais était bon, dès qu'il pouvait me procurer le plaisir ; il me semblait absurde de sacrifier le *moi* au *non-moi;* d'agir, en riant de l'enfer, comme ceux qui croient à l'enfer. Avec Volney, cet autre *sage* qu'on nous vantait, j'ai cru que le plaisir était le seul Dieu de l'homme : que tout ce qui y conduisait était le bien, que tout ce qui s'y opposait était le mal.

« ... J'ai cru cela, comme des milliers d'autres le croient, mais, plus conséquent qu'eux, j'ai agi. Les lois étaient là, il est vrai, me défendant telle ou telle

(1) *Cours d'hist. de la philos.,* 5ᵉ leçon, p. 12.
(2) Cousin, *ibid.,* p. 27, 28.
(3) Cousin, *Œuvres de Platon,* argument de l'*Eutyphron,*
t. I, p. 3 et 5.

action ; mais ces lois me paraissaient issues d'un autre
ordre de choses ; elles me semblaient le fruit d'une
vieille foi qui n'est plus, elles reposaient sur des bases
depuis longtemps ébranlées. Je les considérais comme
des vieilleries, semblables à ces masures qui se tiennent encore debout sur leurs étais pourris. S'il n'y a
point de Dieu, d'âme, d'enfer, quelle sanction, je vous
prie, une loi humaine peut-elle revendiquer ? La
peine ? Mais c'est le résultat du droit du plus fort, et
ce droit est absurde. Nul homme n'a d'autorité sur
l'homme. Et, en attendant que les progrès de la raison
eussent fait justice de cette tyrannie ridicule, l'essentiel me semblait être d'éviter le châtiment infligé
si injustement à ceux qui usent des droits de la
nature. J'ai cru cela, et j'ai agi. Mes prévisions ont
été trompées. Je suis tombé sous le glaive de la loi :
et une loi athée me frappe au nom de Dieu !...

« ... Oh ! se peut-il qu'il soit bon d'enseigner une
chose, et coupable de la croire ?

« ... Se peut-il que l'État autorise, impose des doctrines, et qu'il en punisse l'application ?

« ... Ces maîtres, que j'ai été forcé de subir, étaient
honorés, salariés pas l'État ; plusieurs d'entre eux
étaient décorés des premières dignités ; je n'avais
pas même la liberté d'aller puiser l'enseignement
ailleurs que dans les établissements qu'ils dirigent
d'en haut, j'ai reçu avec respect, j'ai pris au sérieux
les leçons qu'ils me donnaient. Et voilà mon crime...

« ... Au moment où le président invoquait le nom
de Dieu, j'ai pris la liberté de lui demander, au nom
de M. Cousin, si c'était le *Dieu-Nature-Humanité* ? Il
ne m'a pas répondu...

« ... Comme il montrait théâtralement l'image du
crucifix, je lui demandai, sur l'autorité de M. Jouffroy,

si c'était *un mythe, une figure ou un symbole*, qu'il prétendait invoquer? Même silence de sa part.

« ... Comme il laissait tomber le mot d'*âme immortelle*, je lui demandai, en union avec ce même M. Jouffroy, si ce n'était pas là *une question prématurée?* Il se tut.

« ... Et comme il osait réclamer la *justice éternelle d'un Dieu vengeur*, je lui fis observer qu'il avait sans doute l'intention de m'épouvanter d'un *conte de Croquemitaine...* Il garda le silence.

« Je déroulai dans ma défense les textes si bien gravés dans ma mémoire, où nos maîtres réduisent à néant tous les dogmes qui forment la base de la société, justifient toutes les erreurs, tous les attentats, et vantent tous les grands criminels, depuis Néron jusqu'à Robespierre et Marat. Les juges et les jurés écoutaient avec étonnement; une sorte de stupéfaction régnait dans l'auditoire. Et pourtant j'ai été condamné!

« Quelle contradiction étrange! Des doctrines autorisées, vantées, imposées de force par l'*État enseignant* et ces mêmes doctrines condamnées sans miséricorde par l'*État jugeant*!!!

« ... Le maître au faîte des honneurs, et l'élève au bagne!

« ... Ah! si l'arrêt devait tomber quelque part, c'était d'abord sur ces livres perfides qui m'enseignaient à rire de tout, à douter de tout; c'était sur ces maîtres aveugles ou pervers qui me faisaient croire que j'étais un *fragment de Dieu*, que *mes idées émanaient*, ou plutôt *faisaient partie de la raison* INFAILLIBLE, *éternelle...*

« .. Oui, c'était là que devaient tomber les foudres de la justice!...

« ... Et pourtant, ces premiers auteurs de mon

crime jouissent, non seulement de l'impunité, mais des plus grands honneurs que la France réserve à ceux qui ont bien mérité d'elle. Et moi, leur instrument docile, je vais expier, par un opprobre éternel, la folie d'avoir cru à leurs paroles...

«.Ainsi soit-il, puisque l'arrêt en est porté. Mais je les dénonce. au tribunal de ce Juge éternel, que leurs sophismes ne détruiront pas, et qui rendra un jour à chacun selon ses œuvres.

« ... Anathème donc à ces charlatans littéraires, qui se jouent de la jeunesse, et corrompent à plaisir son esprit et son cœur !...

« ... Anathème à ces établissements perfides où l'innocence fait si tristement naufrage !...

« ... Anathème au monopole tyrannique qui force la jeunesse à puiser à ces sources empoisonnées !...

« ... Que mes malédictions et la justice de Dieu les poursuivent à jamais ! »

FIN.

ANGERS, IMPRIMERIE BURDIN ET Cie, RUE GARNIER, 4.